RANPO

Ⅳ

D坂殺人事件

江戶川亂步｜攝於明治四十年（1907）

目錄

永恆的江戶川亂步，全新的亂步體驗

／獨步文化編輯部

江戶川亂步出生於一八九四年，一九二三年以〈兩分銅幣〉躍上日本文壇後，之後創作不輟，直到一九六五年去世。在將近五十年的創作生涯中，亂步是小說家、是評論家、是毫不吝惜以自身影響力提攜後進的前輩、是團結了整個日本推理小說界的中心人物；而他的作品所留下的影響痕跡直到如今仍舊散見於各種創作當中。最有名的例子當推不論是否讀推理小說，但你一定聽過江戶川柯南和少年偵探團的大名。或者若你是日劇、日影愛好者的話，絕對也看過不少改編自亂步作品的日劇和電影。又或者如果你是日本搖滾粉絲的話，很可能知道有一支超酷炫的重金屬樂團就叫「人間椅子」。極端一點來說，日本男性所喜愛的官能小說的起源甚至能夠推至亂步在他後期的通俗小說中，所熱中描寫的怪人綁架名門千金的設定。從這些例子，可以清楚看出亂步的作品確實以各種形式影響著日本一代又一代的各種創作。

獨步文化從二〇一〇年起曾經推出了一系列包含了亂步從二次大戰前到二次大戰後，從小說到評論的作品，獲得了許多讀者的好評。今年（二〇一六）適逢獨步文化創立十週年，在這十年內，我們除了固定向讀者推介許多精采的推理小說之外，也不斷嘗試新的出版方向，期待能夠讓更多讀者和獨步介紹的作家、獨步出版的作品相遇，從中邂逅那位（本）改變一生的作家（品）。而這次將要以全新風格，再次新裝上市的江戶川亂步作品集，便是我們這番期待的具體呈現。

這次獨步文化嚴選出亂步在二次大戰前到戰中的作品和理由，分別如左：

一、《陰獸》：亂步從偵探小說轉型創作通俗懸疑小說的轉捩點。

二、《人間椅子》：亂步最奇特、最詭譎的短篇小說均收錄其中。

三、《孤島之鬼》：代表長篇作品，亂步自認生涯最佳長篇。

四、《D坂殺人事件》：日本推理小說史上三大名偵探之一的明智小五郎初次登場。

五、《兩分銅幣》：以出道作〈兩分銅幣〉為始，亂步的偵探小說大全。

六、《帕諾拉馬島綺譚》：另一代表長篇，亂步傾全力描寫出內心的烏托邦，既奇詭又美麗無雙。

這六部作品涵蓋了亂步喜愛的所有元素，亂步創作生涯中最出色、精粹的作品盡在其中。可說是亂步以詭異與怪誕為養分澆灌出來，長滿了各式奇花異草的絕美花園。為了讓許多對亂步只聞其名，還未曾實際讀過的讀者嘗試接觸亂步，並將亂步奇詭華麗的世界具體呈現於讀者眼前，我們特地邀請了長期活躍於日本漫畫界第一線的中村明日美子繪製新版封面。中村明日美子筆下自然散發著壓抑的情色感、自在遊走於艷麗官能與青春爛漫間的獨特風格，都與亂步不分年齡性別的魅力不謀而合。而一直想以自己的風格詮釋亂步作品的中村，在接到邀請後，也乾脆地一口答應，替台灣的讀者帶來了她和亂步的精采合作。同時，我們也邀請日本新生代的推理小說研究者諸岡卓真為尚未接觸過亂步的讀者撰寫全新導讀，藉由他的深入導讀，帶領讀者理解這位日本大眾文化史上的巨人最精采、最深刻的作品。

正如開頭所言，江戶川亂步在日本大眾小說史上留下了巨大的腳印，至今仍對日本的創作者發揮著難以估計的影響力。獨步文化也非常希望能透過這次新裝版的作品集的上市，讓已經熟悉亂步的讀者以新的角度認識亂步，尚未接觸亂步的讀者也能夠進入這座詭麗花園，悠遊其中，獲得一讀便難忘的閱讀體驗。

敬邀「亂步體驗」

／諸岡卓真（准教授，亂步研究者）

一、前言——敬邀「亂步體驗」

接下來將初次接觸江戶川亂步的讀者真令人羨慕——當我為了撰寫這篇導讀而複習亂步作品時，我打從心底這麼認為。亂步的作品深深地刺激了人類對於觀看恐怖事物的慾望。他為我們帶來的體驗很強烈，有時甚至令我們感到暈眩。特別是在第一次閱讀時，會留下深刻的印象。

在日本，談論到江戶川亂步時，會使用「亂步體驗」這個詞彙。關於這個詞彙是誰首先提出的，並沒有定論，它的定義也模糊不清；在筆者的認知中，它是指初次接觸江戶川亂步作品時，所產生的終身難忘的經驗。奇特的是，在談論其他作家的時候，不太常出現這種說法。比方說在談論松本清張或東野圭吾的作品時，很少人會使用「清張體驗」或「東野體驗」這種說法。換而言之，「亂步體驗」這句話本身正顯示出在讀者的認知中，閱讀亂部作品的經驗是如此特異——特異到只能以「亂步體驗」來形容。據聞本作品集是針對台灣年輕讀者而編，想必對這些讀者來說，閱讀本作品集必定會成為他們終生難忘的「亂步體驗」。

二、一九二〇年代~三〇年代的江戶川亂步

江戶川亂步是日本最知名的推理小說家、評論家以及引薦人。優質的小說自不待言，其評論也對後世產生重大影響，此外他還設立日本偵探作家俱樂部（現為本推理作家協會）、並創辦江戶川亂步獎，活躍而多面的表現令推理界欣欣向榮。如今日本出版眾多推理作品，擁有廣大讀者群，但若少了江戶川亂步這位絕代人才，恐怕難有此盛況。

亂步雖展現了如此多樣化的活躍表現，然而本作品集的編纂重點，是要讓讀者了解他身為小說家的面向。本作品集收錄作品，多數為亂步一九二三年出道以來至一九三五年為止發表的

作品（第二卷收錄之〈兇器〉（一九五四年）、〈月亮與手套〉（一九五五年）例外）。首先我想概談亂步到這個時期為止的軌跡，同時介紹幾篇小說。

江戶川亂步本名為平井太郎，一八九四年生於三重縣名張町（現為名張市）。據說孩提時代母親為他朗讀報紙連載小說，是他對小說產生興趣的契機。就讀早稻田大學期間，他接觸了愛倫・坡與柯南・道爾的作品，因而立志赴美成為推理小說家。然而因為資金不足，只能放棄出國，此後他換了數個工作，度過一段沉潛的時光。

亂步作品初次問世是在一九二三年，他二十八歲時。出道作〈兩分銅幣〉（收錄於獨步新版亂步作品集第五本。另，此後凡收錄於本作品集的作品，收錄卷數皆以[ ]表示）於雜誌《新青年》四月號刊載。此時亂步仿照其敬愛的美國作家埃德加・愛倫・坡（Edgar Allen Poe）之名，取了筆名「江戶川亂步（Edogawa Rampo）」。〈兩分銅幣〉這部作品本身，也帶有愛倫・坡〈金甲蟲〉影響的痕跡。〈金甲蟲〉被認為是世界第一篇暗號小說，而暗號也是〈兩分銅幣〉中重要的主題。但亂步設計出日本特有的暗號，峰迴路轉的結局也值得一讀。當時日本的輿論不認為日本人有能力創作西方國家那種知性的偵探小說，〈兩分銅幣〉正是打破這種「常識」的作品。

此後的亂步接二連三發表作品。尤其到一九二六年為止這段期間，論質或論量，他的執筆速度都堪稱驚異，〈D坂殺人事件〉[04]、〈心理測驗〉[04]、〈紅色房間〉[05]、〈天花板上的散步者〉[04]、〈人間椅子〉[02]（以上，一九二五年）〈帕諾拉馬島綺譚〉[06]、〈鏡地獄〉[02]（以上，一九二六年）等傑作陸續問世。此後執筆速度雖略為趨緩（即使如此還是創作了許多作品，不如說是從出道至一九二六年這段期間比較特殊），依然留下了〈陰獸〉（一九二八年，[01]）、〈孤島之鬼〉[03]、〈帶著貼畫旅行的人〉[05]（以上，一九二九年）等名作。

補充說明一下，一九二〇年代至三〇年代的日本推理作品有個特徵：比起邏輯性的推理，將焦點放在陰森氣氛或異常心理的作品要來得多。我們可以說亂步的作品也有這個傾向。亂步作品中算是含本格推理描寫的作品寥寥可數，僅有〈一張收據〉（一九二三年，[05]）、〈D坂殺人事件〉、〈黑手組〉（一九二六年，[04]）、〈何者〉（一九二九年，[04]）、〈火繩槍〉（一九三二年，[05]）。多數作品則傾力描寫罪犯或沉迷於異常興趣的人物心理，諸如〈紅色房間〉或〈天花板上的散步者〉、〈帕諾拉馬島綺譚〉、〈鏡地獄〉等。透過亂步所留下的評論，能看出他對描寫邏輯性推理的作品有深刻造詣以及憧憬；但以亂步本人的創作天賦來說，他遠遠擅長刻劃異常或陰森的事物。此外就像當時社會上流傳的說法「色情、獵奇、荒唐」所象徵，這也是個色情與獵奇事物膾炙人口的年代。

論及具體呈現亂步這種天賦的作品，絕不可錯過一九二九年發表的〈芋蟲〉[02]（刊載於雜誌上的標題為〈惡夢〉）。該作品描寫了一名因戰爭被迫截斷四肢，還失去說話能力的傷兵與妻子間異常的生活。其中沒有偵探登場，也沒有推理橋段，僅細膩描寫夫妻之間心理的擺盪。這部作品在當時引起諸多迴響，令江戶川亂步聲名大噪。而此時期的亂步，也逐漸被公認為足以代表「色情、獵奇、荒唐」時期的作家之一。

此後亂步著手創作以《怪人二十面相》（一九三六年，未收錄於本作品集）為首的少年偵探團作品，廣受歡迎，二戰後也在推理界積極挑起監製人的任務，引介高木彬光與山田風太郎等頗具實力的作家出道。亂步於一九六五年去世，重新回顧他創作史上的表現，一九二〇年代至三〇年代期間，仍然可以說是他最鼎盛的時期。所以本作品集也可以說是濃縮了小說家亂步最極致的部分。

此外，二〇一五年適逢亂步歿後五〇周年，配合二〇一六年起版權公開，在日本也接連發表了各式各樣的活動企劃。如動畫《亂步奇譚》開播，出版社延請動畫《龍貓》與《神隱少女》的導演．宮崎駿，為亂步的《幽靈塔》（一九三七年，未收錄於本作品集）繪製插畫，與書同捆發售。而《推理雜誌》（二〇一五年九月號）與《EUREKA》（二〇一五年八月號）等雜誌也製作了專題報導，令人感受到亂步的支持度至今未減。二〇一六年起，依故事內時間順序所收錄的明智小五郎作品集《明智小五郎事件簿》全十二冊（集英社）也將開始發售，作品新版持續發行，看來熱潮還將繼續延燒。

三、當代的「亂步體驗」

如同上一節開頭所述，江戶川亂步是日本最有名的推理作家。但此處的「有名」未必是來自於他在推理小說領域的高知名度。亂步的「有名」，在於連對推理毫無興趣的人也知道他的名字。

真正的名人，就算人們不知道他做了什麼，最少也會聽過他的大名。舉例來說，不懂音樂的人也知道披頭四，對籃球沒興趣也該聽過麥可．喬丹。真正的知名人物就像這樣，連沒興趣的人都曾聽聞。也就是說，一個人的存在必須如此稀鬆平常，才有資格稱為真正的名人。

江戶川亂步在日本，正是這種定義下的名人。筆者在日本數間大學講授日本文學課程，每年總會在上課時以修課學生為對象，實行與推理相關的問卷調查。其中一項是測驗江戶川亂步的知名度，今年（二〇一六年）在三百一十四名作答者中，共有二百四十八名表示他們知道江戶川亂步。知名度高達七九．〇%，以結論來說，亂步比夏洛克．福爾摩斯系列作者柯南．道爾（七二．三%）或赫丘勒．白羅系列作者阿嘉莎．克莉絲蒂（六一．八%）更為知名。

只不過知名度雖高，學生們也未必十分了解亂步。筆者在講解亂步的經歷或作品時，時常聽到學生表示「我現在才知道亂步做了什麼」、「我想藉著這個機會開始讀亂步作品」。也就是說，對日本年輕人而言，江戶川亂步就是個「只聽過名字」的存在。

令學生特別感到訝異的，是亂步對日本推理界影響之巨大。根據蔓葉信博〈江戶川亂步與新型獵奇娛樂作品〉（《EUREKA》二〇一五年八月號），近年VOCALOID（註）樂曲中也出現了受亂步影響的作品；但在受影響作品中，現代日本年輕人最常接觸的，還是不得不提漫畫與動畫受到全國愛戴的《名偵探柯南》（青山剛昌）。

《名偵探柯南》在台灣據說也廣受歡迎，知道的讀者應該不少，作品中可見許多承襲江戶

註　VOCALOID為雅馬哈公司所開發的電子音樂軟體，可藉由輸入旋律與歌詞，讓電子語音演唱歌曲。不少網友透過該軟體創作歌曲，逐漸形成獨特的次文化。以該軟體創作的歌曲即為VOCALOID樂曲，其中一些知名樂曲也成功打入主流樂壇。

川亂步之處。光是主角・江戶川柯南的名字便是取自亂步，毛利小五郎也是源於亂步筆下的名偵探・明智小五郎。柯南就讀的小學有個小孩組成的團體叫「少年偵探團」，這也是取自亂步作品。此外，柯南的對手・怪盜基德也近似怪人二十面相，還有一些更加刁鑽的致敬，例如工藤新一母親的假名與明智小五郎夫人名字同為「文代」。

其實在前述的問卷調查中，有個項目要作答者回答他們第一次接觸的推理作品與年齡。最多人回答的作品是《名偵探柯南》（不區分漫畫或動畫），較早約在三、四歲時接觸，晚一點的人也在十歲左右認識這部作品，達成與推理作品的初次接觸。這是現代學生的典型樣貌。正因為學生們有這樣的背景，也不難明白為何他們得知江戶川亂步的事蹟以後會感到訝異。畢竟他們這才發現，自幼如家常便飯般接觸的作品，竟然也受過亂步的影響。換言之，藉由了解「亂步」這個源頭，他們開始能以其他角度看待自己以往接觸的作品。

筆者也有類似的經驗。一九七七年出生的筆者，自然無法在第一時間同步追蹤亂步作品。但在我沉迷於以綾辻行人《殺人十角館》（一九八七年）為首的「新本格」推理作品時，我發現亂步的名字三不五時會出現；實際觸及作品，調查亂步經歷的過程中，我逐漸得知他的各種事蹟。在此我同時了解到亂步對日本推理影響之巨，也赫然發現，透過我以往接觸的推理作品，我已經大量體驗過具有亂步風格的創作。

在這種意義下，現在的「亂步體驗」已不僅只是閱讀作品所受的衝擊。藉由閱讀亂步，甚至能大大轉變讀者對過往所閱讀的推理作品的觀點。我們很遺憾地無法同步享受亂步作品。但另一方面，我們生活的世界存在著許多受他影響的作品與事物。正因如此，了解亂步這個「源頭」，在自其衍生的潮流整體的意義產生變化那刻，讀者即可享有眾多體驗。

筆者曾在本文開頭說過：「接下來將初次接觸江戶川亂步的讀者真令人羨慕。」理由不單只是因為他們能在沒有預設立場的情形下首度品味亂步作品。他們接下來能體會到的樂趣，也包含讀過亂步後對推理小說改觀的體驗，才是真正「令人羨慕」之處。這想必會是終生難忘的「亂步體驗」。

聽說現在台灣積極引進日本推理，還有因此步入文壇的作家。想來其中也必定能瞥見亂步的身影吧。我極為期盼閱讀本作品集的體驗，能進而轉變諸位台灣讀者對推理小說的觀點，成為最棒的「亂步體驗」。

引用與參考文獻

權田萬治著，新保博久監修，《日本ミステリー事典》（東京：新潮社，2000）。

蔓葉信博，〈江戸川乱歩と新たな猟奇的エンターテインメント〉，《ユリイカ》（東京，2015.8）：170-176。

野村宏平《乱歩ワールド大全》（東京：洋泉社，2015）。

本文作者簡介

諸岡卓真

一九七七年在福島縣出生。專精文學研究，畢業於北海道大學後，現任北海道情報大學准教授。二〇〇三年，以推理評論〈九〇年代本格推理小說的延命策〉入選第十屆創元推理評論獎佳作。著作多冊，包括《現代本格推理小說研究》（二〇一〇年），並與人共編《閱讀日本偵探小說》（二〇一三年）。

推理大師・江戶川亂步的業績

（編按：此文為二〇一〇年舊版亂步作品集所附之總導讀，由推理評論家傅博所撰）

●編輯《江戶川亂步作品集》緣起

筆者於二〇〇三年，策畫過一套《江戶川亂步作品集》，欲與江戶川亂步著作權繼承人平井隆太郎商量在台灣出版事宜時，日本傳來江戶川亂步在中國的簡體字版版權有糾紛，暫時不宜談台灣之繁體字版版權，於是這問題一時擱置。到了〇八年夏，這問題才獲得解決。

這年九月，筆者訪日時，拜訪過亂步孫子平井憲太郎，談起往事，希望授權筆者在台灣編輯一套台灣獨特之《江戶川亂步作品集》，獲得允許。今（〇九）年四月，再度訪日時與獨步文化總編輯陳蕙慧，再次拜訪憲太郎，提交並說明我們的策畫內容，包括卷數、收錄作品的選擇基準與內容、附錄等。獲得肯定。

卷數為十三集，這數字是取自歐洲古代的緩刑架階梯數之十三。在歐美、日本之推理小說裡或叢書卷數，往往會出現這數字。

江戶川亂步的作家生涯達四十餘年，創作範圍很廣，推理小說的比率相當高，為了讓讀者了解江戶川亂步的全業績，少年推理與評論等也決定收入。但是與其他作家合作的長篇或連作，約有十篇，視為亂步之非完整作品，不考慮收。

收錄作品先分為戰前推理小說、戰後推理小說、少年推理小說與隨筆、研究、評論等四類。戰前推理小說再分為短篇與極短篇，一共有三十九篇，全部收錄，視其類型分為三集。中篇只有四篇，合為一集。長篇有二十九篇，選擇七篇分為五集，其中兩集是兩篇合為一集的。

戰後推理小說不多、只有兩長篇、七短篇而已，從其中選擇一長篇、五短篇合為一集。少年推理小說長篇共有三十四篇，選擇兩篇分為兩集。隨筆、研究、評論等很多難計其數，選擇三十九篇為一集。

以上為全十三集的各集主題。除了正文之外每集有三件附錄。每集卷頭收錄一幅不同時代的肖像。卷末收錄三十多年來，在日本所發表之有關江戶川亂步的評論或研究論文之傑作一篇，以及由筆者撰寫之「解題」。這種編輯方針是在日本編輯「作家全集」時的模式，目的是欲讓讀者從不同角度去了解該作家與作品。可說是出版社對讀者的服務之一。

《江戶川亂步作品集》共十三集的詳細內容是：

01、《兩分銅幣》：收錄一九二三年四月發表處女作，至二五年七月之間所發表的本格或準本格推理短篇和極短篇共計十六篇。包括處女作〈兩分銅幣〉、〈一張收據〉、〈致命的錯誤〉、〈二廢人〉、〈雙生兒〉、〈紅色房間〉、〈日記本〉、〈算盤傳情的故事〉、〈盜難〉、〈白日夢〉、〈戒指〉、〈夢遊者之死〉、〈百面演員〉、〈一人兩角〉、〈疑惑〉以及出道之前的習作〈火繩槍〉。

02、《D坂殺人事件》：收錄江戶川亂步筆下唯一名探明智小五郎之系列短篇八篇。包括〈D坂殺人事件〉、〈心理測驗〉、〈黑手組〉、〈幽靈〉、〈天花板上的散步者〉、〈和者〉、〈凶器〉、〈月亮與手套〉。

03、《人間椅子》：收錄一九二五年九月至三一年四月之間所發表之本格與變格推理短篇十五篇。包括〈人間椅子〉、〈接吻〉、〈跳舞的一寸法師〉、〈毒草〉、〈覆面的舞者〉、〈飛灰四起〉、〈火星運河〉、〈花押字〉、〈阿勢登場〉、〈非人之戀〉、〈鏡地獄〉、〈旋轉木馬〉、〈芋蟲〉、〈帶著貼畫旅行的人〉、〈目羅博士不可思議的犯罪〉。

04、《陰獸》：收錄一九二八至三五年間發表的變格推理中篇四篇。包括〈陰獸〉、〈蟲〉、〈鬼〉、〈石榴〉。

05、《帕諾拉馬島綺譚》：收錄一九二六年發表的較短的長篇兩篇。包括〈帕諾拉馬島綺譚〉與〈湖畔亭事件〉。

06、《孤島之鬼》：原文約二十二萬字長篇，一九二九至三〇年作品。

07、《蜘蛛男》：原文約二十一萬字長篇，一九二九至三〇年作品。

08、《魔術師》：原文約十九萬字長篇，一九三〇至三一年作品。

09、《黑蜥蜴》：收錄較短的長篇兩篇。包括一九三一至三二年發表的〈地獄風景〉、一九三四年發表的〈黑蜥蜴〉。

10、《詐欺師與空氣男》：收錄一九五〇至六〇年發表的五篇短篇與一篇長篇。包括〈斷崖〉、〈防空壕〉、〈堀越搜查一課長先生〉、〈對妻子失戀的男人〉、〈手指〉、〈詐欺師與空氣男〉。

11、《怪人二十面相》：第一部少年推理長篇，原文約十三萬字，一九三六年作品。

12、《少年偵探團》：第二部少年推理長篇，原文約十二萬字，一九三七年作品。

13、《幻影城主》：收錄非小說的傑作三十九篇，分為三部門，自述十六篇、評論十一篇、研究十二篇。《幻影城主》是台灣獨特的書名，江戶川亂步生前曾以幻影城的城主自居。每卷除了收入上述作品之外，卷頭收入一張不同時代的亂步肖像或家族照。卷末選錄一篇有關亂步的評論或研究論文。亂步逝世至今已四十多年，這期間由評論家、研究家以及推理文壇外人士所發表的評論、研究、評介達數百篇之多。本作品集收錄的十三篇是從這群文章中挑選出來的傑作。

●江戶川亂步誕生前夜

江戶川亂步是日本推理文學之父，名副其實的推理文學大師，其作品至今仍然受男女老幼讀者喜愛的國民作家。

為何江戶川亂步把這麼多榮譽集於一身呢？其答案是：時勢造英雄、英雄再造時勢的結果。話從頭說起。

日本自從一八六八年的明治維新之日本文化的全面西化以後，以文學來說，最先是從翻譯或改寫歐美作品做起，大約經過二十年時光，才出現模仿西歐之創作形式的作家，之後，才漸漸理解歐美的文學本質、創作思潮、寫作原理學。而至大正年間（一九一二―二六年）才確立近代化的日本文學。

這段期間，明治維新以前之江戶時間（一六〇三―一八六七年）的庶民之通俗讀物，到了明治以後，雖然漸漸有所改良，基本上還是保留傳統的寫作形式與內容。到了大正年間，才與純文學同步，步步確立新的大眾文學。

日本之近代大眾文學的原點是一九一三年，中里介山所發表的大河小說《大菩薩　》。當時還沒有「大眾文學」這個文學專詞，稱為「民眾文藝」、「讀物文藝」、「通俗讀物」、「大眾讀物」等。

「大眾文藝」或「大眾文學」之名詞普遍被使用是，一九二六年一月創刊之雜誌《大眾文藝》，以及於一九二七年，平凡社創刊之《現代大眾文學全集》以後之事。

當初的大眾文學是，指以明治維新以前為故事背景，具有浪漫性、娛樂性的小說，又稱為時代小說（狹義大眾小說）。但是，後來把當代為故事背景，具有浪漫性的「現代小說」以及「偵探小說」也被歸納於大眾文學（廣義的大眾小說）。之後至今，時代小說、現代小說、偵探小說鼎足而立。

「清張（五六年）以前」的偵探小說包括奇幻小說和科幻小說。現在三者雖然鼎足而立，其關係很密切，合稱為「娛樂小說」，而偵探小說於「清張以後」改稱為推理小說，現在兩者並用。

話說回來，對日本來說推理小說是舶來文學，但是從歐美引進推理小說的時期很早，明治維新十年後之一八七七年，由神田孝平翻譯荷蘭作家克里斯底邁埃爾之《楊牙兒之奇獄》為始，比柯南道爾發表「福爾摩斯探案」早十年。

之後，明治期三十五年，翻譯作品不多，而黑岩淚香為首的「翻案（改寫）推理小說」成為大眾讀物之主流。此外，也有些作家嘗試推理小說的創作，但是除了黑岩淚香之〈無慘〉具有文學水準之外，沒有什麼收穫，可說推理創作的時期還未成熟。

進入大正年間，時期漸漸成熟，幾家出版社有計畫地出版歐美推理小說叢書，其數約有十種。

又因近代文學的確立，大正期崛起的谷崎潤一郎、芥川龍之介、佐藤春夫等幾位作家的取材範圍，比以往作家為廣，其某些作品就具有濃厚的推理氣味。又，戲劇作家岡本綺堂於一九一七年，開始撰寫模仿福爾摩斯探案之「半七捕物帳系列」，共計六十八話，是以明治維新以前之江戶（現在之東京）為故事背景，推理與人情、風物並重的時代推理小說，當時卻不被視為推理小說，被歸類於時代小說。

至於一九二〇年一月，明治大正期之兩大出版社之一的博文館，創刊了綜合雜誌《新青年》月刊，主要內容是刊載鼓勵日本青年向海外發展的文章，附錄讀物選擇了在日本開始被讀者接受的歐美推理短篇。而且也同時舉辦了推理小說的創作徵文，雖然於四月發表第一屆得獎作品，其品質與歐美作品比較還有一段距離，其最大理由，就是徵文字數限定於四千字，作品不能充分發揮其才能。

《新青年》雖然不是推理小說的專門雜誌，卻是唯一集中刊載推理小說的雜誌。翌年八月，主編森下雨村編輯出版了「推理小說特輯」增刊號，獲得好評。（之後每年定期發行推理小說增刊二期至四期，內容都是歐美推理小說為主軸。）

在這樣大環境之下，機會已成熟，一九二三年四月，《新青年》刊載了日本推理小說史上的里程碑，江戶川亂步〈兩分銅幣〉。

●江戶川亂步確立日本推理小說之後

江戶川亂步：本名平井太郎，另有筆名小松龍之介。筆名江戶川亂步五字是從世界推理小說之父艾德格・愛倫・坡的日文拼音以漢字表示而來的。一八九四年十月二十一日生於三重縣名賀郡名張町，父親平井繁男，為名賀郡公所書記，母親平井菊。兩歲時因父親轉換工作，全家移居名古屋市。

七歲進入白川尋常小學，識字後便耽讀巖谷小波之《世界故事集》。十一歲進入市立第三高等小學，二年級時開始閱讀押川春浪的武俠小說，黑岩淚香的翻案推理小說。十三歲進入愛知縣立第五中學，因為討論賽跑和機械體操，時常曠課。亂步的推理作家夢，萌芽於此時，他對於現實世界的歡樂不感興趣，喜一個人在黯淡的房間，靜靜地空想虛幻的世界。

一九〇七年，父親開設平井商店做生意。二年中學畢業，平井商店破產，亂步放棄升學，六月亂步跟家族移居朝鮮，八月單獨上京，於本鄉湯島天神町之雲山堂當活版排字實習生。之後，考進早稻田大學預科，但是為了生活，很少去上課，其間當過抄寫員、政治雜誌編輯、圖書館出租員、英語家教等，但是都為期不久。

一九一二年春，外祖母在牛込喜久井町租屋，亂步搬去同居，因此不必去打工，可專心上學。八月預科畢業，進入政治經濟學部。翌年春，與同學創刊回覽式同仁雜誌《白虹》，醉心愛倫．坡與柯南道爾之福爾摩斯探案，亂步堅信純粹的推理小說，必須以短篇形式書寫這種創作思想。爾後，他在自己的作品實施。亂步為了研究歐美推理小說，除了大學圖書館之外，還去上野、日比谷、大橋等圖書館閱讀，這年把閱讀的筆記，自己裝訂成書，稱為《奇譚》。

一九一五年，父親從朝鮮回來，定居於牛込，亂步搬去同居，這年撰寫推理短篇〈火繩槍〉，為亂步之實際上的推理小說處女作。翌年大學畢業，計畫到美國撰寫推理小說賺錢，但是欠缺旅費，只好留在日本找工作，這年到大阪貿易商社加藤洋行上班，翌年五月辭職，之後數個月，到各地溫泉流浪。回來後在三重縣的鳥羽造船所電氣部上班，之後改為社內雜誌《日和》編輯。此後五年內更換工作十多次，如巡迴說書員、經營古書店、雜誌編輯、市公所職員、新聞記者、工人俱樂部書記長、律師事務所職員、報社廣告部職員等。

一九二三年，撰寫了〈兩分銅幣〉與〈一張收據〉兩篇推理短篇，最先寄給曾經發表過推理文學評論的文藝評論家馬場孤蝶，請他批評並介紹刊載雜誌，但是，一直沒有回應，亂步索回改投《新青年》，主編森下雨村閱讀後，疑為是歐美作品的翻案，請當時在《新青年》撰寫法醫學記事的醫學博士小酒井不木（之後也撰寫推理小說）鑑定。

於是一九二三年四月，〈兩分銅幣〉與小酒井不木的推薦文同時被刊出，獲得好評，繼之七月，〈一張收據〉也被刊載，從此，亂步的人生一帆風順。

亂步的登場，證明了日本人也有能力撰寫與歐美比美的推理小說，由此，欲嘗試的挑戰者或追隨者相繼而出，不到幾年，以《新青年》為根據地，在大眾文壇確立一席之地，與時代小說、現代小說鼎足而立。

但是，《新青年》所刊載的推理小說，以現在的眼光分類，非屬於本格推理的為多，如重視結尾的意外性的準本格，現實生活中的非現實奇談等等，這些作品有其共同特徵，就是故事的耽美性、傳奇性、異常性、虛構性、浪漫性。

話說江戶川亂步，一九二四年因工作繁忙，只在《新青年》發表兩篇短篇，十一月為了專心推理創作，辭去大阪每日新聞社工作，翌二五年一共發表了十七篇短篇與六篇隨筆，為亂步最豐收的一年，也是亂步在大眾文壇確立不動地位之年。

之後，亂步執筆的主軸，從短篇漸漸轉移到長篇，而於三六年開創長篇少年推理小說。四〇年至四五年日本敗戰之間，日本政府全面禁止推理小說創作，亂步只發表了合乎國策的三篇冒險小說。

戰後，亂步的創作量激減，其活動主力是推理作家的組織化，培養新人作家與推理文學的推廣，而確立了戰後推理文壇。例如：

二次大戰結束，因戰後疏散到鄉村的作家紛紛回京，翌四六年六月十五日星期六，亂步主持了一場在京推理作家座談會，向在場作家講述了時達兩小時的〈美國推理小說近況〉，介紹了美國推理小說的新傾向，勉勵大家共同為戰後之推理小說邁進。

這次聚會之後，決定每月第二個星期六定期舉辦一次聚會，稱為「土曜會」（星期六在日本稱為土曜日）。

一年後，土曜會為班底，成立「偵探作家俱樂部」，選出江戶川亂步為首屆會長。五四年十月，偵探作家俱樂部與關西偵探作家俱樂部合併，改稱為「日本偵探作家俱樂部」。六二年，由任意團體組織改組為社團法人（基金會），改稱為「日本推理作家協會」。

偵探作家俱樂部成立時，為了褒獎年度優秀作品，設立偵探作家俱樂部獎，之後跟著組織的更名，獎的名稱也更改，現在稱為日本推理作家協會獎。

一九五四年十月三十日，慶祝江戶川亂步六十歲誕辰會上，亂步為了振興日本推理小說，向日本偵探作家俱樂部提供一百萬圓日幣為基金，設立了江戶川亂步獎，最初兩屆頒獎給對日本推理文壇的功勞者，從第三屆起更改為長篇推理小說徵文獎，鼓勵新人的推理創作。

亂步除了推行這些組織性的活動之外，還積極地撰寫介紹歐美推理作家與其名著，以及推理小說的理論與研究文章。前者結集為《海外偵探小說作家與作品》，後者的代表作為《幻影城》與《續．幻影城》。

江戶川亂步對日本推理文壇的貢獻，日本政府於一九六一年十一月，授與「紫綬褒章」。一九六五年七月二十八日，亂步因腦出血而逝世，享年七十一歲。日本政府再度授與「正五位勳三等瑞寶章」紀念其功勞。

二〇一〇年一月七日

本文作者簡介

傅博

文藝評論家。另有筆名島崎博、黃淮。一九三三年出生，台南市人。於早稻田大學研究所專攻金融經濟。在日二十五年以島崎博之名撰寫作家書誌、文化時評等。曾任推理雜誌《幻影城》總編輯。一九七九年底回台定居。主編《日本十大推理名著全集》、《日本推理名著大展》、《日本名探推理系列》以及日本文學選集（合計四十冊，希代出版）。二〇〇九年出版《謎詭．偵探．推理——日本推理作家與作品》（獨步文化），是台灣最具權威的日本推理小說評論文集。

D坂殺人事件

事實（上）

那是發生在九月上旬某個悶熱夜晚的事件。我正坐在位於D坂（註一）大道中段左右、經常光顧的白梅軒的咖啡廳（註二）裡啜飲著冰咖啡。當時的我剛從學校畢業，連個像樣的工作都沒有，鎮日無所事事地窩在租屋處看書，膩了就出門漫無目的地散步，或是找家便宜的咖啡廳消磨時間，這樣的生活幾乎成為每日的例行公事。由於這家白梅軒離租屋處很近，而且不管我到哪散步必定都會經過，漸漸地成為最常光顧的咖啡廳。但我這人有個壞習慣，一進咖啡廳總要待上好一陣子，原本食欲就不算太好，加上阮囊羞澀，我通常不點餐，僅喝個兩、三杯廉價咖啡，就這樣靜靜待上一、兩個小時。不過我常來咖啡廳的理由倒不是對女侍有意思，也未曾藉

註一　因為接下來的故事中將提及「菊人偶」，可知此處所指的應該就是東京本鄉的團子坂。團子坂為位於東京都文京區千駄木三、五丁目與一、二丁目交界的東西向坡道，自江戶時期至明治時期以菊人偶聞名。森鷗外曾在坡道上建觀潮樓，亂步兄弟則於大正八至九年在此（本鄉區駒込林町）經營舊書店三人書房。同年二月左右起一個月之間，亂步夫婦亦於團子坂上租屋居住過。

註二　咖啡廳原本只是純粹喝咖啡的地方，大正時代起也提供酒類、茶類、餐點。這類綜合型咖啡廳最早為明治四十四年開幕的東京京橋區日吉町的「Cafe Printemps」，同年「Cafe Lion」亦開店，作家高村光太郎曾於其作品〈咖啡廳裡〉提及這家店。關東大地震後，大阪的資金流入東京咖啡廳業界，咖啡廳隨之變得更為大眾化。以「Cafe Tiger」為首，大阪流的女店員熱情的服務態度成為賣點。如同本故事中所提及的，這些咖啡廳亦供應西餐。

故調戲她們。說穿了，僅是店裡的環境比租屋處好，待起來也較舒服罷了。事件發生當晚，我照例面對著熟悉的道路，坐在桌前整整十分鐘才品嘗一杯冰咖啡，心不在焉地眺望著窗外景色。

話說，這家白梅軒所在的D坂，過去曾以菊人偶（註一）聞名，事件發生時，原本狹窄的市街剛因市區更新計畫而拓寬成數間（註二）寬的道路，道路兩旁仍有許多空地，與現今相比確實寂寥不少。隔著道路與白梅軒相望的是一家舊書店。我自方才起一直觀察的對象，其實就是這家書店。這只是一家位於近郊、外觀不甚起眼的舊書店，做為觀察對象似乎太過平淡無奇了，但我對這家書店卻有著莫名的興趣。理由就是，最近我在白梅軒結識了一個很特別的男人，名叫明智小五郎。一聊之下得知，他根本是個怪人，頭腦似乎相當聰明，然則引起我注意的是他也很喜歡推理小說。就在不久前我曾聽他提起，對面舊書店的老闆娘其實是他的兒時玩伴。以我在這家書店兩、三次購書的印象，老闆娘十分漂亮，外型雖不是特別搶眼，卻具有某種吸引男性目光的肉感特質。每到晚上總是由她看店，我想今晚她肯定也會在店裡，未料剛才我搜尋店內卻完全沒看到她（雖說那不過是個約兩間半大小的狹小店面）。我原本以為過沒多久她就會來到店裡，於是便先在咖啡廳裡等候。

沒想到，老闆娘還是遲遲未現身。正當我等得不耐煩，將視線移往隔壁鐘表行時，突然瞥見分隔店面與裡間的紙門啪地關上——這種紙門上的特殊構造稱之為「無窗」，其特色在於貼上紙的中央部分由細密的縱向雙重格子所構成，可以自由開闔——是種相當新穎的設計。舊書店這行容易遭竊，因此就算不在店面，裡間的人也一定會從無窗的縫隙中不時留意店面。但此時裡間的人卻將縫隙完全關上，這情形實在少見。若是寒冷時節也就罷了，但時節才進入九月，夜晚依舊悶熱難耐，將門關得密不通風委實不合常理。我愈想愈覺得不對勁，這表示舊書店後面的房間或許發生了什麼事，如此一來，我更是無法移開視線了。

說起舊書店的老闆娘，最近咖啡廳的女侍們針對在澡堂裡所見的附近商家老闆娘及女孩子，一一挑剔起她們的缺點，我正好聽到一則不尋常的傳聞。「舊書店的老闆娘外表明明很漂亮，脫下衣服卻滿身傷痕，看起來就像是被打、被抓的樣子。可是夫婦之間的感情似乎又不錯，真奇怪呢。」聽聞此言，另一名女侍接著說：「隔壁蕎麥麵店『旭屋』的老闆娘好像也常受傷呢。那些傷痕怎麼看都是遭毆打而留下的……」諸如此類的謠傳究竟意味著什麼，我當下並沒有放在心上，頂多覺得是丈夫殘忍的行為罷了。但各位讀者啊，事情並非如此單純。直到後來我才理解，這麼一件小事竟與整起事件具有重大關聯。

註一　在以竹子等編織而成的人形骨架上，以菊花等花卉裝飾而成的偶人。江戶中期至二次戰前，日本各地十分流行菊人偶的展覽。
註二　日本的長度單位。六呎為一間，一間約為一．八公尺。

關於傷痕這件事在此先姑且不談，總之，我盯著同一個地方將近三十分鐘之久。或許這就是所謂的預感，我總覺得一轉頭看向別處就會發生什麼狀況似地絲毫不敢鬆懈。就在此時，方才提及的明智小五郎穿著他最愛的粗條紋花樣浴衣，以他特有的過度擺動肩膀的走路方式經過窗外。他看見我在咖啡廳裡，向我點頭致意後進入店內，點了冰咖啡，坐在我身旁，一起面對著窗戶。一會兒他發現我一直看著某一處後，便順著我的視線向外望去，亦凝望起對面的舊書店。不可思議的是，他也一副興致盎然，絲毫不願移開視線，定定地望著該處。

我們兩人就像事先說好似地邊留心相同的地方，邊聊起無關緊要的日常閒話。至於我們究竟聊了些什麼，如今早已忘得一乾二淨，談話內容亦與這個故事毫無相關，故恕我省略。只約略記得是與犯罪及偵探有關的話題。我試著回想，整理出以下一、兩段與各位讀者分享。

「絕對不會被發現的犯罪真的不可能發生嗎？我倒認為頗有可能哪。例如谷崎潤一郎的〈途上〉（註），這類犯罪手法原則上不會被發現吧。雖說在這篇小說裡，最後還是由偵探破案了，但那也是在作者精采的想像力安排下，才能有這樣的結果啊。」明智說。

「不，我並不這麼認為。實際問題姑且略過，理論上偵探無法破案的犯罪是不可能存在的。只不過是在現今的警察裡，缺乏像〈途上〉中偉大偵探般的人才罷了。」我說。

兩人所聊的內容大致如此。一轉眼我們彷彿說好似地同時陷入沉默。但就算我們不停說話，也雙雙注意到舊書店果然出狀況了。

「看來你也注意到了嘛。」我小聲地說著。

他立刻回答：「應該是偷書賊吧。但這實在太反常了，從我進咖啡廳的那一刻就已發現，而這次已是第四個了。」

「你來這裡還不到三十分鐘，三十分鐘內多達四人，的確有點奇怪。我在你來之前就注意起店裡，大約是一個小時前吧，那裡不是有道紙門嗎？那個格子狀的地方完全被關上，之後我便一直留心觀察著。」

「有這戶人家的自家人出入嗎？」

「問題就在於紙門一次也沒被打開過。就算要離開也必定是由後門出入吧……只是這三十分鐘都沒人出來看店，實在太過詭異。怎麼樣？要不要去看看狀況？」

「說得也是，就算家中沒有什麼異狀，或許是外頭發生了什麼事也說不定。」

我隱隱約約覺得，要是情況發展成犯罪事件的話或許會更刺激吧，就這樣，我們當下離開咖啡廳。明智想必也跟我有同樣想法，情緒顯得有點興奮。

註　谷崎潤一郎於大正九年所發表的短篇小說。內容藉由偵探安藤與湯河的對話，追究湯河是否故意讓前妻前往高危險區而感染疾病死亡的問題，為討論或然率犯罪的小說。

店內擺設與一般舊書店相同，整間店地面均為土間（註一），正面靠牆處與左右兩側的牆壁皆特別設計高達天花板的書架，書架腰部處安置擺書用的臺座。店裡中央處則陳設著一座彷彿小島般堆放書籍用的長方形平臺。正面書架右側約三呎左右的空間做為店面與裡間的通道。如同先前描述，這通道上有道紙門，平時老闆及老闆娘就坐在紙門前的半張榻榻米看店。

明智與我來到紙門前的榻榻米處，試著向裡間大聲呼叫，但沒有任何回應，可能真的沒人在家吧。我們稍微拉開紙門窺視裡間內部，但房內沒開電燈，一片黑暗，隱約可見一具人形的物體倒在房間角落，周圍給人的感覺非常陰沉，於是我們再次呼叫，依然沒有回應。

「沒關係，我們進去看看吧。」

兩人隨即急忙走入裡間。明智打開吊燈開關。就在燈亮起的瞬間，我們不約而同地發出「啊」一聲。明亮的房間角落，橫躺著一具女性屍體。

「是老闆娘。」我好不容易擠出聲音說話。「看起來是脖子遭人勒住而死。」

明智走到屍體旁檢查，「已經斷氣了。得趕緊通知警方。我去打自動電話（註二），麻煩你留在現場，別讓左鄰右舍發現任何異狀，若現場遭到破壞勢必會妨礙調查。」

他命令式地叮嚀後，立刻朝半町外的自動電話亭飛奔而去。

平常滿口犯罪、偵探，只會大聲議論的我，碰上這種實際犯罪卻是頭一遭。此時該做些什麼，我真的半點頭緒也沒有，只能無能為力地呆望著命案現場。

這個房間約莫六張榻榻米大小，沒有隔間，僅右後方約一間寬的狹窄緣廊處有個兩坪大小的庭院與廁所；庭院外側則是木板牆——由於時值夏季，紙門完全開啟，因此看得一清二楚——左邊半間寬處則是開闔式的推門，門後有一處大小約兩張榻榻米左右、鋪上木板的空間，由此可瞥見門後是狹窄洗衣間，該處的及腰紙門關著。右側則有四道闔上的紙門，紙門後方應是通往二樓的樓梯及儲藏室。格局基本上與一般常見的廉價長屋（註三）無異。

而屍體倒下的位置在靠左側的牆壁附近，頭朝向店面。一方面是不想弄亂案發現場，另一方面則是因為覺得噁心，所以我盡量不去接近屍體。但是由於房間十分狹小，就算不想正視，視線也總是自然而然地游移至該處。老闆娘身穿款式簡單的浴衣，姿勢近乎完全仰躺。只不過衣物被翻到膝蓋以上，大腿裸露在外，看似沒有抵抗的跡象。雖不是很確定，但脖子上有像被勒住而變紫的痕跡。

註一　原文即為「土間」。日本傳統建築中未加以鋪設木板，與一般地面相同的室內泥土地面稱之為土間。通常作業場、店面、對外聯絡用的通道等場所的地面多為土間。

註二　即公共電話的舊稱。

註三　一種狹長的大雜院。

外面的街道依然車水馬龍。隱約傳來人們高聲談話、喀拉喀拉地拖著木屐而去的聲響，或喝醉兀自唱起流行歌，大有太平盛世之感；然而，僅隔著一道紙門的房間裡，卻有個女子遭到殺害橫死在地。這是多麼諷刺的景象啊。我忽然覺得有些感傷，一時茫然佇立。

「警察說會立刻趕過來。」此時明智喘著大氣回來了。

「喔，是嗎。」我連開口的力氣也沒有。兩人只能沉默對望，不發一語。

不久，一名身穿制服的警官帶著一名西裝男子到來。後來我才知道，身穿制服的警官原來是K警署的司法主任，另一位——根據其面容及其隨身物可推想而知——則是隸屬於同一警署的警醫（註一）。我們隨即向司法主任大略說明狀況。接著我進一步說明：

「這位明智先生進入咖啡廳時，偶然看一下手表，當時大概是八點半，也就是說，紙門無窗被關上可能是八點左右。我確定當時房間燈亮著。顯然最晚八點左右，還有人在這裡才對。」

司法主任邊聽我們的陳述，邊記錄在記事本裡。警醫則趁這段時間完成驗屍，一等我們說完，立即接著說：

「死因是絞殺。請看這裡，這處變紫的部位是指痕，而出血的部位則是指甲抓傷的痕跡。大拇指的指印位於頸子右側，由此推論是以右手進行絞殺。這位先生說得沒錯，距離死亡時間恐怕還沒超過一小時吧。只不過，已經沒有生還的可能。」

「凶手是由上方壓迫死者的吧？」司法主任想了一下說。「但是從現場看起來卻沒有任何抵抗的樣子……恐怕是因為犯案過程非常迅速，而且凶手的力氣很大。」

接著，他轉過身來向我們詢問舊書店老闆的事。可惜素昧平生的我們完全不清楚。於是，明智當下機警地找來隔壁鐘表行老闆。

司法主任與鐘表行老闆之間的對話大致如下：

「你知道老闆目前人在哪裡嗎？」

「老闆每天晚上都會去夜市擺舊書攤（註二），通常不到十二點是不會回來的。」

「在哪裡擺攤呢？」

「他好像都是去上野的廣小路。只不過今晚擺攤的確定地點，我實在無從得知。」

「一小時多以前，你是否聽到什麼奇怪的聲音嗎？」

「奇怪的聲音是指？」

「這還用問嗎？就是這女人遇害時的叫聲啊，或格鬥的聲音等等……」

註一　警醫為隸屬於警署的醫生，除了基本的驗屍工作，還必須替受押者做體檢。法醫則只針對屍體進行各種解剖或病理化驗。

註二　戰前在市區的繁華地段經常可見許多地攤。有些是專職攤販，有些除了經營店面，晚上亦會出來擺攤，其中，又以銀座的夜市特別出名。

「如果是這類的聲音，我倒是沒有聽到。」

就在警方與證人一問一答間，附近住戶聽到風聲後紛紛群集而來，而路過愛湊熱鬧的人也逐漸靠攏，並在舊書店外形成人牆。此時鄰近的足袋（註一）店老闆娘也證實了鐘表行老闆的說法，在命案發生時，她也沒聽到任何不尋常的聲響。

在這段期間，鄰居似乎說好了派代表去找舊書店老闆。

此時，店門外傳來煞車聲，一下子好幾個人騷騷鬧鬧地進入店裡，其中包括接到警方緊急聯絡而趕來的法院相關人士、K警署署長，及被讚譽為名偵探的小林刑警等一行人——這些資訊其實也是事後才得知的。我有一位朋友是司法記者，他與負責這起事件的小林刑警有私交，我是透過他才獲知許多相關內幕消息——先抵達現場的司法主任向這群人說明狀況，而我們也被迫重複剛才的證言。

「關上店門吧。」

一名身穿黑色羊駝毛（註二）上衣、白色長褲、彷彿公司基層員工的男子突然大喊一聲，迅速把門關上。他就是小林刑警。驅離看熱鬧的人群後，他立刻展開調查。他的手法可謂旁若無人，絲毫不將檢察官或署長放在眼裡，自始至終單獨行動，其他人轉眼成了僅為觀賞他敏捷行動而在場的觀眾一般。他第一個行動就是驗屍，對於死者脖子一帶更是謹慎地進行勘驗。

「這處指印並沒有特別醒目的特徵。由此推論，除了是一般人以右手用力擰住死者脖子以外，沒有其他線索可言。」

小林刑警面向檢察官這麼說。接著他將屍體的衣物脫下，檢查裸體後又再次發言，然而此時，他們以搜查不公開為由將一旁的我們趕到店面。因此我不清楚小林刑警在屍體上有什麼重大發現，推想應是與死者身上的眾多傷痕，也就是在咖啡廳女侍間流傳的那件事有關吧。

之後，警方的祕密會議雖然結束了，我們仍舊被禁止進入裡間，只能待在店面及無窗前的榻榻米上，不時窺看裡間內的情形。幸好由於我們是事件的發現者，而且也必須採集明智的指紋，還不至於被趕出搜查現場。或者說，我們是遭到拘留了更為正確吧。不過，小林刑警的調查並不僅限於裡間，他橫跨屋內、屋外的廣大範圍，對於僅能待在同一處的我們而言，實在難以得知他的搜查狀況。這段期間，檢察官坐鎮在裡間，完全沒有四處走動，刑警們不時進進出出報告進度，我們才得以全盤了解搜查。而檢察官亦根據刑警回報，著手彙整調查報告。

首先，警方於屍體所在的房間內進行縝密的搜查，可惜並沒有任何引起警方注意的遺留物品或足跡，除了一件事以外。

註一　腳拇趾與其餘四趾處分開的日本傳統布襪。
註二　以羊駝毛製成的織品總稱。羊駝是生長在南美祕魯安地斯高山地帶的駱駝類動物，毛質柔軟溫暖。

「在電燈開關上找到指紋了。」刑警在黑色硬橡膠（註一）的開關上灑上指紋粉後說。「就目前所知判斷，關掉電燈的肯定是犯人。不過，剛才開燈的人是你們之中的哪一個？」

明智回答是自己。

「是嗎？那待會請你讓我們採集一下指紋。別再讓任何人碰到這盞燈，拆下來帶走吧。」接著刑警到二樓待上好一陣子，下樓後旋即離開屋內到後面巷子。過十分鐘左右，他一手拿著手電筒，另一手帶回一名身穿髒污縐綢襯衫（註二）與卡其色長褲、約莫四十來歲、外表有點邋遢的男子。

「巷子內並未找到任何有利的線索。」刑警報告。「後門一帶或許是因為日照不良，滿地泥濘，到處都是木屐的足跡，實在難以判別新舊。倒是看到這名男子。」他指了指剛帶進來的男子說：「他是在後門的巷子轉角處賣冰淇淋的商家，後門沒有其他通道，若犯人由後門逃逸，肯定會被他看見。喂，你重述一次剛剛對我說的話。」

以下就是當時冰淇淋店老闆與刑警間的對話。

「今晚八點左右，有人進出巷子嗎？」

「一個也沒有。太陽下山以後，連隻貓也沒經過。」老闆的態度相當謹慎。

「我在巷口開店多年，每到晚上，即便是長屋那些商店的老闆娘也很少在附近走動。因為這條巷子的路面凹凸不平，又一到晚上便完全陷入黑暗。」

「連你店裡的客人也沒走進巷子嗎？」

「完全沒有。大家在店裡吃完冰淇淋後，都直接原路折返。這點我非常確定。」

這麼一來，假如老闆所言可信，凶手就算由命案現場的後門離開，也不是經由這做為唯一通道的小巷。奇怪的是，犯人也沒有從前門離開，關於這點，一直在白梅軒觀察的我們可以做證。那麼凶手究竟如何離開命案現場？根據小林刑警的推理，對方或許潛伏在這條巷子兩側的長屋裡，或者根本就是長屋的住家之一。當然，也可能經由二樓屋頂逃離，只是在調查二樓之後，前面窗戶上的防盜鐵欄絲毫沒遭到破壞；而後方窗戶由於天氣炎熱，幾乎每戶人家都開著，甚至有人在曬衣陽臺上乘涼，因此，要經由二樓屋頂逃逸似乎不太可能。

因此，搜查小組針對搜查方向進行討論，最後決定分頭對這一帶的住戶一一盤問。長屋前後的住戶加起來僅十一戶，倒是沒有費多大工夫即調查結束。另一方面，搜查小組再次對舊書店上至天花板下至地板，毫無遺漏地進行更嚴密的徹查。但令人遺憾，不僅沒有斬獲，更有如將事件推入迷宮一般，因為在搜查過程中，專案小組得知舊書店隔壁的點心店老闆，

註一　生橡膠加上硫磺加熱而成的樹脂狀物質，通常用以製作鋼筆或電器用品上的絕緣體。一九六〇年以後為塑膠材質所取代。

註二　夏季穿的伸縮材質襯衫。

自太陽下山後就到屋頂上的曬衣場吹尺八簫（註一），而他所在的位置正好直接正對著舊書店的二樓窗戶。

各位讀者，事件發展至此變得愈來愈有趣了。凶手是由何處進入舊書店，又是由何處離開的？既不是從後門，也不是從二樓的窗戶，當然更不可能從店門口。究竟犯人是一開始就不存在？抑或如一股煙般消失了？真教人感到不可思議啊。過了一會兒，小林刑警帶著兩名學生到檢察官面前，這兩人說的話，更讓案件陷入五里霧。他們是在長屋後方租屋而居的工業學校（註二）學生，看來不像會隨口胡謅，話雖如此，兩人的陳述卻使得這起案件變得更加撲朔迷離，益發難以理解了。

對於檢察官當時的質問，他們大體上做出如下回答：

「八點左右，我正好站在這間舊書店前翻閱臺架上的雜誌，不久便聽見裡間似乎傳來聲響，立刻抬頭望向紙門。紙門雖然關著，無窗卻是打開的，有一名男子站在那裡。只是在我抬頭的煞那，那名男子幾乎是同時將無窗關上。我不清楚詳細的情況，不過由腰帶的樣式看來，我確定對方是名男子。」

「那麼，除了是男性之外，還有沒有其他細節引起你的注意？身高或衣服花紋等。」

「我只看到腰部以下，身高實在不清楚。我記得他穿黑色和服，或許有著極細的線條或斑點，不過就我看來像是全黑、沒有花紋的布料。」

「我當時也跟這個朋友一起看書。」另一名學生作證說：「跟他的反應一樣，我一聽到聲響，抬起頭來時只見到無窗關上的瞬間。但是，我確定那名男子穿白色和服，沒有線條或任何圖案，是純白和服。」

「這太奇怪了，你們當中一定有人搞錯了吧？」

「絕對沒錯。」

「我也絕對沒說謊。」

這兩名學生如此相左的證言究竟意味著什麼，敏銳的讀者或許已經察覺到了。事實上我也注意到同一件事，不過法院及警方似乎並未多揣測。

不久，死者的丈夫，也就是舊書店老闆接獲通知回到家中。他的外表不像一般舊書店老闆，既瘦弱又年輕。他一見到妻子的屍體，或許生性軟弱吧，縱然沒有哭出聲，卻淚流滿面。小林刑警一直等他恢復平靜後才展開偵訊，檢察官也在旁適時提問。然而令他們失望的是，老

註一　一種日本傳統樂器，竹製，外形類似五孔三節的直笛。

註二　根據明治三十二年制定的實業學校令所成立的中等教育學校，以學習關於工業的相關知識及技術為目的。昭和十年全日本共設立了公立八十三校、私立九校。學生人數共有六千八百多人。

闆對於嫌犯也毫無頭緒。他說：「我保證，我們絕對沒有做出任何會招致他人怨恨的事。」說完，又哭了起來。之後由種種搜查的結果得知，這起案件並非竊盜所為；同時，警方也針對老闆的過去、妻子的身分等進行通盤調查，但都沒有特別值得懷疑的地方，而且與故事沒有多大關聯，所以容我在此省略。最後刑警詢問關於死者身上多處傷痕的事，一番躊躇之後，老闆吞吞吐吐地回答這些傷勢是他造成的。即使遭到煩人的偵訊，他依舊不願意明確回答這麼做的理由。由於他當晚一直在外做生意，就算這是老闆虐待妻子留下的傷痕，他也沒有殺害的嫌疑，因此警方便沒有進一步追問下去。

於是，當晚的調查就此暫時告一段落。刑警要求我們留下地址、姓名等資料，還採集了明智的指紋，當我們踏上歸途時，已是深夜一點過後。

若警方的搜索沒有疏漏之處，而證人亦無說謊之虞，這可謂不可解的事件。後來，我聽說小林刑警仍繼續留在屋內進行搜查直到天明，卻仍未獲得成果，除了當晚得知的訊息，找不到其他有利線索。所有證人都是足以信賴的人士，十一間長屋的居民當中也未見可疑分子。警方也針對被害者的老家進行調查，同樣沒找到可疑的事。至少在小林刑警——就如同前文所言，他是個被譽為名偵探的人物——盡全力搜索的範圍內，只得到本案乃是令人無法理解的事件此一結論。以下這事則是後來聽說的，小林刑警唯一的證物，也就是特意拆下帶回的那盞燈開關上，除了明智的指紋外，並沒有找到其他人的指紋。或許是明智當時太過慌張，以至於在開關上留下大量指紋，大概是明智的指紋將犯人的指紋蓋掉了吧，刑警們如此推論。

各位讀者，在讀到這則故事時，或多或少會聯想到愛倫．坡的〈莫爾格街凶殺案〉或柯南．道爾的〈雜色的繩子〉（註一）。也就是說，這起凶殺案的犯人，各位可能會猜想根本不是人類，而是像紅毛猩猩或印度來的毒蛇之類。事實上我也曾如此質疑過。但各位，東京的D坂上實在難以讓人相信會有這些生物，而且不是有證人證實從紙門的無窗中見到一名男子的身影？不僅如此，假設真是猿猴，勢必會留下痕跡，肯定也很引人注目；加上死者脖子上的手指印也在在指向是人類所為，若遭蛇纏住脖子而死，不會留下這般手印。

總之，明智與我那晚踏上歸途時，一時興起聊了許多。在此略舉一例以供參考。

「你應該也聽過成為愛倫．坡〈莫爾格街凶殺案〉或卡斯頓．勒胡《黃色房間的祕密》原始素材的Rose Delacout事件（註二）吧。那起不可思議的殺人案經過百年，依然留下許多謎團。我聯想到這起案件。依今晚事件中沒有犯人離去的跡象來看，你不覺得兩者十分雷同

註一　柯南．道爾的「福爾摩斯系列」短篇，發表於一八九二年。

註二　西元十九世紀初發生於巴黎的殺人事件。名為Rose Delacout的年輕女性在公寓最上層的自宅中的床上遭人以小刀殺害，後被管理員及警察發現。門由內部上鎖，同時繫上鏈鎖。唯一的窗戶也自內部上鎖，煙囪不管是多麼瘦小的人都無法通過。這起事件一直到最後都沒人能夠破案。

嗎？」明智說。

「是啊。真是令人難以置信。常有人說，日式建築的格局不可能發生如外國偵探小說般的密室犯罪，我一直都認為並非不可能。這會兒，不就在眼前發生了嗎？雖不知能否辦到，但此刻我真的非常想大展身手試著偵破這起案件呢。」

我們就這樣聊著聊著，在某條小巷前告別。我還記得當時轉進巷子裡時，明智以其獨特的搖擺肩膀的走路方式快步返家的背影，伴隨著搶眼的條狀花紋浴衣清楚浮現在黑暗中。

推理（下）

凶殺案件經過十日左右的某一天，我前往明智小五郎的住處拜訪。關於在這十天之內，我與明智對於這起事件究竟做何反應、思考了什麼，而又得到什麼結論。相信讀者藉由我與他之間在當日所進行的對話，應該就有所了解。

在此之前，我與明智大多約在咖啡廳見面，直接前往他的住處拜訪還是頭一遭。雖說事先已問到地址，但實際找到可是煞費一番工夫。我站在與他的描述相符的菸草鋪前，向老闆娘詢問明智是否在家。

「嗯，在家啊。請先在這裡等一下，我去叫他。」

老闆娘說完，便走到店頭可見的樓梯口，大聲呼叫明智。他目前租下這家店的二樓做為住所。一聽到老闆娘的呼叫，「喔喔。」明智立刻回以怪異的回應，而後吱吱嘎嘎地踏響階梯下樓，一見到我，他一臉事出突然的樣子，說：「你好，上來吧。」我隨他來到二樓。只是我完全沒想到，當我不假思索地踏進他的房間時，我當下只能驚訝地「啊」地一聲大叫。他的房間實在太不尋常了。我並非不知道明智是個怪人，但眼前反常的光景卻又超乎我的想像。

所謂反常的光景，不是別的，而是我所見到的這四張半榻榻米大小的地板上堆滿了書。當中僅有少部分範圍可見到榻榻米，其餘都是書、書、書，到處是由書堆砌而成的小山。沿著四方的牆壁及紙門，底下幾乎占滿整個房間，愈往上堆疊感覺愈窄小，一直堆到天花板附近。書的堤防由四面八方簇擁而來，此外別無其他生活用品，甚至令人難以想像他到底是怎麼睡覺的。更誇張的是，連主客兩人可坐的地方也沒有。要是不小心碰到，書的堤防會立刻潰決，一切都淹沒在書的洪流裡。

「這裡實在太狹窄了，也沒座墊。很抱歉，你就隨便找本看起來較舒適的書坐下吧。」

我當下披荊斬棘似地進入書的深山中，總算找到可以好好坐下之處，只是還沒從驚訝中平復，暫時呆然張望房間四周。

對於這間詭異房間的主人明智小五郎，看來我有必要在此做一番簡單介紹。但我與他其實認識不久，他過去經歷、靠什麼維生、人生目標為何等，我完全一無所知，僅一件事情我可以確定，那就是他算沒有固定職業的遊民。勉強要說的話，算是書生（註一）吧。但做為書生，他似乎也太與眾不同了。他曾說：「我研究的是人類啊。」當時我不是很清楚這意味著什麼。我唯一理解的是，他對於犯罪或偵探有著異於常人的興趣及驚人的豐富知識。

明智的年紀和我差不多，不超過二十五歲。嚴格說來算是體型偏瘦，如前所述，他走路時有個習慣甩動肩膀的怪毛病，絕非類似豪傑大俠之類的動作，若以較耐人尋味的方式比喻，就是會讓人聯想到那位單手殘障的說書人神田伯龍（註二）般的走路姿勢。說到伯龍，明智從長相到聲音都跟他一模一樣——沒見過伯龍的讀者只要想像一下你們心中那種雖稱不上美男子，但給人一種親近感，且看起來很睿智的長相即可——不過，明智的頭髮較長，蓬亂毛躁糾結成團，跟人說話時，他還會習慣性地以手指把那原本亂糟糟的頭髮抓得更亂。至於服裝，他向來不講究，總是穿著棉質和服繫著皺巴巴的兵兒帶（註三）。

「你來得正好。自從事件發生後，我們就沒再見面了，D坂事件的後續如何？警方似乎遲遲找不到嫌犯？」

明智依舊搔著頭髮，眼睛滴溜溜地盯著我瞧。

「事實上我今天就是來跟你聊這件事的。」雖然我不知道該如何開口，還是試著發言。「事件發生以後，我想了很多。不僅止於想，簡直像個偵探般到實地調查一番。最後，我得到一個結論。今天來就是特地來向你說明……」

「喔？真是太厲害了。請為我詳細說明吧。」

我並未漏看閃過他眼神中那抹彷彿通曉一切、既輕蔑又安然的神色。這一瞬更激勵我原本遲疑的忐忑心情，我順勢說了起來。

「我有個朋友是新聞記者，他與擔當這次事件的小林刑警有交情。透過這位記者朋友，我得以了解警方的搜查進度。警方似乎遲遲無法訂立偵查方針，當然他們也絕非閒著，仍持續進行種種調查，可惜就是沒獲得可觀的成果。例如，關於電燈開關，我認為將開關視為重要線索根本就是很失敗的想法，由檢查結果最多得知開關上只留下你的指紋。警方看來認定是你的指紋將犯人的指紋蓋掉了。所以，看到警方如此傷腦筋，我更是興致滿滿地想調查出真相。你猜，我找到什麼答案？以及，我為何會在向警方說明推理前先來找你談呢？

註一　寄宿在有親戚關係的學者、資產家或政治家的家中，一邊幫忙打理家務一邊做學問的學生。

註二　神田伯龍（1889-1949），說書人，即日本所謂「落語家」，本名戶塚岩太郎。接受第三代神田伯山、一立齋文慶的指導，擅長講述以日常生活為題材的故事。明治四十五年繼承第五代伯龍之名。

註三　男性穿著和服時使用的腰帶。起源於薩摩兵兒（九州軍人）常繫的腰帶，故稱兵兒帶。

「姑且不論這些，從案發當天起，我一直留心一件事情。相信你也還記得——就是兩名學生對犯人衣服顏色做出完全相左的證言。一個說是黑色，另一個卻說是白色。人類的眼睛再怎麼不可信，完全誤認對比強烈的黑白兩色未免太怪了。我不清楚警方有何解釋，但我認為這兩人陳述都是對的。你懂我的意思嗎？這表示，犯人穿黑白相間的條紋花色衣服啊……亦即，可能是黑白相間的條紋花色浴衣之類，在一般宿舍裡經常供人租借的浴衣……至於為何一個看成純白，另一個卻看成黑色嘛，那是因為他們透過紙門的無窗看到的，正好在那一瞬間，一個人位於無窗間隙與衣服白色線條一致的位置，另一人則位於與黑線條一致的位置。這或許是很少見的偶然，但絕非不可能，就這起事件而言，除此之外，或許找不到其他合理的解釋了。

「好，雖然推論出犯人衣物的花色，但這也僅能使搜索範圍縮小，尚且無法確定凶手是誰。第二個推論則與電燈開關的指紋有關。我透過記者朋友的幫助，請小林刑警讓我對上面的指紋——也就是你的指紋呢——仔細檢查一番。結果我更加確定想法沒錯。對了，你有硯臺嗎？能不能借我一下？」

我打算做一個簡單實驗。首先借來硯臺，在右手拇指上塗一層薄墨，由懷中取出白紙捺上指紋，等乾了再換個角度，以同一根手指用力在原本的指紋印捺上新指紋。於是可見兩記相互交錯的指紋清楚呈現紙上。

「警察認定犯人指紋因與你的指紋重疊而遭掩蓋，但實驗結果證明這不可能。不管多用力，指紋這種由線條所構成的痕跡，至少在線條之間必定會留下先前的指紋。如果前後指紋完全一樣，按下的位置亦無分寸差異且指紋紋路也一致，或許新捺上的指紋能掩蓋住先前的指紋吧，但這種事情終究是不可能的。就算有可能，也完全不影響結論。

「但是，萬一關掉電燈的是嫌犯，應該會在開關上留下指紋才對。我原本猜測，或許警察沒注意到在你的指紋紋路之間可能留有嫌犯指紋，所以我借出電燈開關親自檢查，沒想到完全沒有這類痕跡。也就是說，在這個開關上，自始至終只有你的指紋——至於為什麼沒留下舊書店一家人的，我並不清楚。也許是因為那房間的電燈一直開著，從來沒關過的緣故吧。

「你對於上述的推論有什麼看法？我的推理如下：一名穿粗線條和服的男子——那名男子多半是死去女子的兒時玩伴，行凶動機想必是失戀——知道舊書店的店主定時會去夜市做生意，便趁著這段時間偷襲女子。之所以沒有出聲也沒有抵抗的痕跡，想必是女方與男方很熟。達到目的的男子拖延屍體被人發現的時間，索性將電燈關掉再離去。但這名男子犯下兩大失誤，一是他起初沒注意到紙門的無窗是開著的，等發現此事便急忙地將無窗關上，未料他的身影竟被店裡兩名學生看到。接著男子雖先行離去，卻突然察覺到離去前關掉電燈時，自己的指紋已留在開關上，便一心一意只想盡快將指紋拭去。但再次以相同的方式潛入房間似乎又太過冒險，於是他心生一計，那就是讓自己成為殺人事件的發現者。這麼一來，便能讓自己的指紋自然地留在開關，致使警方不會對第一次留下的指紋有所懷疑，且恐怕任誰也不會相信發現者就是嫌犯。這可說是一舉兩得。接下來，他裝作若無其事地旁觀警察的搜查行動，並大膽做出證言。而結果也如同他所預測的，即使經過五天、十天，依然不會有人前來逮捕他。」

不知道聽我說這一席話時，明智小五郎做何感想。原本我猜想他臉色會為之一變，或中途打斷試圖辯解，但令我啞然，他竟然從頭到尾都面無表情。平時他就不是會將心中想法表現在外的人，但眼前的他也未免太平靜了。自始至終，他僅搔弄著那頭毛躁的頭髮，保持緘默。我心想，多厚臉皮啊！但我仍耐著性子說完推理。

「你或許會想反駁我，嫌犯究竟從何處進入舊書店，又從何處離去吧？的確，若不弄清楚這點，即使解開其他疑點也無濟於事。很遺憾地，這謎團也被我破解了。由那晚搜查結果看來，似乎完全找不到犯人離開的跡象。但既然有殺人的事實，絕不可能沒有嫌犯出入。因此唯一可能性便是警察的搜查有所疏漏。警察雖然算費盡心思搜查過，但很不幸地，他們的聰明才智終究及不上我這一介讀書人啊。

「其實這也沒什麼，不過是件無聊的事實罷了。我如此推理：經過警察密集的偵訊，所有鄰居應該沒有可疑之處。既是如此，嫌犯必定是能不被人目擊而離開現場或縱使被目擊也不會遭懷疑的人。也就是說，嫌犯利用人類注意力的盲點——與我們眼睛的盲點相同，注意力也有所謂的盲點呢——如同魔術師在觀眾面前將巨大物體莫名其妙地變不見一般，利用盲點讓自己成為隱形人。由此我注意到舊書店隔壁的隔壁——蕎麥麵店『旭屋』。」

舊書店右邊是鐘表行，再過去是點心店；左邊則依序是足袋店、蕎麥麵店。

「我到實地探訪，尋問店家在事件發生的當晚八點左右，是否有男子去借廁所。那間旭屋你也知道吧。店裡有條通道直通後面的木門，木門旁就是廁所，嫌犯只要裝作上廁所的樣子，再由後門離開，完成罪行後再若無其事地折返即可——那個冰淇淋小販在巷子口做生意，沒看到有任何人離開自是理所當然——而在蕎麥麵店借用廁所也是非常自然的行為。根據我一一訪查的結果，當晚蕎麥麵店老闆娘不在，只有老闆在店內，的確是實行此一計畫的最佳時機。嘿，你不覺得這是非常了不起的創意嗎？

「果不其然，那個時間點確實有位客人曾借用廁所。遺憾的是，旭屋的老闆根本不記得男子的長相與衣服花色——我立即透過那個記者朋友將這件事情轉告小林刑警，而刑警也親自到麵店調查過，可惜依然沒查出任何線索——」

我暫時停止我的陳述，給予明智發言的時間。以他的立場來看，此刻沒有理由不為自己辯護。無耐他仍舊搔著那頭蓬髮，一臉坦然地保持沉默。我不得不停止原本為了表示敬意而使用間接的表達，改以最直接的方式逼問。

「喂，明智，你一定聽得懂我話中意思吧？一切無可動搖的證據在在指向你。坦白說，我心裡尚有一絲不願懷疑你的情感，但見到證據這麼充分，實在不得不如此推理……因為擔心自己對你有所誤解，我甚至前往長屋拚命尋找各個住戶中是否有其他人習慣穿著黑白粗條紋的浴衣，但很可惜，一個也沒有。這也理所當然，同樣是粗條紋，少有人會穿得與無窗空隙恰巧一致的誇張花色。同時，由指紋和借用廁所的詭計看來，手法著實成熟巧妙，若非如你這般的犯罪專家，恐怕難以思考出這麼周延的犯罪。此外，最令人好奇的是，你明明身為死者的兒時玩伴，當晚在調查老闆娘的身分時卻完全悶不吭聲，這不是很反常嗎？

「好了，這麼一來，你唯一能依靠的就只有不在場證明，但你仍舊無法藉由這點證明自己的清白。你還記得吧？當晚踏上歸途時我曾問你，你前往白梅軒前是從哪邊過來。你告訴我當時你在附近散步將近一小時左右，對吧？就算有人曾見到你，在散步的途中前往蕎麥麵店借用廁所也沒什麼不對勁的。明智啊，我的推理是否有錯？怎樣，不如讓我聽聽你的辯解吧？」

讀者諸君，受到我如此緊迫盯人的詰問，各位知道怪人明智小五郎又是如何回應嗎？各位認為他會羞愧得五體投地嗎？無論如何想像，就是沒料想到他竟會做出如此令我無以招架的回應。他竟突如其來地高聲大笑起來。

「啊，真是失禮，我原本沒打算嘲笑你的，只是看你說得一臉認真，一時忍不住就……」明智辯解似地說。「你的推論的確十分有趣，能結交到像你這樣的朋友，我實在備感欣慰啊。可惜的是，你的推理實在太過表面、也太過粗糙了。例如，關於我與老闆娘的關係，雖說她是我的兒時玩伴，但你調查過我和她之間的關係嗎？往昔我是否曾與她有戀愛關係，導致如今我仍舊怨恨她等，像這些細節，你都無從推測而知吧。那天晚上，為何我明明認識她卻又不多做說明，道理其實很簡單，因為我對她所知根本不多，無法提供任何足以參考的資訊。我進小學前就未曾再見她，直到最近才偶然得知她是我的兒時玩伴，但也僅交談過兩、三次而已。」

「那麼，關於指紋你要怎麼解釋？」

「你以為我在事件發生後完全沒有行動？我也是進行了種種調查啊。我經常一整天都在D坂附近閒晃。尤其是舊書店，我不知拜訪幾次，幾乎天天纏著舊書店的老闆問話——我向他坦誠認識他的妻子，結果反而成為探察的助力——如同你透過記者朋友得知警察目前的行動一般，透過舊書店老闆，我也獲知這方面的消息。我很快就知道指紋的事情，也覺得太過反常而進行調查。哈哈哈……沒想到竟得到意外可笑的結果，燈熄不過是因為燈泡裡的鎢絲斷了，而非有人刻意關掉電燈。而原本以為是我切換開關而打開的吊燈，其實是當時慌亂之際不小心搖晃到燈泡，使得藕斷絲連的鎢絲又接回去才再度亮起來。開關上只有我的指紋留下可說是理所當然。當天晚上，你說由無窗的縫隙可見到光線。由此可知，鎢絲斷掉是在那之後。老電燈泡突然熄燈是稀鬆平常的事。接下來關於犯人衣物的顏色嘛，與其由我來說明……」

他說到此，旋即轉身在後面的書堆中翻翻找找，總算挖出一本老舊的外文書。

「你讀過這本書嗎？閔斯特伯格（註）的《心理學與犯罪》，請讀一下〈錯覺〉這一章的開頭前十行左右吧。」

聽到他充滿自信的反駁後，我漸漸意識到自己的失敗，於是順著他的要求，自他手中接過這本書讀了起來。書中內容大致如下：

過去曾發生一起汽車犯罪事件。在法庭上，一名宣示所言句句屬實的證人主張當時路面完全乾燥而且塵土飛揚，另一名證人卻誓言才剛下過雨，道路泥濘不堪；一個說汽車當時是緩緩行駛，另一個卻說從沒看過如此迅速奔馳的汽車。另外，前者說這條村道當時只有兩、三人在場，後者則陳述當時男男女女、大人小孩等，有許多行人在場。這兩名證人皆是值得尊敬的紳士，扭曲事實做僞證對他們沒有半點好處。

等我讀完後，明智又翻起書頁說：

「這是實際發生過的事。接下來你讀一讀〈證人的記憶〉這一章。在這章的內容裡，有一段關於事先設計好的實驗，正好也是與衣物顏色相關的情節。或許你覺得有點不耐煩，但還是請你耐著性子看一下吧。」

這段則記載了如下的事件：

（前略）在此略舉一例。前年（本書出版日期爲一九一一年）在哥廷根曾召開一場由法律學者、心理學者、物理學者共同參與的學術研討會。此次聚會的學者各個都是嚴謹的學術研究專家。在這個城市裡，彷彿嘉年華會般的熱鬧聚會就此展開。當學術研討會氣氛正熱絡時，大門猛然被打開，一名身穿五彩繽紛服裝的小丑瘋狂飛奔而入。仔細一看，他的後方有一名黑人拿著手槍追趕過來。在大廳正中央，他們彼此相互以恐嚇的言語咒罵，不久，小丑猝然啪噠一聲倒在地上，黑人趁機跳到他身上，接著手槍砰地一聲發出巨響。兩人彷彿瞬間消失般迅速離開場內。整起事件發生過程不到二十秒。不用說，在場眾人極度震驚。除了會議主席外，沒有

註　雨果．閔斯特伯格（Hugo Münsterberg, 1863-1916）為德、美心理學家，曾擔任哈佛、哥倫比亞大學教授以及美國心理學會的會長，為奠定心理學於實際生活的運用及應用心理學基礎的學者。曾撰寫關於美國社會與日本美術的作品。亂步在所收藏的《心理學與犯罪》日譯本中，寫下疑是創作〈心理測驗〉時的筆記。

任何人察覺到，所有的肢體語言都是事先安排好的，也沒有人知道事發現場亦被拍成照片。接著，主席告訴現場所有人，這起事情或許將來有必要在法庭上作證，同時不著痕跡地要求大家將事情始末如實記錄。（中略，接下來的內容一一說明眾人的紀錄有多處錯誤，並以百分比顯示出來。）正確記錄黑人頭上沒有戴任何東西的，在四十人當中的僅有四個人，其他有的認爲黑人戴著高帽子，也有人認爲是絲質紳士帽，可說錯誤百出。關於所穿衣物則有的說是紅色，也有人說是褐色；有人說是條紋花色，也有人說是咖啡色花紋，其他尚有各種不同色系。但實際上黑人當時所穿的不過是白長褲配黑上衣，並繫上一條過大的紅領帶罷了。（後略）

「就如聰明的閔斯特伯格所一語道破的，」明智說。「人類的觀察力與記憶力其實相當不可靠。在這個例子中，即使聰明如這群學者也無法正確記住衣服顏色。我認為當晚那兩名學生會錯認，其實一點也不奇怪。我不知道他們看到什麼人，但對方應該不是穿著條紋花色的衣物。當然那也不是我。不過，能夠藉由無窗的間隙思考到條紋花色，你的著眼點十分有趣。但說起來這也未免太過巧合了。與其相信如此巧合的偶然，還不如相信我的清白會更實際一點。好，至於借用蕎麥麵店的廁所嘛。對於這件事，我的推理與你相同。我原本以為除了旭屋這個方法以外，嫌犯別無其他方式脫身。但經過實際調查後，很遺憾地我做出與你完全相反的結論。我認為，實際上並無借用廁所的男子。」

各位讀者應該也已察覺，明智正在否定我認定他就是嫌犯的推理、否定嫌犯的指紋、連嫌犯逃走的路徑也否定，並企圖為自己的無罪作證。但是這麼一來，難道不會否定犯罪本身的成立嗎？我絲毫無法理解他的真正用意。

「那麼你已推論出誰才是犯人嗎？」

「當然。」他再次搔弄著那頭蓬髮回答：「我的做法與你有些不同。表面的物證隨著詮釋方式不同，會出現截然不同的結果。最好的偵探法就是由心理層面透視出人的內在，但這就得看偵探本身的能力了。總之，在這起事件中，我將重點放在心理層面。

「最初引起我注意的是舊書店老闆娘身上傷痕累累的問題。接著我又意外得知，蕎麥麵店的老闆娘身上也有多處類似的傷痕。想必你也聽過這個傳聞吧。但是她們的丈夫看起來一點也不像有暴力傾向的人。無論是舊書店老闆或麵店老闆，看起來都是個性沉默且明辨是非的人。因此我不得不懷疑，在他們的內心世界中，是否隱藏著某些不可告人的祕密。我首先纏住舊書店老闆，想盡辦法從他口中套出內情。由於我與他過世的妻子是舊識，他對我多少較無戒心，因此，想要透過他的話獲得相關資訊並不太難。但麵店老闆戒心卻超乎我的意料，為了打探出這之間不可告人的真相，我耗費極大精神。可是靠著某種方法，最後還是達到我的目的。

「想必你也聽說心理學上的聯想診斷法已運用在犯罪搜查上了吧？藉由大量一般的刺激字彙來測試嫌犯對這些單字的聯想快慢。不過，我認為這個方法不見得僅限於心理學者擅用的狗、家、河川等簡單的刺激字彙，同時也非絕對必須借助精密測時器（註一）。對聯想診斷法的精髓相當理解的人而言，這種限制不具任何必要性。證據就是過去被稱為名判官或名偵探的人，他們自心理學不若今日發達的過去起，便憑藉著個人的天賦異稟，不知不覺間實踐了這種心理學，大岡越前守（註二）就是其中一人。若以小說的例子來說，愛倫·坡的〈莫爾格街凶殺案〉的一開始，杜邦依據朋友無意識的動作，便能說出他內心的想法。柯南·道爾在模仿愛倫·坡所寫的短篇小說〈入院患者〉（註三）中也曾讓福爾摩斯進行類似的推理，這些推理在某種意義上都是屬於聯想診斷。心理學家所利用的種種技術性方法，僅是為那些欠缺洞察力的凡人方便所設計的。我似乎離題了，總之，我應用非一般形式的聯想診斷來試探麵店老闆。我先與他談了許多話題，都是一些不著邊際的閒聊，並透過他的回應臆測他心裡真正的想法。這是非常敏感且複雜多變的心理探索，故詳細情形改天我再與你討論吧。總之，就結果而言，我得到一個足以確信的答案，亦即，我找到真正的犯人了。

「但實際上我連一項具體的事證也沒有，因此無從向警方報案。縱使報案了，警方恐怕也是對我愛理不理吧。況且，我找到真凶卻仍束手無策還有另一個理由，那就是我認為這起犯罪並不存在惡意。或許這說法有點讓人摸不著頭緒，不過這起殺人事件是在犯人與被害者彼此同意下進行的。不，甚至是符合被害者自身期望也說不定。」

我費盡心思，仍無法理解明智想表達的意思。我完全沒有意識到自身失敗的恥辱，一味仔細聆聽他這讓我當下啞口無言的推理。

「我的推論是，凶手是旭屋老闆。他為了隱瞞罪行而謊稱有男子借用廁所。不過這並非他原創的想法，而是給予暗示的我們不對。我們兩人不約而同地問他是否見到這樣的男子，等於教他編造出這號人物。此外，他似乎誤以為我們與警方有關。至於他為何犯下殺人罪嘛……這起事件明明白白地告訴我一個道理，表面上極為平穩的人世，背後竟潛藏著如此意外又如此殘忍的祕密，而且這祕密只存在於噩夢般的世界。

「旭屋的老闆是個承襲薩德侯爵（註四）精神血脈的重度色情虐待狂。而命運是多麼愛惡作劇啊，僅隔著兩間屋子的距離竟讓他意外發現馬索克（註五）的女性繼承者。舊書店女主人是個

註一　即chronoscope。
註二　江戶中期的大臣大岡忠相，曾擔任過越前國（日本的古藩國名，相當於今日福井縣、岐阜縣一帶）的藩守，故名。歌舞伎戲碼等稗官野史中經常將他描寫為明察秋毫、斷事如神的名判官。
註三　柯南．道爾的「福爾摩斯系列」短篇，發表於一八九二年。文中所指這段推理原本寫於同年發表之〈硬紙盒子〉中。
註四　全名為唐納蒂安．阿爾豐斯．弗朗索瓦．德．薩德（Donatien Alphonse François de Sade, 1740-1814）。法國軍人、作家。因性癖好過於異常而遭到終身監禁，在牢獄中撰寫代表作《索多瑪一百二十天》。現今形容施虐癖的名詞「Sadism」即是由他的名字延伸而來。
註五　全名利奧波德．力特．馮．薩克．馬索克（Leopold Ritter von Sacher-Masoch, 1836-1895），奧地利小說家，代表為《穿貂皮衣的維納斯》。其作品與生活態度成為形容受虐癖名詞「Masochism」的語源。

程度不輸他的被虐狂，兩人靠著這類病症患者特有的隱晦手法，不為人知地發展地下情……這麼一來，你應該能理解我所說的『彼此同意下的殺人』的意義了吧……他們原本各自靠正常的夫妻關係勉強滿足病態般的欲望，證據就是舊書店老闆娘與旭屋老闆娘身上原本就有的傷痕。但不消說，僅靠著這樣的關係終究無法填補他們異於常人的性欲望。因此，當他們發現就在咫尺，竟然住著長久以來尋覓不著的理想伴侶時，不難想像兩人之間迅速點燃火花。但是，這火花卻因命運的惡作劇而衍生為悲劇。在一方主動一方被動的力量合成下，兩人之間的狂態一次比一次猛烈。最後，終於在那天晚上，爆發彼此絕對不願面對的悲劇……」

聽到明智如此出人意表的結論，我不由得發起寒顫。這……唉，這是多麼悲慘的事件啊！

此時，樓下菸草鋪老闆娘拿晚報上來。明智一接過晚報就翻到社會版，隨即嘆口氣說：

「唉，看來他再也法承受內心的壓力而自首了。在我們談論此事時獲知這則報導，真是不可思議的偶然啊。」

我順勢將目光投向他所指之處。上面印著一行小小的標題以及十行左右的報導，內容記述著麵店老闆自首的消息。

〈D坂殺人事件〉發表於一九二五年

心理測驗

（1）

為何蕗屋清一郎會做出如此傷天害理的事？其動機並不清楚。就算清楚，跟以下這則故事也沒有太大關聯。從他勤勉苦學、打工賺錢以供自己上大學這點看來，或許是迫於學費所需吧。他不但是個難得的資優生，而且非常用功。為了賺取學費，他的時間總是耗費在無意義的家庭手工上，因而無法好好讀書、思考。對於這樣的窘境，他總是深感苦惱。但若僅為了這渺小的理由，一個人真的會犯下如此滔天大罪嗎？抑或他體內早已蘊藏先天的惡人因子；又或許不只是學費，他內心同時潛藏著許多欲望。總而言之，蕗屋從計畫至實踐約經歷半年的時間。在這期間他迷惘又迷惘，思考再思考，最後總算下定決心完成這件事。

某次，在一些因緣際會下，他與同學齋藤勇熟稔了起來，而這就是事情的開端。一開始蕗屋並沒有任何企圖，但兩人經過一段時間密切交往後，蕗屋漸漸懷著某種模糊不明的目的接近齋藤。隨著交情愈深，這模糊目的卻益發明顯。

一年多前，齋藤便在山手一帶的某個僻靜住宅區租屋而居。房東是某政府官員的遺孀，年歲已近六十，靠著亡夫遺留下來的幾間房子的租金過活，不僅生活富裕，膝下無子的她更是得以貫徹「人生終究只有金錢可靠」的信念。有能力提供熟人小額借貸，並藉此一點一滴地增加財富，令她感受到生命中的無上喜悅。她願意將其中一間房租給齋藤，一方面擔心自己一個女人家獨居實在危險，另一方面則是光靠租金，每個月又多一筆固定收入倒也不錯。近幾年雖少見，但守財奴的心理古今中外皆相通。傳聞她除了銀行存款，還將巨額現金埋在自宅某個隱密處。

蕗屋聽到傳聞後，深受這筆巨款誘惑。他心想，這老不死的寡婦握有巨款究竟有何意義？不如把這筆錢用在我這種前途光明的青年才子的學費上才合理。簡而言之，這就是他的想法。從此以後，他總在有意無意間透過齋藤盡可能地多了解老寡婦，企圖打探這筆巨款的所在之處。只是，在得知齋藤偶然發現巨款的隱藏處前，他邪惡的念頭終究只是萌芽初期。

「嘿，我真是佩服那老太婆的頭腦呢。一般而言，藏錢的地點不是地板下就是天花板上，要不然就是與這些地方類似的位置。但這老太婆的藏匿處倒令人有點意外。你應該知道吧？老太婆客廳的壁龕處不是擺著一座大型的楓樹盆栽？錢就藏在盆栽底下啊。任誰都想不到巨款竟藏在盆栽裡吧，這老太婆可真是守財奴中的天才呢。」

當時，齋藤笑著描述他的新發現。

之後，蕗屋的計畫逐步具體。他盤算起將老寡婦的巨款變為學費的各種可能步驟，並試圖推演出全身而退的方法。沒想到，這過程超乎想像困難。與此相比，不論多複雜的數學題目都像是小兒科般簡單。如同先前所提，他光使想法具體化便耗費將近半年。

毫無疑問地，真正的難題正是如何免除刑責。倫理上的障礙，亦即良心的苛責對他不過是微不足道的問題。他總認為，像拿破崙那般大舉殺人的行為並非犯罪，而是對生命的禮讚；同樣地，為了培養才華洋溢的青年，就算得犧牲單腳跨進棺材的老寡婦，也是合情合理的事。

老寡婦很少外出，幾乎鎮日窩在和式起居室裡。偶爾出門時也會交代隨她從鄉下來的忠實女傭看守家裡，以至於無論蕗屋如何處心積慮試圖找出空檔，老寡婦就是沒半點疏忽。蕗屋一開始曾思考，能否趁老寡婦與齋藤都不在的時候，設計騙出女傭以實行他的邪惡計畫，但他立刻發現那是極度欠缺思慮的做法。全盤考量後，他認為即使只有極短暫空檔，一旦被得知在這段時間只有自己在屋裡的話，嫌疑就夠高了。於是，他費了整整一個月，不斷在腦中構思計畫、放棄計畫。例如，讓齋藤與女傭誤以為遭竊；在女傭獨處時悄然潛入，趁其不備偷走巨款；夜半趁老寡婦入睡後做案……他推演出種種計畫，但皆具有遭識破的可能。

看來，無論如何，只有將老太婆殺了才有成功機會，這便是他最後得到的駭人結論。老寡婦所藏金額到底多少，他並不知情。但根據種種跡象，絕非冒著殺人的風險也值得的巨額。為了不過爾爾的錢財而殺害無辜，未免太殘酷。然而，即使在一般人的標準看來算不上巨款，對於窮困的蕗屋而言，已能藉此獲得滿足。除此之外，在他的思考邏輯裡，重點顯然不在於金額的多寡，而是如何使犯罪絕不被發現，縱使必須付出極大的代價，他亦在所不惜。

殺人風險性乍看似乎比單純的竊盜高出數倍，但這僅是一種錯覺罷了。沒錯，若以犯罪被發現為前提，殺人毫無疑問地是所有犯罪中情節最嚴重的；可是若不計懲罰輕重，單以被發現的難易度做為衡量標準，視情況而言（例如蕗屋的情況）反而是竊盜更具風險；反之，只要將目擊者殺了，行為本身雖冷血，卻無需擔心罪行曝光。自古以來，惡名昭彰的壞人總是目無王法地一個殺過一個，這些人之所以不太容易被逮到，不正多虧其大膽的殺人行為嗎？

殺了老寡婦，是否就能確實免除危機？面對這個問題，蕗屋思考數月。關於他如何在這段漫長的時間孕育與構思，隨著故事的進展讀者終將理解，故在此先行略過。總之，他靠著極細密入微的分析綜合，總算構築出常人所不能及，且一點破綻也找不到，更保證萬無一失的計畫。

接下來只需耐心等候時機來臨。豈料，時機意外地早一步到來。某日，齋藤前往學校辦事，女傭正好也指派出門，兩人不到傍晚不會回來。而在兩天前，蕗屋也完成最後準備。這裡所說的最後準備工作（只有這件事須事先說明），就是自從齋藤透露藏匿巨款的祕密地點以來，時間已過半年，這半年來巨款位置是否沒變，蕗屋有必要進一步確認。他藉著在那天（即殺害老寡婦的兩天前）訪問齋藤的機會，順便到位於房屋最深處的起居室參觀。他與老寡婦閒話家常。不久，話題逐漸推向隱藏財產的傳聞。每當他說出「隱藏」二字時，都會若無其事地留意老寡婦的眼神。他發現，老寡婦如同他所期待的，不時悄悄望向壁龕的盆栽（只不過，此時已非楓樹而改種松樹）。經過幾次試探，蕗屋確定藏匿位置就在該處。

（2）

等候已久的這一天終於來臨。他穿著大學正式制服與帽子，搭配學生披風，戴上手套，前往目的地。經過一番深思熟慮，他決定不要喬裝。一旦喬裝，無論是材料的購買或換裝的地點，以及其他突發狀況，都可能留下破案線索。結果只會讓事情變得更複雜，一點好處也沒有。犯罪的手段在不被發現之虞的範圍內，應該盡可能單純，這就是他的犯罪哲學。重點在於不能被目擊曾經進入老寡婦的住所。此外，即使被發現曾路過屋前，只要堅持是散步經過即可。不僅如此，萬一在歸途遇到熟人（此一可能性無論如何都必須納入考量），相信無需深思，對方就能立刻判斷究竟是否喬裝過，還是像平時一樣穿著正裝、正帽比較好吧。至於犯罪時間點，只要願意等候，深夜必定較方便行事，他明明也很清楚夜晚有時齋藤與女傭都不在，但為何仍執意選擇風險相對較高的大白天？這與服裝的考量相同，都是為了排除犯罪中不必要的掩飾所做出的判斷。

不過，光站在目標物的房子前，他仍然免不了像個小偷……不，恐怕比小偷更是謹慎、鬼鬼祟祟地張望四周。老寡婦的家與兩旁鄰居以樹叢區隔，是間獨棟獨院的建築。對面則是某大戶人家，高聳的水泥牆足足有一町（註一）長。這裡地處僻靜的住宅區，即使是大白天，也經常四下無人。當蕗屋來到大宅前時，道路上連隻狗也沒有。他膽戰心驚地打開平時一拉便會發出極大聲響的金屬拉門。接著，他在玄關處以極低的音量（這是為了防止隔壁鄰居聽見）呼叫屋主。老寡婦聞聲來到玄關，他以想與老寡婦私底下商量齋藤的事為由，進入最深處的起居室。

兩人坐下後，老寡婦先為女傭不在，招待不周而致歉，隨即親自泡茶招呼客人。蕗屋千辛萬苦等待的就是這一刻。他趁老寡婦打開紙門而稍微屈身之際，以迅雷不及掩耳的速度由背後攫住她，再以雙手（雖然戴上手套，不過他還是盡量避免留下指痕）使盡全力勒住脖子。老寡婦除了被勒住的瞬間咽喉發出「咕」一聲，並沒奮力抵抗。只是，她在深感痛苦之際胡亂揮動的手指，無意間碰到一旁的屏風，並在上面造成些微刮痕。那是一座對折型、有點年代的金色屏風，上面描繪著色彩繽紛的六歌仙（註二），悽慘的損毀痕跡正好留在小野小町的臉上。

待老寡婦斷氣後，他讓屍體躺下，有點在意地盯著屏風破損之處。但深入思考一會後，他覺得這似乎完全沒必要擔心。這種枝微末節根本不足以構成有力證據。於是他來到壁龕前，抓起松樹底部一拉，種植在鬆軟土壤中的松樹瞬間被他連根拔起，正如他所預料的，底部果然有個以油紙包裹的物品。他竭盡所能使自己鎮靜下來，拆開包裹，並從右邊口袋取出一個全新的皮夾，將一半左右的鈔票（足足有五千圓以上）放入皮夾裡，再收進口袋，最後，剩餘的鈔票則重新以油紙包好，放回原處。當然，這麼做是隱藏竊取金錢的證據。老寡婦究竟存了多少錢只有她自己清楚，就算僅餘一半，也不會有任何人起疑。

接下來，他隨手拿起榻榻米上的座墊揉成一團抵住老寡婦的胸口（這樣可避免血液亂噴），由左邊口袋取出一把折疊刀，拉出刀刃，朝心臟部位用力刺入，轉個一圈後抽出。而後以同一張座墊將小刀上的血糊擦拭乾淨，收回原本的口袋。他認為僅靠絞殺或許會有復活的可能，因此有必要進行這最後一個步驟，也就是一般常說的「致命一擊」。至於為何不一開始就使用刀刃，起因於他擔心在殺害過程中，身上的衣物會無意間濺到血液。

在此，或許有必要針對皮夾與折疊刀做簡單說明。這兩件物品乃是蕗屋特地為了執行今天的任務而向某個廟會攤商買的。他趁廟會最喧鬧的時刻，選擇客人看起來最多的攤販，隨手拋

註一　一町約等於一〇九公尺。
註二　《古今和歌集》的序文中，評論「近世聞名者」時，舉出六名九世紀的和歌歌人，分別是僧正遍昭、在原業平、文屋康秀、喜撰法師、小野小町、大伴黑主。

下剛好的零錢，立刻帶著這兩樣東西離開。無論是攤商還是其他顧客，根本沒有時間看清他的樣貌，轉眼間，他早消失在人群中。而這兩件物品都極為普通、不是特殊廠牌的產品。

好，蕗屋確定起居室內完全未留下任何證據後，便謹慎地關上紙門離開。來到玄關後，他邊綁著鞋帶邊思考關於足跡的問題。不過看來沒必要擔心，因為玄關的地板是堅硬的灰泥材質，這陣子又一直是晴天，路面也是乾燥堅硬。接著，只要打開拉門離開這棟大宅即可完成任務。但若在此時大意，一切辛苦都將化為泡影。他當下豎起耳朵，耐心聆聽外面是否有腳步聲……周遭一片寧靜，悄然無聲，頂多只有如彈琴練習之類的日常聲響。他下定決心，靜靜地打開拉門，表情像是剛向主人告辭的客人般踏上歸途。果然如他所預料，路上不見任何人影。

住宅區這一帶不管哪條道路都十分寂寥。由老寡婦家算起，隔四、五町處是一整片老舊石牆，可能是某座神社的圍牆。蕗屋確定四下無人後，迅速將折疊刀與沾血的手套塞進石牆的空隙裡。而後，他立刻朝散步時必經的小公園漫步邁進。他坐在公園的長椅上，安詳地看著孩子們玩耍、盪鞦韆，就此度過一段漫長的悠閒時光。

回家時，他順路到警察局去，取出懷中的皮夾說：

「我剛剛撿到這只皮夾，裡面有巨額的現鈔，請警方處理。」

警察於是公式化地向他問幾個問題，他依序回答撿到的地點與時間（當然是煞有介事的捏造）、自己的住址與姓名（這倒是真的）。接著他領取受領證，寫上自己的姓名及金額。沒錯，這做法的確相當迂迴，但就安全上的考量卻是最好的方法。老寡婦的錢（沒人知道只剩一半）還在原處，皮夾的失主也絕不可能出現。順利的話，一年後（註）這筆現金將分毫不差地落入蕗屋口袋，屆時，他便能毫無顧忌地使用這筆巨款了。他深思熟慮後，決定採用這個迂迴手段。何況若是將皮夾藏在某處，難保不會發生遭人竊取之事；若是留在自己身上，毫無疑問風險就更高了。再者，萬一老寡婦的紙鈔有連號的話（雖然蕗屋已確認過，大致上應該沒有問題），採用這種方法更是萬無一失。

「我看連神明也沒想到竟有人會將偷來的東西交給警方吧。」他忍住笑意，禁不住在內心竊竊私語。

第二天，蕗屋與平常一樣，自安穩的睡眠中醒來，他打著呵欠，在枕邊翻開剛送達的報紙社會版。沒想到，一則令他極為震驚的報導映入眼簾。不過，那絕非足以讓他輾轉難眠的新聞，反而是他意想不到的幸運——朋友齋藤被當作嫌疑犯逮捕了，而他受到懷疑的理由是……他握有不合其身分的巨款。

註　當時與現今的日本相同，根據遺失物法及民法第兩百四十條的規定，經公告兩週，且公告後六個月內仍未出現權利者時，遺失物之所有權將歸於拾得者。

「我是齋藤最親近的朋友，此時應主動到警局詢問詳情才合理。」

蕗屋連忙換上外出服，趕到他昨日交出皮夾的警署。為何交遞皮夾不選擇其他轄區的警署呢？當然，這也是在他刻意包裝下，看起來最為適切的選擇。他特意面露最自然的擔心表情，請求警方讓他與齋藤見面。一如預期，他的請求並未獲准。因此他便向警察詢問齋藤受到懷疑的理由，了解事情的梗概。

聽完警方的說明，蕗屋試著想像當時的情形。

昨天，當蕗屋離去後不久，齋藤比女傭早一步回到家中。他理所當然成為第一個發現屍體的人。未料在向警方報案前，他想起某件事，亦即藏匿巨款的盆栽。若是強盜殺人案件，或許盆栽裡的錢早已不翼而飛了。一開始他只是抱著好奇的心態檢查盆栽內部，果然發現包裹著現鈔的油紙包還在。一見到這筆巨款，齋藤當下起了貪念。雖然他的做法委實太過草率，卻也是人之常情。反正隱藏的地點沒人知道，他相信警方會認定錢是殺死老寡婦的犯人偷走的吧。在這種情況下，這筆錢對任何人來說都是難以忽視的強烈誘惑。接下來他怎麼做呢？根據警方的描述，他平靜地向警方報案。然而，他是如此思慮不周的人啊！他竟然將偷來的現鈔藏進腹帶裡，再若無其事地到警署報案，一副從沒料想到可能受到盤查的樣子。

「等等，不知齋藤當時如何辯解？搞不好到最後會為我帶來危險。」蕗屋針對這個問題進行種種假想。當被發現身上帶著那麼多錢時，或許他會辯稱是自己的。沒錯，老寡婦財產多少或隱藏地點無人知情，齋藤的辯解乍看似乎能被接受。但是對他而言這實在是一筆相當大的金額，他終究必須說出事實吧。法官會相信他的說法嗎？倘若出現其他嫌犯就另當別論，但在這之前他絕不可能無罪。順利的話，他或許會獲判殺人罪。真如此順利的話，就太好了……不過，一旦他遭到法官詰問，應該會鉅細靡遺地招出所有事實，例如他發現金錢藏匿地點時曾經告訴蕗屋、蕗屋在犯行發生的前兩天曾到老寡婦的起居室，或者蕗屋貧困缺學費等等。

所幸這些說法全在蕗屋預謀這個計畫期間就已列入考量，而且再怎麼逼問，警方也難以從齋藤口中導引出比這些說法更不利的事實。

蕗屋離開警署踏上歸途，用過遲來的早餐後（他順便向送餐點過來的女侍描述降臨在友人身上的不幸事件），一如往常地上學。學校裡幾乎人人都在談論齋藤的事。蕗屋不禁帶著些許得意神情成為謠言中心，與所有人大剌剌地討論齋藤的不幸。

（3）

好了，各位讀者，精通推理小說的你們想必很清楚，故事絕不可能就此結束。沒錯，正是這樣。事實上，到此為止不過是故事的前提罷了。作者希望讓各位欣賞的乃是由此起始的部分，亦即蕗屋這般深思熟慮下的計畫是如何被識破的經過。

擔任此事件的預審法官為著名的笠森法官。他不止以斷事如神聞名，還因其不尋常的興趣而為人所知。笠森是位業餘心理學家，對於以一般偵查方式無法判斷的事件，他最後總會靠著豐富的心理學知識一一解決，而且屢屢奏效。他的資歷尚淺，年紀也不大，但具備豐富的專業知識，委身於地方法院擔任預審法官實在有點可惜。最初，無論是誰都認為這次老寡婦慘死事件交到笠森法官的手中想必很快就會有結論吧。就連笠森本人也這麼認為。原本他打算像往常一樣在預審法庭時便將案件釐清，等到公開法庭時，即能毫不費事地迅速結案。

但隨著調查的進展，他逐漸了解到解決這起事件有其困難度。警方單純地以為齋藤勇有罪。對笠森法官而言，也不得不承認警方的想法有合理之處。笠森對於曾出入老寡婦家的人，無論是她的債務人或是房客、熟人，一一進行訊問，可惜並未發現任何可疑的人。蕗屋清一郎當然也不例外。既然沒有其他嫌疑犯，研判最具嫌疑的齋藤勇是犯人實在合情合理。不僅如此，對齋藤最不利的是他與生俱來的膽怯個性，站在法庭上時，他因過度恐懼而無法清晰地回答問題；沒被問話卻主動說出對自己不利的證言，原本記得一清二楚的事卻忘得乾乾淨淨，種種怪異的舉止更增添其嫌疑。或許這也不能怪他，若不是偷走老寡婦巨款這項事實，聰明的齋藤再怎麼怯弱，也不至於像個傻子一樣胡亂答話。他的立場著實引人同情。然而，是否應該就此斷定齋藤是凶手？連笠森法官也沒有自信，他最多認為齋藤有嫌疑，且嫌犯本人亦沒有自白，然而，也沒有其他證據證明他是無辜的。

就這樣，事件經過一個月，預審遲遲無法終結。笠森法官也著急起來。就在此時，老寡婦慘死事件的轄區警察署長向他報告一個小情報。事件當天，裝有五千兩百多圓的皮夾在離老寡婦住家不遠處的住宅區裡被拾得，拾獲者是嫌犯齋藤的好朋友，名叫蕗屋清一郎。由於負責人的疏漏，以致直到今天才回想起這件事。這筆巨款的主人在經過一個多月後仍遲遲未報案，署長懷疑這兩者是否有關聯性，為慎重起見，他馬上向法官稟告。

原本已無計可施的笠森法官接獲此一報告後，頓覺案子彷彿露出一道曙光，立刻著手進行傳喚蕗屋清一郎的手續。但即使法官興致勃勃，對蕗屋的訊問卻未獲得值得一提的結果。當笠森法官詢問他在接受事件相關偵訊的時候，為何沒即時交代拾得巨款的事，他回答，根本沒料想到這跟殺人事件有關聯。他的回答聽來合理。老寡婦的錢確實在齋藤的腹帶裡被找到了，此外的金錢，特別是遺失在路邊的錢，又有誰會想到這是老寡婦遺產的一部分？

但是，這只是偶然嗎？事發當日，就在距離命案現場不遠處，更何況還是嫌疑犯的好友（根據齋藤的說詞，蕗屋也知道現金的藏匿處）撿到這筆巨款，這真的僅是偶然嗎？法官因試圖從中找到關聯性而抱頭苦思。對法官而言，最遺憾的當然是老寡婦完全沒有記錄鈔票的號碼。若她生前這麼做，這筆可疑的現金是否與事件有關立即一目了然。

「不管多麼微小的事都行，要是能抓住一條確切的線索就好了……」焦急的法官必須傾注所有注意力才能好好思考。命案現場早已進行過無數次勘查，老寡婦的親戚關係也做過充分調查，但就是沒有任何斬獲。就這樣，又徒勞無功地經過半個多月。

事情到了這個地步，笠森法官認為，唯一的可能是假設蕗屋竊取老寡婦存款的二分之一，其餘放回原處，偷走現金後，他隨即放入皮夾裝作遺失物。但是，這麼荒唐的事真有可能發生嗎？針對這只皮夾，警方業已充分檢查，並沒有發現任何線索；蕗屋亦冷靜地表明，他當日的確從老寡婦住處前經過，若他真是凶手，應該不至於敢做出如此大膽的證言。更重要的是，犯案凶器目前仍然下落不明。搜索蕗屋的租屋處時，並未查獲相關證物，但在齋藤住處也沒找到凶器，究竟誰才最有嫌疑？

截至目前為止，完全沒有堪稱確證的證據。倘使與警方持同樣的看法，齋藤確實十分可疑；但是若懷疑起蕗屋的話，蕗屋似乎也大有問題。總之，目前唯一能夠確定的是，這一個半月所有的搜查結果在在指向兩人各有其可疑之處，其他人根本不具嫌疑。無計可施的笠森法官認為，終於到使出最後一招的時刻。他決心要對這兩名嫌犯進行屢見奏效的心理測驗。

（4）

蕗屋清一郎在事件發生兩、三天後接到首次傳喚，得知負責此事件的預審法官是有名的業餘心理學家笠森時，他因預想到可能面對的情形而有些慌亂。他萬萬無法想像，在日本僅憑法官的個人意志竟能進行心理測驗，所幸先前已由眾多書籍充分了解心理測驗的涵義。

受到傳喚的打擊，無心上學的他索性謊稱生病待在租屋處閉不出門，並慎重思考起該如何突破這道難關。以和實行殺人計畫之前一樣，不，更超乎當時思緒的縝密與投入，蕗屋不斷推演可能的對策。

笠森法官究竟會採用何種心理測驗？這實在無從預設。因此蕗屋努力回想他聽過的所有測驗方式，同時針對每一種測驗研擬對策。然而，所謂心理測驗便是揭穿虛假而設計的，因此要在此之上造假，就理論上而言是不可能的。

蕗屋整理後認為，心理測驗依其性質可分成兩大類型。一種是根據純粹生理上的反應來做判斷，另一種則是透過言語表達進行判斷。前者對於受測者提問種種與犯罪有關的問題，透過適當的設備，記錄受測者生理上的細微反應，藉以捕捉一般訊問所無法得知的事實。

這個方法的理論奠基於人類即使在言語上或表情上能夠說謊，依舊無法掩飾神經的即時反應，而這類即時反應將會成為肉體上細微的表徵。實際執行方法如藉由自動性運動描記器（Automatograph）等儀器發現手部或眼球的細微動作；藉呼吸描記器（Pneumograph）計算呼吸的深淺快慢；藉脈搏描記器（Sphygmograph）測量脈搏的起伏快慢；藉體積描記器（Plethysmograph）測量四肢血液體積；透過電流計（Galvanometer）記錄掌心出汗的情形或輕敲膝關節以確認其肌肉收縮的情形是否異常，諸如此類。

假如突然被問到：「你就是殺害老寡婦的凶手吧？」蕗屋雖有自信面無表情地回答：「請問你說這話有什麼證據？」但他實在難保脈搏不會不自然地加速，呼吸不會變得急促。是否有什麼方法能防止這樣的情形發生？他揣想了種種情形，在心中不時做實驗。出乎意料的是，對於自己的提問不管是多貼近核心、多出其不意，都不至於會造成他生理上的反應。想當然耳，他身邊並沒有可供計測的機器，以至於他難以就此判斷自己所觀察的結果準確無誤。但既然他完全感覺不到神經上的亢奮，依結果而言，應該也不至於造成生理上的反應。

就這樣，經過種種實驗及推測後，蕗屋總結出一種想法——不斷練習有可能影響心理測驗的結果。換句話說，對於相同的問題，第一次比第二次、第二次比第三次……神經的細微反應相對地會愈來愈微弱。亦即，神經會習慣。與其他情況比較起來，這是可信度很高的推測。自己對自己的提問毫無反應想必也是相同道理，人在對自己提問之前，早已預期到問題的方向。於是，他一字一句地搜尋《辭林》中數萬個字彙，揀選出可能在訊問中會出現的所有詞語，並花上一整個星期對自己的神經反應進行「練習」。

除了第一種類型外，第二種則是透過言語進行測驗。這種方式也沒什麼好憂心的。不，反而該說，正因為是言語，所以更容易蒙混過關。這種方式可延伸出許多子類型，但最常被運用的方法與精神分析師為病患診療時所使用的方法相同，即聯想診斷。這種測驗方式是讓受測者依序聽見「紙門」、「墨水」、「筆」等表面上平凡無奇的字彙，要求他們即時反應，直覺地將聯想到的另一個字彙說出來。例如，聽到「紙門」時，可能會聯想出「窗戶」、「門檻」、「紙」或「門」，任何回答均可，受測者僅需將瞬間直覺想到的字彙說出來。然後在這些無意義的字彙之間，不著痕跡地加入「小刀」、「血」、「金錢」、「皮夾」等與犯罪有關的字，進而聯想追蹤。

首先，若不夠謹慎，針對老寡婦慘死事件，一提到「盆栽」時，恐怕會不小心回答出「錢」。依此推論，對於由「盆栽」底下偷走的「錢」印象最是深刻。這等同是對犯罪行為的自我告白。但要是夠嚴謹，就算一瞬間聯想到的是「錢」，也會克制衝動而回答全然與案件無關的「瀨戶瓷器」。

為了避免這類造假的情形，心理分析師會透過以下兩種方法解決。一種是先測驗過一輪的字彙，經過一段時間後再進行一次測驗。若受測者是在直覺的反應下說出的字彙，大體上前後兩次測驗的答案會相同，但若有故意變更單字的情形，十之八九會與前一次的答案不同。例如對於「盆栽」第一次回答「瀨戶瓷器」，第二次卻回答「土」。

另一種方法則是透過某種精密計測時間的裝置，詳實記錄從提問到回答所歷經的時間，藉由答題時間的長短，判斷受測者內心的真正想法，例如對於「紙門」回答「門」的時間僅約一秒，而對於「盆栽」回答「瀨戶瓷器」的時間卻需三秒以上（實際上測試並非如此單純），這表示該名受測者正在壓抑對於「盆栽」原本的聯想詞，並試圖找到其他字彙，因而需要較長的時間做答，由此可推斷，該名受測者有問題。這種時間的延遲有時不會出現在關鍵單字，而是出現在某個沒有意義的單字上。

還有另一種與言詞有關的方法，則是對受測者描述犯罪當時的狀況，並請他複述。若是真正的犯人，複述時會不自覺地說出細節，以及與測驗者所述略有差異的真實情況（對於心理測驗相當熟悉的讀者，請原諒我在此過於繁瑣的介紹。但若省略這些解說，對其他讀者而言，故事整體就會變得曖昧不明，實乃迫不得已）。

此種測驗與前一種類型相同，「練習」不用說自是必要的，但更重要的是，以蕗屋的角度來看，保持直率、不玩弄無意義的技巧，才是最好的應對方式。

對於「盆栽」，直接回答「金錢」或「松樹」反倒是可以全身而退的方法。這是因為就算蕗屋並非犯人，隨著法官的調查及其他消息來源，他勢必對犯罪事實有一定程度的了解，從而在盆栽底下藏有現金的事實，毫無疑問會成為最近且最深刻的印象。因此立即聯想到相關字彙，難道不是理所當然嗎？（另外，依此邏輯，即使被要求複述命案現場所發生的狀況也不用太過擔心）。由此可見，所有問題終歸於反應的時間，故「練習」依然是必要的。蕗屋認為，他務必練習到一聽見「盆栽」這個詞，便毫不遲疑地回答「錢」或「松樹」才行。於是，他花了好幾天的時間進行「練習」。就這樣，準備工作總算大功告成。

另一方面，對蕗屋而言，還有一件事對他特別有利。就算受到意料之外的訊問，或者對於已預期到的訊問做出不利的回答，也不用太過煩惱，因為接受測驗的並不只有蕗屋。即使殺人與齋藤無關，太過敏感的他在接受訊問時，是否真能保持鎮定？而他再怎麼鎮定，頂多也只是與蕗屋差不多程度而已。

經過周延的準備，蕗屋總算放下心，甚至愉快地哼起歌。此刻的他，反而迫不及待地等候笠森法官傳喚他進行心理測驗呢。

（5）

笠森法官的心理測驗如何進行，而對此測驗，神經質的齋藤有何反應？蕗屋又是如何冷靜沉著地面對測驗？我想在此先避免羅列這些冗長的敘述，直接說明結果或許較為妥當。

心理測驗的隔日，正當笠森法官在自宅書房裡，面對測驗結果的文件搖頭苦思時，傭人遞上明智小五郎的名片。

讀過〈D坂殺人事件〉的讀者想必對於這名喚作明智小五郎的男人有些基本認識。他在該事件後陸續插手許多難以解決的犯罪事件，並從中展現特殊的推理才能。不僅是專家，一般社會大眾也非常認同他的才能，而笠森法官在某起事件後，對他更是十足的信賴。

在女傭的引領下，一臉微笑的明智來到法官的書房。這起案件發生在〈D坂殺人事件〉數年後，如今的他，已不再是過去那個書生了。

「您很認真呢。」明智瞥向法官書桌上的資料說。

「沒這回事。這次事件可真是折磨我。」法官轉向來客回答。

「是正在審理中的老寡婦慘死事件嗎？心理測驗的結果如何？」自從事件發生以來，明智經常與笠森法官見面，順便詢問後續發展。

「這個嘛，結果可說是非常明顯。」法官說。「但我還是無法接受。昨天已進行了脈搏的測量與聯想診斷，蕗屋幾乎沒有任何特別的反應。雖說脈搏測量的數據頗待商榷，但與齋藤的結果相較，問題都還算小。你看，這是測驗細項與脈搏紀錄。由這項紀錄看來，齋藤的反應時間顯然較久，聯想測驗也呈現相同的結果。如『盆栽』這個刺激字彙的反應時間，蕗屋面對其他無意義的字彙時，反應時間反而更快一些，相對於此，齋藤卻得花六秒以上。」

法官所做的聯想診斷紀錄如下（請見第九十四頁）：

「你看，很清楚吧。」法官等明智看完紀錄後這麼說。「看過這份紀錄後便知，齋藤刻意在答案上做了一些改變，最明顯的就是反應時間緩慢，而且不止在關鍵的字彙上，連帶著影響到關鍵字之後的一、兩個字彙。此外，對於『金』的聯想是『鐵』、『偷竊』的聯想是『馬』，這樣的回答極其不自然。相對地，蕗屋的回答自然多了。『盆栽』為『松樹』、『油紙』為『隱藏』、『犯罪』為『殺人』等，若他真是犯人卻做出這樣的反應，那麼，他可就是超乎想像的低能吧，然而實際上他不但是大學生，還是個表現優異的學生。」

「這樣的判斷聽起來滿有道理的。」

刺激字彙	蕗屋清一郎		齋藤勇	
	反應詞	所需時間	反應詞	所需時間
頭	髮	0.9 秒	尾巴	1.2 秒
綠	藍	0.7	藍	1.1
水	湯	0.9	魚	1.3
歌	唱歌	1.1	女	1.5
長	短	1.0	繩子	1.2
◯殺害	小刀	0.8	犯罪	3.1
船	河	0.9	水	2.2
窗	門	0.8	玻璃	1.5
料理	西餐	1.0	生魚片	1.3
◯金（註一）	鈔票	0.7	鐵	3.5
冷	水	1.1	冬天	2.3
生病	感冒	1.6	肺炎	1.6
針	線	1.0	線	1.2
◯松樹	盆栽	0.8	樹木	2.3
山	高	0.9	河	1.4
◯血	流	1.0	紅色	3.9
新	舊	0.8	衣服	2.1
討厭	蜘蛛	1.2	生病	1.1
◯盆栽	松樹	0.6	花	6.2
鳥	飛	0.9	金絲雀	3.6
書	丸善	1.0	丸善	1.3
◯油紙	隱藏	0.8	包裹	4.0
朋友	齋藤	1.1	說話	1.8
純粹	理性	1.2	言語	1.7
箱	書箱	1.0	人偶	1.2
◯犯罪	殺人	0.7	警察	3.7
滿足	完成	0.8	家庭	2.0
女人	政治	1.0	妹妹	1.3
圖畫	屏風	0.9	景色	1.3
◯偷竊	錢	0.7	馬	4.1

※刺激字彙前的◯記號代表與犯罪相關的字。在這次測驗中，實際使用了上百個刺激字彙，並細分爲兩、三組，再一一進行測驗，此表格是爲了讓讀者易於理解而簡化。

明智一副若有所思。但法官一點也沒留意到他意味深長的表情變化，接著說：

「透過測驗，蕗屋應該確定沒有嫌疑了；而齋藤是否真是凶手，以結果看來也十分明確。奇怪的是，我卻無法斷定。雖說預審判決有罪並不代表就此定讞，光是這點，或許我即可乾脆判斷齋藤有罪。可是你也知道，我個性就是不服輸。若到公審時我的判決被完全推翻，總是很難堪，這一次我真的覺得相當困惑啊。」

「這份資料實在有趣。」明智拿著資料兀自說：「針對『書』這個字，兩人皆回答『丸善』(註二)，凸顯出蕗屋與齋藤都是相當用功的學生。有趣的是，蕗屋的回答多少與實物相關、也較為理智，相對地，齋藤的答案則相當溫柔、抒情。例如『女人』、『和服』、『花』、『人偶』、『景色』、『妹妹』等。這些回答令人感覺到他是個多愁善感又懦弱的男子。另外，齋藤想必有病在身吧。對於『討厭』，他回答『疾病』，對於『疾病』，他則是回答『肺炎』。這不證明了他一直以來都處於對肺炎感到恐懼的心情嗎？」

「原來能這麼解讀。聯想診斷這方法，愈深入思考愈能找出許多有趣的事證。」

註一　原文亦為「金」。在日文中，「金」除了有錢的意思外，也有鐵的意思。所以，齋藤才會回答「鐵」。

註二　創業於明治二年，以販賣外文書與文具為主的書店，尤其是在戰前，若想買外文書，只有這裡才買得到。

「但是，」明智接著語氣一轉說：「您是否想過心理測驗也有盲點？德奎若斯（註）曾公開批評心理測驗提倡者閔斯特伯格，認為這種方法雖是為了取代拷問而設計，但結果仍與拷問相同，經常陷無辜者於有罪，令有罪者逍遙法外。而閔斯特伯格本身則坦承，心理測驗要能夠達到真正的效果，必須限定在確認嫌犯對於某場所、某人物、某事物知情的條件下，若有其他因素的影響，心理測驗亦難以避免失準的風險。我忘了是在哪本書裡曾讀過這樣的內容。對您談論這麼專業的問題或許是班門弄斧，不過我認為這點很重要，不知您覺得如何？」

「假如考慮到最糟的情況，或許真是如此。我當然清楚。」法官面帶些許不悅地回答。

「但是，您所謂的『最糟的情況』也許出乎意料地近在咫尺哪。以下情形難道不可能發生嗎？例如，一名太過神經質的無辜男子成為某案件嫌犯。這名男子在犯罪現場遭到逮捕，而他對犯罪事實也非常了解。在這種先決條件下，對於心理測驗他是否真能心平氣和地回答？『啊，這是要刺探我的，該怎麼答才不會被懷疑？』這名男子因此變得焦慮，這是極其自然的反應。而在這種情況下的心理測驗，難道不會如德奎若斯所說的『陷無辜者於有罪』嗎？」

「你在暗指齋藤勇吧？不，關於這點我也隱約察覺到了，才會如同剛才我所說的，覺得很是困惑啊。」法官的表情益發苦悶。

「那麼，假設齋藤無罪（雖說偷錢的罪已無法逃避），究竟是誰殺死老寡婦……」

法官猛地粗暴打斷明智的話，問：「既然如此，你認為嫌犯另有其人嗎？」

「沒錯。」明智泰然自若地回答。「根據這份紀錄，我認為蕗屋就是犯人。但仍需進一步確認。他回家了吧？不知能否請您隨便找個理由邀他到這裡，我一定會找出真相，請您拭目以待。」

「什麼？你有確實的證據？」法官面露些許驚訝地問。

明智並未流露一絲得意，如實地詳細說明他的想法。聽完，法官對於他的推理深表佩服。

於是，笠森法官立刻接受明智的請求，派人前往蕗屋的住處。

「您的朋友齋藤已確定有罪。關於此事想和您面晤一談，勞煩到我的私人住處一趟。」

這就是邀請蕗屋的藉口。此時蕗屋剛自學校返家，一接到訊息即刻出門。對他來說，這個好消息讓他相當激動。或許是太過興奮了，以致他完全沒察覺到自己掉入致命的陷阱裡……

註　即C. Benrnaldo de Quiròs（1873-?），西班牙犯罪學家。曾任職於社會改革協會主務局，著有《近代犯罪學說》（Las Nueras Teorios dela Criminalidad）、《馬德里市下層社會的生活》（La mala vida en Madrid）、《西班牙血統型犯罪》（Criminologia de los delitos de sangre eu Espana）等書。

（6）

笠森法官首先完整說明齋藤確定有罪的理由，接著進一步說明道：

「我真的感到抱歉，當初竟然會懷疑你。今天找你來不為別的，就是想親自向你道歉並跟你好好聊聊。」

接著，法官吩咐僕役送上紅茶，態度一派輕鬆地聊了起來。明智也跟著加入兩人的談話。法官介紹明智是熟識的律師，老寡婦的遺產繼承人委託他代為收取借款。當然這些話有一半是謊言，但依家族會議的結論，老寡婦的外甥已從鄉下出發，即將來此處理遺產一事倒是真的。

三人聊起齋藤的傳聞以及其他相關話題。這一刻，蕗屋總算放下心，成為當中最健談的人。不知不覺時間就這樣流逝，轉眼間窗外天色逐漸轉黑。蕗屋赫然發現時候不早，便起身準備回家，他說：

「那麼我也該告辭了。請問是否還有其他事？」

「噢噢，差點忘記。」明智輕快地說：「其實不是什麼大不了的事。不過既然你來了，我就順便提一下……你是否記得那間起居室裡有一座對折式的金色屏風，屏風上有一處刮痕？因為這道刮痕引發過一些糾紛。其實這屏風並非老寡婦的所有物，而是做為借款抵押暫時放在那裡的。所有者認為刮痕是凶殺事件發生當時留下的，並要求索賠。但老寡婦的外甥和他的姑婆一樣事事計較，堅持損毀應是原本就有而不願意賠償。實在是件很沒有意義的小事，對吧？真教人受不了。不過，畢竟這屏風也是滿值錢的裝飾品。你之前經常出入那棟房子，想必也曾見過那座屏風吧？因此我想，說不定你對刮痕有點印象……怎麼樣？如果您從來沒看過也無妨。其實我也曾問齋藤這件事，但他實在太過敏感，慌張地表示對屏風一點印象也沒有。而女傭事發之後也回老家了，寫信去問也沒什麼具體的回音，實在教人傷腦筋哪……」

屏風確實是抵押品，但其他部分是明智編造的。蕗屋一聽見屏風兩字便不由得打個冷顫。但按捺著緊繃的情緒聽下去後才知道，其實也不是什麼嚴重的事，便很快安心下來。他心想：「我在擔心什麼啊，案件不是已終結了嗎？」於是，他稍微思考怎麼回答，最後決定一以貫之，依先前做法，全然不加雕琢地誠實以答。

「法官大人應該很清楚，我只進過那間起居室一次而已。況且還是事件發生的兩天前。」他笑著回答，而能以如此沉穩的語氣應對，讓他對自己感到非常滿意。「不過我對屏風有印象，上次看到的時候確實沒有任何刮傷的痕跡。」

「真的嗎？你確定？那只是在小野小町的臉上一小處刮痕而已喔。」

「對對，我想起來了。」菡屋裝作一副剛想起來似地說。「我記得那是**六歌仙的圖**，也記得小野小町。但如果當時已損毀，我不可能沒注意到。因為色彩繽紛的小町臉上若是有傷，只消看上一眼就會察覺啊。」

「不知能否麻煩你屆時為我們作證？畢竟這屏風的主人實在有夠貪心，真是難以應付啊。」

「好啊，當然沒問題。只要你們有需要，我隨傳隨到。」菡屋頓時覺得有些得意，當下答應他深信是律師的男子。

「謝謝。」明智播弄滿頭蓬髮，一臉開心的樣子，這是他感到滿意時的習慣。「事實上，我從一開始就認為你一定知道屏風的事。因為在昨天的心理測驗裡，針對『圖畫』這個字，你的回答是『屏風』，這個答案真是與眾不同，格外引人注意。一般租屋處通常不太可能設置屏風，而除了齋藤以外，你好像也沒有其他特別親近的朋友。因此我想像，或許老寡婦的起居室裡的屏風，因**某種理由**令你留下特別深刻的印象吧。」

菡屋頓時有點訝異，事實的確如這名律師所言。但是，他昨天為什麼會不小心寫下屏風？更不可思議的是，他竟然毫無警覺，實在太危險了。只不過，究竟是哪方面危險他完全摸不著頭緒。犯案當時他曾檢查過屏風上的刮痕，確定沒有足以做為線索的疑點。在他單純的思考邏輯裡，這不過是不值一提的小事罷了。

但是實際上，他犯下一個明顯至極的錯誤，卻一點也沒察覺。

「原來如此，我完全沒注意到呢。確實如您所言，您的觀察實在敏銳啊。」蕗屋不忘貫徹其以自然的態度應對的策略，若無其事地答道。

「沒什麼，我只是偶然注意到而已。」佯裝為律師的明智謙虛地說。「可是您還忽略了另一個特點。不、不，僅是無需過度擔心的小事。昨天的聯想測驗裡隱藏著八個關鍵字，而你順利通過測驗。實際上，你的答案委實**太過完美**。如果心裡至少感到一絲愧疚，肯定無法做出如此漂亮的回答吧。請看，就是這八個標上圈的字彙。」明智說著，將紀錄表出示在他面前。「特別的是，你對這些字彙的反應時間，比起其他毫無意義的字彙全部——雖說只是些微的差異——都快了一些。例如說到『盆栽』，你回答『松樹』，只花了零點六秒。這是很少見的單純反應哪。在這三十單字裡，最容易彼此聯想的應該是相對於『綠色』的『藍色』吧。但你連這組聯想字彙也花上零點七秒。」

蕗屋漸感不安，眼前這名饒舌的律師究竟為何對這問題叨絮個不停？是基於好意還是惡意？該不會他的話中潛藏著異常深沉的盤算吧？他盡其所能試著捕捉對方話語中的意圖。

「不管是『盆栽』、『油紙』或『犯罪』，以及其他有問題的幾個關鍵字，我不認為會比

『頭』、『綠色』等平凡的字彙更容易聯想。但測驗結果顯示，對於這些較難的字彙你反而能更即時的反應。這意味著什麼？我所注意到的地方就在這裡。讓我來猜猜你的想法，沒問題吧？別擔心，不過是個餘興節目罷了，萬一我猜錯，尚請見諒哪。」

蕗屋全身不覺一懍。然而，是什麼原因令他感到戰慄，他還無法掌握。

「你勢必相當理解心理測驗的危險，也做過相當程度的練習。對於與犯罪有關的字彙，你心裡早就有腹案，若被問甲則答乙。不，我絕不是在責怪你的做法。事實上，心理測驗視情況的不同，有時反而會淪為一種高風險的調查方式──我們無法免除**陷無辜者於有罪，令有罪者逍遙法外**的可能性。但是，你的準備看起來又太過充分，原本並沒有打算回答得特別快，身體卻不由自主地直覺反應。這確實是個很嚴重的失策啊。你一味地擔心可能會反應得太慢的問題，卻忽視若答得太快，同樣潛藏著致命的危險。這時間僅有些微差距，若不是非常嚴謹的觀察者，多半不會察覺吧。總之，心理測驗只要做過事前準備，多少會造成某些破綻的。」明智懷疑蕗屋的根據僅在於此。「但你為何會故意選擇『錢』、『殺人』或『隱藏』等這幾個容易受到懷疑的字彙呢？不用說，這就是你刻意表現出的**天真**之處。倘若你真的是犯人，絕不會在被問到『油紙』時回答『隱藏』，沒想到，面對如此驚險的字彙你竟能輕鬆自在回答，這就是你對這起凶殺案沒有半點愧疚的心證。你說是吧？我沒說錯吧？」

蕗屋直瞅著說話者的眼睛。不知為何，他無法移開視線。此時此刻，他感覺自己鼻子到嘴巴一帶的肌肉變得異常僵硬，無論微笑、哭泣或驚訝，他全然無法展露任何情緒與表情。

當然他也無法開口。他心想，若是勉強開口，恐怕會立即化為淒厲的慘叫聲吧。

「這種天真，也就是刻意不賣弄技巧處，即為你是凶手最顯著的特徵。我完全看透你的想法，才會向你探問那些問題。沒錯吧？說到這裡你也懂了吧？就是那屏風啊。我一開始就相信，你一定會將親眼目睹的事實不假思索地說出來，而你也真的據實回答了。但是，請教一下笠森先生，那座六歌仙的屏風是何時帶進老寡婦家中的？」明智佯裝不知地詢問法官。

「在犯罪事件發生的前一天，也就是上個月的四日。」

「咦？前一天？真的嗎？這豈不是太矛盾了？剛剛蕗屋君不是很明確說過，事件發生的前天，也就是兩天前才在起居室裡看到屏風嗎？這太不合理了吧，一定是你們有人搞錯。」

「一定是蕗屋先生記錯了吧？」法官意有所指地微笑著說。

「直到四日傍晚之前，那座屏風都在原本主人家中，這是確定的。」

明智興味盎然地觀察蕗屋表情。他就像快哭出來的小女孩，整張臉不自然地皺成一團。

這就是明智一開始便計畫好的陷阱，他早由法官口中得知事件發生的兩天前，屏風不在老寡婦家中。

「這麼一來可麻煩了。」明智以一副真覺得困擾的語氣說。「這可是無法自圓其說的大失策啊！為何你會說看到了不可能看到的物品？事件發生前一天你不是都沒去過那棟大宅嗎？尤其，你坦言清楚記得六歌仙的圖案更是致命傷啊。我想，可能是因為你一直想著要說真話，反而不小心撒謊了，是嗎？你在事件發生前兩天進入起居室時，是否注意過有沒有那座屏風？想必完全沒注意過吧。事實上，有沒有屏風都與你的計畫沒有關係，即使有屏風，也如你所知，這類有點年代的裝飾品在其他器物中並不特別顯眼，以至於你理所當然地認為事件發生當日見過的屏風，兩天前也放在同一個地方，這其實是十分自然的事，更何況我還以加強錯覺的方式誘導你。這是一種與錯覺有關的情形。仔細一想，在我們日常生活中存在著大量錯覺，只是一般犯罪者絕對不會像你這樣回答，他們不管如何一定想隱瞞事實。但在我看來，由於你擁有比一般法官高上十倍、二十倍的智慧，佯裝天真的回答反而能夠安然過關。換句話說，只要不觸及危險區域，盡可能直接而誠實地回答是你自始至終所抱持的信念。這就是你反其道而行的對策，而我進一步將你運用的手法反向操作。你果然沒料想到與這起事件毫無關係的律師，竟會為了讓你吐出真相而設下陷阱吧。哈哈哈哈哈……」

蕗屋瞬時一臉慘白，額頭上浮現出濕答答的汗水，只能保持沉默。他知道事態已到這種地步，愈想為自己辯解，反而愈會露出馬腳。正因他聰明，所以非常了解自己的失言等於是相對有力的犯罪證據。在他腦中，孩提時代的種種景象彷彿走馬燈般迅速閃逝而過。

沉默持續好一陣子。

「聽見了嗎？」明智停頓一下，說：「你聽，應該多少能聽見沙沙作響聲吧？那是打從你一進門便在隔壁房間如實記錄我們的對話的聲響啊……嘿，寫好的話，麻煩拿來這裡。」

一聽見呼叫，紙門應聲拉開，一名打扮得像書生的男子拿著一疊紙張進來。

「麻煩你從頭唸一次。」

聽從明智的命令，男子從頭朗讀起來。

「那麼蕗屋君，請在這裡簽名蓋印吧。指印也可。你不會不願意吧？你剛剛才跟我約好，只要是關於屏風的證言隨傳隨到啊。雖說，你怎麼也料想不到竟是以這種形式配合吧？」

蕗屋充分了解此時拒絕簽名也無濟於事，抱持著對明智驚人的推理感到折服的心情，他索性在紙上簽名蓋印。此刻，他像個完全燃燒殆盡的人般失心喪意。

「之前我也提過。」明智補充說明道：「閔斯特伯格認為心理測驗必須限定在受測者對於某特定場合或人物、事物是否知情的條件下，結果才會準確。這次的事件中，心理測驗唯一能測出的事實，只有蕗屋君是否看過屏風。除了這件事之外，不管做上幾百次的心理測驗恐怕都不具任何效益吧。因為我們的對象是像蕗屋君這般，不管我們採取任何手段都會先做過預測並進行嚴密準備的人啊。最後，我想重申的是，心理測驗並非只能根據書本上所言，僅使用固定的刺激字彙、使用特定的硬體設備才能進行。如同各位所見，我今天在實驗中靠著極日常的對話也能達到相同效果。過去的名判官，例如大岡越前守這樣的人物，都是在不自覺的情況下，應用了最近心理學所研發的方法哪。」

〈心理測驗〉發表於一九二五年

黑手組

外在的事實（上）

這又是一則明智小五郎的破案故事。

這起事件發生在我與明智認識一年後，事件不僅充滿戲劇性色彩、引人入勝，而且由於當事人是我的親戚，更令我印象深刻。透過此案件，我發現明智在解讀暗號這方面的才能。為了滿足各位讀者的好奇心，我先公布他所破解的暗號原文內容如下：

一度お伺いしたく〱いた存じながらつい
好い折がなく失礼ばかり致して居ります
割合にお暖かな日がつづきますのね是非
此頃にお邪魔させていただきますわ扨曰
外はつまらぬ品物をお贈りしました処御
叮嚀なお礼を頂き痛み入りますあの手提
袋は実はわたくしがつれ〲のすさびに

自から拙い刺繍をしました物で却ってお
叱りを受けるかと心配したほどですのよ
歌の方は近頃はいかが？時節柄御身お大
切に遊ばして下さいまし　　さよなら

這是某張明信片的內容，我一字不露地抄下來（註一），從文字的塗改到排列，一切保持原文順序。

好，讓我們回到故事吧。當時我為了避寒，隨身帶著一些工作便到熱海溫泉的一家旅館度假。我每天不是泡溫泉，就是出門散步或乾脆在房裡休息。有時也趁著閒暇寫文章，生活過得極其悠閒愜意。某日，泡完溫泉後，我全身暖烘烘地坐在側廊籐椅上，在和煦的暖陽下，我漫不經心地瀏覽當天的報紙，突然一則重大新聞映入眼簾。

當時東京有一群自稱「黑手組」（註二）的犯罪集團，行徑囂張，橫行霸道。警方雖盡全力追捕，仍無法順利將對方逮捕到案。據說他們昨天搶劫了某富翁，今天則襲擊了某貴族，謠言愈傳愈誇張，以至於東京都區裡人心惶惶，生活得不到安寧。報紙社會版每天以巨幅版面報導黑手組的消息，例如今天就以〈神出鬼沒的怪盜〉橫跨三欄的明顯標題吸引讀者。但是，由於早對這類新聞感到麻痺，這篇並未引起我的興趣。只是，當我在被害者後續報導的下方看到「XXX氏遭到襲擊」的小標題及報導時，我不禁感到訝異。之所以訝異，是因為報導中提及的XXX氏是我的伯父。新聞的內容十分簡略，並沒有進一步說明，只提到XXX氏的女兒富美子遭黑手組綁架，歹徒趁機取走贖金一萬圓。

我的家境貧困，就算是在溫泉旅館度假的這段期間，仍得不時寫文章賺點外快。但伯父與我不同，一直過著富裕的生活。他同時擔任兩、三家大公司的董事，具備成為「黑手組」目標的充分條件。我經常受到伯父的關照，無論如何，我都得回去探望一下。我真是太粗心大意了，這麼重大的事件，我竟然到贖金已被搶走都還不知情。我想伯父肯定曾打電話到我的住處吧，無奈這次休假我未曾向任何人提及，他們因而無從與我取得聯繫。要不是今天正好看到這篇報導，我恐怕也沒機會獲知這不幸的消息。

註一　此段內容譯文如下：早想拜訪您卻始終沒機／會十分抱歉近來氣候和／暖必定擇日拜訪日前贈／您一點小禮承蒙誇讚實／令我深感惶恐此手提包／是我閒來無事聊以解悶／拙手刺繡而成甚至擔心／會受到您的批評呢歌最／近學習得如何了？氣候／多變請多保重　再見

註二　大正十一年九月，刊登於《祕密偵探雜誌》中的犯罪實錄〈黑手組的威脅〉一文裡，介紹了紐約犯罪集團綁架一名小孩，並向父母索取贖金的故事。據說在恐嚇信中，最後總會署名「黑手組」。

於是我匆促整裝返回東京。一卸下行李，連忙趕往伯父家。到了目的地，只見伯父、伯母正在佛龕前虔誠地敲著單鼓與梆子，口裡反覆唸誦「南無妙法蓮華經」（註）。伯父一家都是虔誠的日蓮宗信徒，非常敬仰日蓮上人。尤甚者，就算是生意上有所來往的商人，若對教義毫無見解，根本不准其出入家中。只不過，此時並非誦經時刻，因此我覺得有點反常。一問之下，才驚覺原來綁架案尚未偵破。儘管贖金已按照綁匪的要求交出，寶貝女兒卻沒回來。伯父夫婦如今能做的只有不斷誦經，乞求佛祖保佑女兒能平安歸來。

在此有必要為各位讀者說明一下「黑手組」的犯案手法。至今距離事件發生才不過幾年，或許還有讀者對當時的情景記憶猶新吧。犯罪集團的成員總是先綁架被害人子女做為人質，接著要求巨額贖金。恐嚇信上一定會詳細指定被害人家屬於某月某日某時，攜帶多少現金至某地。黑手組首領會準時出現在該指定地點。也就是說，贖金由被害者家屬直接交給綁匪。這是何等無法無天的手法啊！令人難以想像的是，他們的行動十分迅速謹慎，不論綁架或威脅、收受贖金，均不留一絲線索。被害者若事前向警方報案，安排便衣警察埋伏在贖金交付地點的話，他們總是能事先獲知消息，絕不赴約，而人質隨後就會慘遭迫害。由此可見，黑手組絕非只是一般不良少年的胡作非為，而是由一群心思敏銳且膽大心細的傢伙組成。

話題再回到伯父家，遭凶惡綁匪盯上後，如同方才所見，上自伯父、伯母，下至女傭、僕役，各個都嚇得面無血色，倉皇失措。眼看著一萬圓贖金交出去了，卻不見女兒平安歸來，連人稱企業界老狐狸、擅長策謀的伯父也束手無策了。這大概就是他找我這不成氣候的年輕小伙子商量的緣故吧。堂妹富美子當時十九歲，長得非常漂亮。事發至此，在交出贖金後人卻沒回來，更是令人擔心可能已慘遭毒手；不然便是綁匪見伯父出手闊綽，嫌一次太少，還想三番兩次敲詐。總而言之，對伯父來說，沒有比這件事更煩惱的了。

除了富美子之外，伯父還有一個兒子。但堂弟才剛上中學，幫不上什麼忙。於是由我權充參謀，一起商量對策。經伯父轉述後，我驚覺歹徒的犯案手法如傳說般精采，彷彿妖魔鬼怪一樣神通廣大。我對於犯罪與偵探類的奇聞具有超乎尋常的興趣，若各位讀者看過〈D坂殺人事件〉便知道，我曾天真地自以為是業餘偵探呢。當時我絞盡腦汁，若是能力可及，我甚至想與專業偵探較量一番。可惜終究力有未逮，因為我根本連一點線索也察覺不出。雖然伯父已向警方報案，但靠警察真能解決問題嗎？至少從目前的偵查進度看來，情況令人十分擔憂。

於是，我想到我的朋友明智小五郎。若請他出馬，勢必能找到一點蛛絲馬跡。一思及此，我立刻向伯父徵詢意見。伯父此時的心情是能商量的人愈多愈好，加上平素向來耳聞我多次讚

註　原文為「御題目」。日蓮宗的修行首重唱題，法華經如同佛祖本身，口誦「南無妙法蓮華經」就如同誦完法華經，功德無量。

揚明智的偵探本領，因此，儘管伯父對他的能力尚有疑慮，仍要我邀請他到家中。

於是，我乘車前往菸草鋪，在二樓那間塞滿各類書籍的四席半房間裡見到明智。我來的時機剛好，他這幾天正著手蒐集各種關於「黑手組」的資料，專注在拿手的推理世界裡呢。由他的口氣聽來，似乎已整理出一些頭緒。我當下說明來意，而能在推理的過程中巧遇實際案例正是他夢寐以求的，他隨即爽快地答應我的要求。事不宜遲，我速速帶他前往伯父家。

不一會，明智、我與伯父面對面坐在裝潢講究的會客室裡。伯母和書生牧田也出席討論。牧田在交付贖金當天曾充當伯父保鑣一同前往現場，因此伯父特地請他在場補充說明。

在一片忙亂中，僕人送上紅茶與點心。明智隨手拿起一根待客用的進口香菸，略為拘謹地吞吐煙霧。伯父不愧為企業界老手，他原本身材就高大，加上因美食攝取過量又少運動而顯得體型更為壯碩，因此即便是在這種非常時刻，依然散發出懾人氣魄。伯母和牧田靜靜地坐在伯父身旁，由於兩人都算瘦小，尤其是牧田，體型意外矮小的他益發襯托出伯父的魁梧與威嚴。雙方簡單寒暄後，儘管我說明過大致情況，但在明智要求下，伯父再次說明事件經過。

「事情發生在六天前，也就是十三日當天中午，我女兒富美子說要到朋友家，換上外出服便出門，直到晚上都沒回來。由於此時正是『黑手組』的傳聞鬧得滿城風雨之際，妻子不由得擔心起來，連忙打電話詢問女兒的朋友。沒想到，對方卻說女兒今天根本沒去過她家，我們這才驚覺事態嚴重。接著，我們打電話到她其他朋友家詢問，所有人皆異口同聲地回答不清楚女兒去向。後來，我又召集家裡所有的書生與車夫四處找尋，結果相當令人遺憾。那天晚上，我們簡直急到無法安然入睡……」

「對不起，容我打岔，請問當時府上有任何人親眼見到小姐外出嗎？」

一聽到明智的問題，伯母立刻代替伯父回答：

「這個嘛……女傭和書生都說他們確實看見了。尤其是一名叫阿梅的女傭，她還清楚記得親眼見到女兒出門時的背影……」

「但在這之後就完全行蹤不明。連鄰居或路人，都沒人見到小姐的身影，是吧？」

「沒錯。」伯父答道。「女兒不是坐車，而是走路去的。因此，若遇到熟人理應會記得。但你也知道，這裡是僻靜的住宅區，附近鄰居也不是整天在外頭走動。我盡可能到處打聽，可惜沒有任何人當天見過女兒。就在我猶豫是否要向警方報案時，轉眼間第二天中午已過，而我們最為恐懼的『黑手組』也寄來恐嚇信。我原本就隱約揣想牽涉到『黑手組』的可能性，只是沒料到，這駭人的想像終究成真。妻子鎮日以淚洗面。恐嚇信我交給警方，目前不在手上。不過內容大概是說要我帶著贖金一萬圓，於十五日深夜十一點，前往T原（註）的一株松下等候，交付贖金的僅限一人。若向警方報案，就別想要人質活命……令千金在收到贖金後隔日便會放回。內容大致如此。」

信裡的T原即東京郊外平常權充練兵場的T原。位於原野東方邊際有一片灌木林，正中央有一株孤零零的松樹，故俗稱一株松。這附近說好聽是練兵場，實際上連白天都沒人會去，景色很寂寥，特別值此寒冬，更連一隻狗都沒有，的確頗適合當作祕密會面的地點。

「這封恐嚇信經警方調查，是否發現任何線索？」

「什麼線索也沒有。使用的是到處都買得到的一般信紙，信封也是普通的褐色單層便宜貨，沒有特殊印記。而筆跡嘛，警察說看不出有什麼特徵。」

「警視廳有完整的設備檢查這些證物，想必結果不會有錯。另外我想請教，信封上的郵戳隸屬於哪個郵局？」

「不，沒有郵戳。因為信件並非郵寄來的，而是有人投入門口信箱。」

「那麼，又是誰將信由信箱中取出的？」

「是我。」書生牧田以刺耳的語調回答。「府邸的信件一向由我整理後交給夫人。十三日當天下午，我取出第一批送來的信件時，發現恐嚇信就夾在其中。」

「至於是誰投進信箱裡的，」伯父補充道：「我問過附近派出所員警。雖然經過多方調查，仍舊一無所獲。」

明智自此陷入沉思，他看似拚命從這些表面毫無意義的問答中努力找尋蛛絲馬跡。

「那麼，之後呢？」不久，明智抬起頭接著問。

「我原想乾脆直接報案，交由警方處理。但就算只是一句輕微的恐嚇，一想到寶貝女兒的性命此時正受威脅，我著實狠不下心，加上妻子又極力反對。在這個世界上，沒有任何事物比我可愛的女兒更為寶貴，所以可惜歸可惜，我只能乖乖交出一萬圓。

「如同方才所提到的，恐嚇信指定我在十五日的深夜十一點前往T原一株松下交付贖金。我稍微提前做好準備，先以白紙將一百張百圓鈔包好，收進懷裡。雖然恐嚇信裡寫著只准許一個人前往，但妻子實在無法放心，所以我想，帶個書生一起去應該不至於妨礙綁匪行動吧，於是，我決定帶著牧田以做為緊急狀況發生時的照應。一切準備就緒後，我便與牧田前往那個寂寥的指定地點。說來可笑，我都活到這把年紀了，竟還為此特地買了把手槍呢（註）。我把槍交給牧田隨身帶著，以防萬一。」

伯父說完苦笑一下。我想像當晚伯父一家惶惶不安、緊張莫名的光景，差點噗哧笑了出來，好不容易才克制住。當時，體型壯碩的伯父帶著眼前這個矮小、不起眼又有幾分駑鈍的牧

註　位於東京新宿戶山原的練兵場，明治七年以後成為陸軍的射擊場、演習場。同樣的地點亦曾於亂步《黃金假面》等作品中出現。

田，在黑夜中戰戰兢兢地前往約定地點，這衝突的景象竟栩栩如生地浮現在我的腦海。

「我們在距離T原四、五百公尺處下車。我依著手電筒稀微的光線才勉強來到一株松下。四周天色很暗，完全不用擔心牧田被人發現，我要他盡量順著樹蔭，保持五、六間的距離跟在我後面。你也知道，一株松的周圍盡是灌木林，以至於歹徒的藏身在哪，我根本毫無頭緒，當時氣氛真教人毛骨悚然。我竭力忍耐著，站在一株松下動也不動，大概等了三十分鐘吧。牧田，那段時間你都在做什麼？」

「是，我那時躲在距離主人十間左右的地方，趴臥在樹叢裡，手指扣住扳機，緊盯著主人的手電筒光線。好長一段時間，我都維持著相同的姿勢，感覺好像過了兩、三個鐘頭似的。」

「那麼，請問綁匪是從哪個方向來的？」明智情急地問，由他以手指搔起那頭蓬亂頭髮的反應可看出，此時他十分興奮。

「似乎是從原野的方向，也就是從我們來時路的反方向。」

「綁匪的打扮呢？」

「我看不太清楚，好像是一襲黑衣。從頭到腳黑壓壓一片，在四下黑暗中，只有臉部顯得益發蒼白。我深怕觸怒對方，匆忙將手電筒關掉。因此，我只能確定一件事，歹徒是個非常高大的男子。我身高已有五呎五吋，那傢伙卻比我還高兩、三吋。」

「他說了什麼嗎？」

「他一直保持沉默。到我面前後，他一手持槍對準我，另一手伸出來要我把錢交出，我當下能做的，也只有默默地把贖金交給他。我一直想問女兒狀況，剛要開口，對方立刻將食指豎在嘴前，以低沉的嗓音發出『噓！』一聲。我猜想這是要我閉嘴，便什麼都沒問。」

「之後呢？」

「就這樣了。歹徒拿槍對著我，緩緩後退，最後消失在樹林裡。一時間，我只能佇立原地，絲毫不敢輕舉妄動。但後來，我深覺一直站著也無濟於事，便轉身輕聲叫喚牧田。於是，牧田從樹叢中悄悄走出來，膽戰心驚地問我綁匪是否已遠離。」

「牧田，從你的藏身處能夠清楚看見綁匪嗎？」

「這個嘛，由於天色太黑，加上樹叢又茂密，所以沒見到對方的身影，不過我當時聽到的應該是歹徒的腳步聲。」

「然後呢？」

「我準備打道回府，但牧田提議趁機尋找綁匪的腳印，他認為若要報案，腳印應該會是非

註　在戰前的槍砲彈藥類取締法下，只要依循特定手續，就算是一般人也能購買手槍。軍隊中的將領所用的手槍通常也是自費購入。白朗寧、毛瑟等軍火製造商在當時十分有名。

常重要的線索。是吧，牧田？」

「是。」

「那，找到腳印了嗎？」

「唉。」伯父面露懷疑地說：「說到這個，我真覺得不可思議，現場竟沒發現綁匪的腳印。這絕不是我們錯看，昨天警方也前往現場進行搜證。T原十分偏僻，在我們之後沒人去過，因為只有我們的腳印清楚地留在原地，此外，未見任何腳印。」

「噢？這可真是有意思，能否請您詳細說明一下？」

「在T原，露出表土的僅一株松樹下一帶，其他地方則因為落葉過多，加上到處都是野草，想當然耳，是無法留下腳印的。可是在那片僅有的表土地面上卻只留下我的木屐與牧田的鞋印。綁匪為了取得贖金勢必走到我面前，這總會留下腳印吧？可是卻沒有。我當時的所在位置距離最近的草地少說也有兩間以上，不留下腳印是不可能的。」

「四周有沒有任何類似動物的足跡？」

明智若有所思地發問，伯父驚訝地反問：

「咦，你說什麼？動物？」

「比如說，有沒有馬或狗的腳印，或諸如此類的？」

原本只是在一旁聽著的我，乍想起很久以前在《斯特蘭雜誌》（註）之類的書上讀過一篇犯罪故事。內容敘述一名男子將馬蹄鐵綁在鞋子上往返犯罪現場，巧妙避開嫌疑。明智想必是在思考這類可能性。

「這……我沒那麼細心地注意到這些。牧田，你是否留意到？」

「是。我記得不是很清楚，不過似乎沒有這類腳印。」

明智再度陷入沉思。

當初聽伯父描述整個過程時，我便認真思考過，這起事件的核心問題在綁匪竟然沒有留下任何腳印，想起來還真令人不寒而慄啊。

沉默持續了很長一段時間。

「總之，」伯父又接著說：「我自認事情到此已告一段落，並深信女兒第二天一定會平安歸來。不是常有人說，愈是厲害的歹徒，就愈信守諾言，這叫做『盜亦有道』。我以為他們不會食言，因而完全感到放心。可是你看這結果，如今第四天了，女兒還是毫無音訊，真教人不

註　在《續·幻影城》中，〈詭計大全——足跡類詭計〉的篇章中有條注解說：「引自喬治·席姆斯隨筆」。另外在《黃金假面》中也曾提到「國外某犯罪故事」，其所指皆為出自《斯特蘭雜誌》（Strand Magazine）於一九一五年十月號中刊載的喬治·R·席姆斯的〈殺人的獨創性〉（Originality in Murder）。故事內容敘述丈夫以裝上馬蹄鐵的鞋子，將剛從車站回來的妻子踢死。由於附近未見人類腳印，只有馬蹄鐵的痕跡，因此被當作是被脫韁野馬踢死的事件。

知如何是好。我實在忍無可忍，不願就這麼悶不吭聲，於是昨天向警局報案。可是犯罪事件何其多，我也不敢奢望警方。幸虧我姪子提過和你熟識，才在這非常時期勞煩你走這趟……」

伯父說完，明智接著又針對一些細節提出各種疑問，對各項事實進行更進一步確認。只是這些並不是那麼重要，在此便不多加贅述。

「話說回來，」明智最後問道，「府上千金最近是否曾收到什麼可疑的信件？」

伯母回答：「凡是寄給女兒的信件，我一定會先檢查過。因此，若有任何可疑的信件，我勢必會立刻察覺。我想想……最近似乎沒發現什麼可疑的……」

「不，就算是極其平常、無關緊要的事也行，只要您覺得有一點值得注意，都請告訴我。」明智似乎自伯母的話裡感受到什麼，馬上緊追不捨地問。

「可是，我覺得那似乎與這次事件沒什麼關聯……」

「總之，請您說說看吧。有時，這種細微的反常之處，反而會成為意想不到的線索。」

「那麼我就告訴你好了。大約一個月前，一個名字我從未聽過的人經常寄來明信片。有一次，我忍不住問女兒，此人是不是學校認識的朋友，女兒僅含糊回答一聲『嗯』，但我隱約覺得她有所隱瞞，反應有點奇怪，本想之後再找機會問她，沒想到就發生這次事件。我以為這不過是小事，因此也沒想過要特別留意。如今聽你這麼一提才猛然想起，女兒失蹤的前一天，一張內容怪異的明信片曾寄到家裡。」

「那麼，能否讓我看看那張明信片？」

「當然可以，我想應該就收在女兒的文件匣裡。」

於是，伯母找出那張明信片。上面的日期的確是十二日，發信人應是匿名，只寫上「彌生」二字，上面蓋著市內某郵局的郵戳。至於內容的話，就是本故事開頭的那段「早想拜訪您……」的暗號文。

我也曾拿著那封明信片試圖推理一番，但內容並無特別之處，看起來僅是一般少女風格的字句。但明智不知是意會到什麼，彷彿發現重大線索般，立即向伯父說明想暫借明信片。伯父當然沒有理由拒絕，旋即爽快答應。我實在猜不透明智的真正用意。就這樣，明智的問話總算告一段落，伯父迫不及待地徵詢他的意見。明智遲疑一會兒，做出以下回答：

「不，光聽取事情經過，尚無法給您具體的答覆……總之，先讓我試試吧。說不定在這兩、三天之內就能將府上千金帶回。」

我們兩人隨後向伯父告辭，雙雙踏向歸途。當時，我其實想好好試探明智的想法，可是他只答說目前僅掌握一點頭緒供調查之用。至於今後有何明確方向，則隻字未提。

次日吃過早飯後，我立即趕往明智住處。因為我實在太想知道他在解決此一事件的過程究竟會採取何種方法。我想像著此時的他正埋首於書堆裡，沉浸在他最熱中的思索中。由於我倆交情頗深，跟菸草鋪的老闆娘打聲招呼後，我便急忙跑上通往明智住處的樓梯，突然老闆娘想起什麼似地叫住我說：

「哎，他不在喔。他今天難得地一大早就出門了呢。」

我一臉訝異地反問他到什麼地方，但他似乎沒交代去處。

看來他或許找到線索了。儘管如此，一向嗜睡賴床的明智這回竟這麼早出門辦事，還真是少見。撲了空的我只好先回到住處，可是遲遲無法靜下心，隔沒多久，便再次匆匆出門前往明智住處，但前後去兩、三趟他依舊未歸。直到第二天中午，明智依然沒現身。我不由得擔心起來，而菸草鋪老闆娘也很焦急，便直接闖入他房裡尋找是否留下字條，卻也只是徒勞。

我深覺應該將目前的情形轉告伯父，便立刻趕往伯父家。伯父、伯母依然持續唸佛祈求神明保佑。我大致說明狀況後，伯父頓時備覺沉重，不安地擔心起這下子恐怕連明智也落入綁匪手中。伯父覺得是他特地邀請明智前來協助，若是發生任何不幸，自己有必要負起責任；要真有萬一，實在不知該如何向明智的父母交代。我則認為機警如明智，絕不可能捲入危險，但在旁人倉皇情緒的感染下，竟不自覺地陷入愁雲慘霧裡。時間就在眾人束手無策之際悄然流逝。

未料，當天下午，就在我們聚在伯父家的客廳裡焦急地拿不定主意時，一封電報送達了。

與富美子小姐同行，即刻出發。

這封突如其來的電報是明智自千葉縣傳來的，我們不由得大聲歡呼。明智平安無事，女兒也即將歸來。原本死氣沉沉的家裡頓時滿溢著喜悅，彷彿是要迎娶新娘般熱鬧愉快。

等一臉笑意的明智出現在焦急等待的眾人面前時，已近傍晚時分，跟在他後面的則是略顯瘦削的富美子。伯母擔心富美子太過勞累，便讓她先回臥室休息。接著我們被邀請至飯廳，眼前早已擺滿豐盛酒菜以示謝意。伯父、伯母激動地握著明智的手請他上座，心中滿是感謝。夫婦倆的盛情真是難以形容，但也難怪，這次對手可是動員國家警力也對付不了、長期逍遙法外的「黑手組」，就算明智是名偵探，大概任誰也沒想到他竟能如此迅速、如此輕而易舉地帶著堂妹順利回來吧。可是看哪！眼前的明智不正是靠著一己之力就完成這艱巨任務嗎！夫婦倆像歡迎將軍凱旋歸來似的盡情款待明智，這完全是他應得的，他是個多麼令人讚賞的男子啊！連我也不得不佩服得五體投地。理所當然，在場所有人都迫不及待地想聽聽大偵探的冒險過程，以及這震懾都心的黑手組真面目究竟為何。

「關於這點真是非常抱歉，我什麼也不能說。」明智語帶為難地表示。「我再怎麼魯莽，也不可能單身潛入敵窟捉拿這幫凶賊。經過層層考量，我總算想出一個極為穩當的計畫救出令千金，也就是讓綁匪不動她一根汗毛、並將她安全護送到家的計畫。我與『黑手組』之間達成協議，『黑手組』送回令千金與一萬圓贖金，今後也絕不再向府上勒索；而我則是絕不透露『黑手組』的真實身分，今後也保證絕不參與逮捕黑手組的任何行動。對我而言，只要府上蒙受的損害即刻獲得解決，我的任務便已完成。比起警方過度緊迫盯人的手段反招致狗急跳牆，我相信這是較適當的處理方式，因此才答應『黑手組』的要求。也請別向令千金過問關於『黑手組』的一切……這就是那筆萬圓贖金，請您查收。」

說著，明智取出以白紙包著的一萬圓交給伯父。原先期待的偵查經過看來是聽不到了，但我並不失望。再怎麼堅決的協議，對伯父、伯母不能坦白，但對我這個好朋友總能多少透露一些吧？一思及此，我當下迫不及待地希望飯局趕緊草草結束。

對伯父、伯母而言，只要一家平安就好，至於綁匪是否遭到逮捕，根本無關緊要。為了表達對明智的謝意，伯父不斷舉杯敬酒，不勝酒力的明智沒多久便滿臉通紅，原本總是微笑滿面的他，此時笑容更是燦爛。席間大家交談甚歡，開朗的笑聲充斥四周。關於當時到底聊些什麼，與故事無甚相關，故不贅述，僅底下這段話或許能吸引讀者些許注意，因而記錄於下。

「欸，您真是我女兒的救命恩人啊。我發誓，將來只要是你的請託，不論多困難，我一定答應。怎樣？有什麼願望要我替你實現的啊？」伯父舉杯向明智敬酒，福神般喜悅溢於言表。

「這可真教人感激不盡啊！」明智回答：「這樣好了，假如我有個朋友非常愛慕令千金，而我的願望是請您將女兒嫁給他的話也成嗎？」

「哈哈……你可真會給人出難題啊。不過，只要你保證對方的為人，那倒也無妨。」聽起來伯父也不像開玩笑。

「可是，若那位朋友是基督徒，您能接受嗎？」

做為聊天的話題，明智的話顯得太過嚴肅唐突。

虔誠信仰日蓮宗的伯父面露些許不快，但仍禮貌性地應道：

「好吧。我雖然很討厭基督教，但既然是你這位大恩人的願望，我願意好好考慮一下。」

「哎，真是多謝。將來我一定會來拜託您的，到時候請別忘記您的承諾啊。」

這段對話著實令人覺得有些莫名其妙。若只視為明智開玩笑，那就是笑話一樁；但若當作是他認真懇求，聽起來還真是頗為嚴肅。此時，我想起巴里摩爾戲劇（註）中夏洛克．福爾摩

註　約翰．巴里摩爾（John Barrymore, 1882-1942），美國知名演員。曾主演電影《夏洛克．福爾摩斯》（1922），日本於大正十三年曾上映。故事改編自威廉．吉列特的戲劇《夏洛克．福爾摩斯》（1899）。吉列特詢問柯南．道爾是否可以在戲劇中讓福爾摩斯結婚，道爾回答：「無論要讓他結婚，還是要殺、要剮，都隨便你」，為一有名的小插曲。

斯在某起事件結識一位姑娘而陷入熱戀，進而步入禮堂的情節，不由得暗自竊笑起來。

之後，雖然伯父不斷熱情挽留我們，但不好意思叨擾太久，我和明智兩人便起身準備離去。為了表達心意，伯父送明智到玄關時，全然不顧明智的婉拒，硬是將裝有兩千圓的紅包塞進明智的衣袋裡。

暗藏的內幕（下）

「不管你和『黑手組』有過什麼協議，至少能透露一些真相吧？」剛踏出伯父家，我等不及地立刻向明智問道。

「嗯，當然沒問題。」他竟意外地爽快答應。「那我們先喝杯咖啡，再慢慢聊吧！」

於是，我們找了一家咖啡廳，選了最靠裡面的座位。

「在這起事件中，我偵查的出發點是從現場找不到腳印這個事實開始的。」明智點好咖啡後，兀自說起偵查過程。

「關於沒有腳印這件事，我認為至少有六個可能性。第一種可能是你伯父與刑警並未發現綁匪留下的足跡，例如對方使用獸類或鳥類的腳印來瞞騙他們。第二種可能是——或許聽來有點異想天開——綁匪或許是藉由一種不留足跡的方法來到現場，如走鋼絲之類。第三種可能是你伯父或牧田無意間踩過綁匪的腳印。第四種可能是，一切實在太過巧合，綁匪的鞋子與你伯父或牧田的鞋子同一種款式。關於上述這四種可能性，只要對現場進行縝密搜查便能找到證據。再來，第五種可能是綁匪並未到現場，或許你伯父出於某種需求逕自上演這齣獨角戲。第六種可能是，牧田與綁匪根本是同一人。我在事前總共整理出這六種可能性。

「我認為，無論情況如何，總有必要到現場仔細搜索一番。於是，第二天一早即動身前往T原。萬一在現場無法找到任何與第一到第四種有關的證據，那麼就只剩第五和第六這兩種可能性。這麼一來，搜查範圍即可大幅度縮小。只是到達現場之後，我有了新發現。警方果真犯下重大疏漏——那就是地面上留有許多像是被某種尖硬物體刺過的痕跡，這些痕跡全在伯父及牧田的腳印裡（說得更真確點，大多位於牧田的木屐印中），若不細看確實很難發現。看著這些突如其來的蹤跡，我的腦際閃過無數想像。煞那間，我想起一件事。一切彷彿天啟之聲傳來，一條非常完美的線索浮現在我腦海。我倏地想起書生牧田在與瘦小身軀非常不相稱的寬大羊毛腰帶上，不是打一個很大的結嗎？由後面看來，他的背影實在十分可笑。我偶然想起這件事，突然一切都明白了。」明智說到這裡，喝了口咖啡，接著以一種故意吊人胃口的眼神瞅著我。只可惜，我完全跟不上他的推理能力。

「接下來呢？最後到底怎麼了？」我不禁大吼起來，掩飾我心中的不甘。

「亦即我分析的第三種與第六種可能性都對。換句話說，書生牧田與綁匪是同一人。」

「你是說牧田！」我不由得叫出聲。「這不合理啊，那個集傻氣與木訥於一身的男人……」

「不如，」明智冷靜地說：「把你認為不合理的地方一一列舉出來吧，我再逐項解釋。」

「多得數不清哪。」我稍作考慮後說：「首先，伯父曾說綁匪比他這個大塊頭還高兩、三吋。這樣至少有五呎七、八吋，但牧田顯然是個身材矮小的男人哪。」

「就是因為綁匪與牧田的身高相差如此懸殊，才更有懷疑的必要。一個是日本人少有的魁梧壯漢，一個是近乎侏儒的矮小男子。這對比委實太過強烈，而且強烈得超乎想像。假如牧田使用的是更短一些的高蹺，我說不定還會被矇騙過去。哈哈哈哈，這樣你明白了吧。他把高蹺截短後事先藏在指定地點，等交付贖金的時間一到，就綁在腳上偽裝成高大的男子。那時是黑夜，伯父又離牧田有十間之遠，根本不清楚暗處牧田的一舉一動。接著，他在達到目的的那一刻，為了消除高蹺踩過的痕跡，才會藉口要尋找綁匪的腳印而來回走動。」

「那伯父又為什麼沒看穿這種騙小孩的把戲？更何況，伯父還明白說對方穿黑衣？牧田平時的打扮總是一身白色手織棉服啊。」

「這時那條羊毛腰帶就派上用場了，真虧他想得到這個好方法。利用那條寬大的黑帶子從頭到腳將全身包起來後，根本看不出這原是體型瘦小的牧田。」

由於明智所陳述的事實太過單純，以至於我有種遭人捉弄的錯覺。

「那，你的意思是，牧田是『黑手組』的成員嗎？這就怪了，黑手……」

「欸！你怎麼還在想這件事啊，真不像平時的你。你今天的腦袋真有些遲鈍，不管是你的伯父、警察，連你都患了黑手組恐懼症。算了，這也不能怪你們，這陣子『黑手組』實在太張狂。若你能像平常那般冷靜，根本用不著靠我，憑你自己也能夠解決這次案件。這和黑手組根本沒有任何關係。」

的確，我今天真的很反常。我愈聽明智說明，愈搞不清楚事件的真相。無數疑問在我腦中糊成一團，糾結不清，甚至不知該從何問起。

「可是，你剛才不是說跟『黑手組』有協議，為什麼要說這種謊呢？而我最無法理解的是，假如這真是牧田的計畫，你悶不吭聲地放任他豈不太奇怪？其次，我也不認為像牧田這般軟弱的男子有能力綁架富美子並監禁數日。況且，富美子遭綁架當天，他整天都待在伯父家，一步也沒有踏出家門啊。牧田這傢伙，真的能做出這番大事件來嗎？還有……」

「原來你還真的是感到滿腹狐疑啊。要是你能解開明信片上的暗號文，或者至少你已發覺這是一篇暗號文的話，應該就不會感到如此難以理解了。」

明智如此說著，拿出那天向伯父借來的那張署名「彌生」的明信片。（各位讀者，真是抱歉，麻煩你們重新讀一次開頭的那段文字。）

「若沒有這篇暗號文，我壓根也不可能懷疑牧田。所以，這次調查的出發點就是這張明信片。不過我也不是一開始就明確知道這是一篇暗號文，僅是有點懷疑罷了。懷疑的理由是這張明信片適巧是在富美子失蹤前一天收到的；其次是，雖然刻意精心模仿，字跡仍透露出這是出自男人之手；最後，當伯母問起富美子時，她的表情流露出些許不自然等。除此之外，你看，就像寫在稿紙上，每一行都工整地寫下十八個字。但如果在此畫上線。」

他說著拿出鉛筆，在明信片上畫上如稿紙般的格子橫線。

「這樣一來應該就看得出來了。你順著線橫著看下去，每一行都夾雜著約一半左右的假名，卻有一個例外。那就是每行的第一個字，即這條線以上使用的都是漢字。」

一好割此外叮袋自叱歌切

「看，對吧。」他以鉛筆在明信片上橫向描線。「若說這是偶然也太讓人難以接受。若這是男人寫的文章也就罷了，一般而言，女性所寫的文章，假名比例相對較高，如果這張明信片的寄件者真是女性，實在不可能出現一整列只有漢字的情形。是故，我認為有必要仔細研究一下。那天晚上我一回到家，就拚命地思考這個問題。好在我對暗號或多或少有些研究，倒是沒花多少工夫便解開了。我來解說一下這其中的奧妙吧。首先，我挑出這只有漢字的第一行認真推敲。只不過這段文字彷彿字華賭博（註）似的，完全看不出別具特殊意義。我就想，或許是與漢詩、漢文典籍有關，但查閱相關資料後，似乎又不盡如此。在不斷猜想的過程中，我赫然注意到其中兩個字經過塗改。整篇文章寫得如此工整，卻有兩處突兀的塗改痕跡，我當下感覺到事有蹊蹺。再加上這兩處塗改痕跡又都在第二列。依我的經驗，以日語編寫暗號文時，最大的難關其實是濁音與半濁音的處理。所以我想，這塗改的痕跡或許是用來暗示第一列的濁音。假如我的推論沒錯，這幾個漢字應該各表一個假名。推想至此還算容易，但接下來可就煞費苦心了。當時的苦惱姑且不提，我直接說出結論吧。總之，我發現漢字的筆畫是關鍵，而且，解碼時必須將漢字左右兩邊的筆劃分開計算。例如『好』字左邊是三畫，右邊也是三畫，導引出33。若把明信片上的第一列改成數字表則是這樣。」

註　一張紙上印著三十六組任意羅列的漢字，先遮住一半，再讓人猜字的賭博遊戲。明治時期由中國傳入日本。

他隨手拿出筆記本，畫出左側這張表。

	左	右
一	1	
好	3	3
割	10	2
此	4	2
外	3	2
叮	3	2
袋	11	
自	6	
叱	3	2
歌	10	4
切	2	2

「仔細比較這個數字表，左邊數字最大值到11，右邊數字則只到4，不是正好符合某個規律嗎？例如，試著將五十音依照某種規律排列。若依子音排列『アカサタナハマヤラワン』，剛好是十一個。或許這只是巧合，但總之先依這方法試試。於是，我先假設左偏旁是依子音排列的順序，右偏旁則是依母音排列的順序。那麼由於『一』只有一畫，不分左右，所以是子音、母音順序都第一的『ア』；『好』左右各為3，因此是五十音表上第三行、第三列，也就是『ス』。依此類推，所得的暗語就是：

アスヰチジシンバシヱキ

「『ヰ』與『ヱ』應是『イ』與『エ』的同音借字，因為左邊只有一畫的字太少了。這果

然是有涵義的暗號文，經解讀後意即『明日一點新橋站』。看得出這個男人對編碼、解碼有相當深入的了解。話說，會利用暗號通知時間和地點給年輕女孩，且發信者感覺起來又像是個男人。你想，這不是幽會通知的話，又會是什麼？事件了解至此，便可看出跟『黑手組』應該無關。就算有關，最起碼在搜查『黑手組』之前，也該先調查一下這張明信片的寄件者才是。可是除了富美子以外，沒有其他人認識這名寄件者。這倒是困擾了我好一會兒。但是若將牧田的行為與這次事件結合在一起，謎團當下迎刃而解。我認為，萬一富美子真是出於自願離家出走，照理說應當會寫道歉信函（甚或遺書）給父母。將這疑點與牧田平時管理信件的工作兩相對照，便可看出一點頗具興味的端倪。也就是說，牧田早就發現富美子小姐的祕密戀情，像牧田那樣天生有缺陷的男子，猜疑心遠較常人重。他偷偷撕掉富美子小姐寄來的道歉信函，而後將自己偽造的『黑手組』恐嚇信交給伯母，這同時說明了為何恐嚇信不是透過郵局寄來的。」

明智說到此，稍做停頓。

「真是太不可思議了。可是……」我還有許多疑問，正當我要開口時……

「你別急。」他打斷我的話，又繼續說：「調查現場過後，我順路到伯父家門口等待牧田出門。一等到他被派出去辦事，我立刻編造藉口帶他到這家咖啡廳，正好就是我們坐的這個位置。我跟你一樣，起初認為他個性憨厚，做出這種事情必定有苦衷。於是我向他保證，絕對不會洩漏祕密，以視情況或許能幫上忙為由，當下取得他的信任，而他也全盤招認了。

「我想你應該也認識服部時雄這個人。只因他是基督徒，不僅向富美子小姐求婚遭到伯父悍然拒絕，還被禁止出入伯父家。可憐的服部啊。身為父母總是盲目的，你伯父看來似乎沒有注意到富美子小姐與服部早已陷入熱戀。只不過，富美子小姐的反應實在太過激烈，她根本沒必要離家出走啊。或許她天真地以為，就算在宗教上有所歧見，對於木已成舟的兩人，伯父總不忍心拆散吧；又或許她蠻橫地打算藉離家出走，迫使頑固的伯父態度軟化等。總之，這兩個人手牽手，滿心歡喜地躲到服部的一個鄉下朋友家裡。當然，兩人也曾由朋友的住處寄出幾封書信，只是全被牧田攔截下來。於是我特地跑一趟千葉縣，花了一整晚，苦口婆心地說服這對連家中發生『黑手組』事件也一無所知、只知沉浸在甜蜜愛情裡的男女。這著實不是件簡單的任務。最後，我以必定撮合兩人的婚事為條件，好不容易才將富美子小姐帶回來。幸虧從伯父的口氣看來，這個約定顯然有實現的可能了。

「至於牧田嘛，他的問題也跟女人有關。可憐的他，哭得一把鼻涕、一把眼淚的，景況令人感嘆，連如此殘缺的男人也會陷入愛情的迷霧裡呢。不知道他的對象是誰，但我猜想應是有人跟他開條件吧。總之，要想如願獲得他心儀的女人，需要一大筆錢。他說原本計畫是在富美子小姐返家前逃跑，這不由得令人感受到愛情力量的偉大，如此憨傻的男人，竟想得出這般周延的詭計，一切都是戀愛驅策下的奇蹟啊。」

聽完之後，我不覺嘆口氣，深感這真是發人深省的事件啊……明智大概也累了，表情無精打采的。兩人就這樣不發一語地對看。

不久，明智猛然站起來說：「唉，咖啡都涼了，我們走吧！」

於是，我們分別踏上歸途。

臨別前，明智彷彿想起什麼似地，取出伯父方才饋贈的兩千圓交給我說：

「方便的話，幫我把這筆錢轉交給牧田吧。就說是我的一點心意，充當他的結婚基金。唉，他也是個可憐人啊。」

我立刻爽快地答應。

「人生真是有趣。今天，我竟當了兩對有情人的月下老人！」

明智說著，發自內心地笑了。

〈黑手組〉發表於一九二五年

幽靈

「辻堂那傢伙，這回總算是死了。」

當親信帶著些許邀功的表情向他報告時，平田腦裡頓時一片空白，完全說不出話來。雖然早在很久以前就聽說他臥病在床，但一想到那個執著地跟蹤自己、以報仇（根本是他擅自認定平田為仇家）為生涯目標、口頭禪是「若不用這把匕首刺入那傢伙的肥腸油肚裡，我就算死也不會瞑目」的辻堂，未達目的就這麼死了，一時之間還是難以相信。

「真的嗎？」平田不由得反問親信。

「豈止是真的，我剛從那老傢伙的喪禮刺探實情回來呢。以防萬一，我甚至問過鄰居，這次肯定錯不了。他們父子倆一直相依為命，老父一死，可憐的兒子跟在棺木旁送終，哭得跟什麼似的。跟他老爸差太多了，這孩子根本是個窩囊廢啊。」

聽到這個消息，平田頓覺一陣失落。舉凡自己在府邸四周築起高聳的水泥牆、在牆頂插上玻璃碎片、將門長屋（註）以近乎無償出租給警察一家人、家中供養兩名猛壯的書生；或者別說是夜晚，就連白天除非迫不得已，否則盡可能不出門，即使外出也絕對請書生陪同，這一切的一切都是因為恐懼辻堂。平田算白手起家、憑一己之力建築起事業王國的男人，在拓展事業

註　部分武士或富農會將房子的一部分當作門，這種建築構造就叫門長屋。門長屋通常由守門人或奴僕居住，或者做為置物間。

版圖的過程中難免幹下許多見不得人的勾當。對他懷有恨意的絕不止兩、三人，但平田毫不在意，他唯一無法對付的，只有那幾近瘋狂的辻堂老人。如今，得知這唯一讓他恐懼的對象竟離開人世了，在發出安心嘆息的同時，他卻也感受到一股幹勁瞬間消逝的落寞。

喪禮隔日，平田慎重起見，便親自前往辻堂住所附近偷偷觀察，並確定親信的回報正確無誤。他這下子才放下心，總算可以解除長期以來的嚴密警戒，盡情享受久違的輕鬆心情。

不了解事態的家人對於平時陰沉的平田突然快活起來，聽見他久違的笑聲，多少感到納悶。只可惜，他快活的日子並未太久，這天，這一家之主的臉上明顯透露出內心的憂鬱。

辻堂喪禮過後的三天內，日子悠悠地過去，到第四天早上，平田像平常一樣靠在書房的椅子上，隨性翻閱當日送達的郵件。在大量書信及明信片中，他無意瞥見一封字跡潦草卻似曾相識的信，當場嚇得滿臉蒼白。信的內容大致如下：

這封信想必會在我死後送到你的手中，此刻你正因我的死雀躍不已，以為總算可以放心，而過起輕鬆的日子吧。這可不行，我的身體雖亡，但靈魂在解決你之前絕不會死。呵呵，你原先嚴密的防備對於活生生的人而言或許有效，連當時我想出手也不得其門而入。只是啊，不管多麼嚴密的門禁，對於能像一陣煙般滲透而過的靈魂而言，你再怎麼有錢也無計可施吧。嘿，我啊，在生重病躺在臥榻、難以動彈之際，即發下毒誓。縱使我在世時無法置你於死地，死後就算變成怨靈，也一定要牢牢地纏住你、親手了斷你。臥病在床的幾十天，我一門心思只想著這件事。我的這股殺意豈會無法實現？等著瞧吧，怨靈作祟比起活人的力量可怕多了。

這封信不僅筆跡凌亂，漢字以外都以片假名寫成，讀起來分外吃力。無庸置疑，這肯定是辻堂病臥床榻之際，灌注全副靈魂所完成，並要求兒子在他死後寄出的恐嚇信。

「混、混蛋，靠著一紙騙小孩的信就想嚇唬我嗎？年紀一大把了還玩這種小把戲，想必是病入膏肓，連腦袋都不清不楚了吧。」

平田當下雖對這封恐嚇信一笑置之，但隨著時間流逝，一種不可言喻的忐忑油然湧上心頭，他卻無計可施。他沒有防禦的方法，也不知對方會從何處、以何種方式出擊，這樣的生活令他焦躁不安。自從收到這封信，平田不分日夜地受到恐怖妄想的威脅，失眠症愈來愈嚴重。

另一方面，平田也擔憂起辻堂的兒子。雖說那個和父親執拗的個性完全衝突的懦弱男子想來不可能如此義無反顧，但萬一他繼承父親遺志，開始視自己為復仇對象的話可不得了。一思及此，他連忙喚來過去僱用來監視辻堂的男子，命令對方往後繼續監視兒子。

接下來幾個月，一切風平浪靜，什麼事也沒發生。平田的神經過敏與失眠症雖不容易恢復，但至少怨靈作祟的情形並沒有發生，而辻堂兒子看來也沒有做出任何會威脅到平田的行動，於是原本過分緊繃的平田漸漸覺得自己太杞人憂天、愚蠢可笑。

豈料，某天晚上果然出事了。

平田難得獨自一人待在書房裡練習書寫。由於府邸位於住宅區，即使當時不過是傍晚時分，附近一帶卻寂靜得有如空城，頂多偶爾聽見遠方狗兒的吠叫。

「有您的信。」

家裡的書生突然走進房裡，將一封郵遞物放在書桌角落，隨即默不作聲地離去。

平田一看就知道那是張照片，是大約十天前某公司舉行創立酒會時，幾個發起人一同拍下的紀念照，平田也是其中之一。大概是照片沖好之後，對方請人送過來的吧。

平田原本對這類事物沒有太大興致，不過長時間專心書寫讓他有些疲累，正想休息一下。於是他打開信封取出照片，看了一會兒，倏然間，彷彿碰到髒東西般用力將照片丟在桌子上。接著他帶著不安的眼神，不斷張望房間四周。

過了片刻，他的手戰戰兢兢地伸向適才丟出的照片。才一翻開來看，又立刻丟了出去。重複兩次、三次這令人難以理解的動作後，他總算能夠較為冷靜地細看照片。

絕不是幻影。不管揉揉眼睛或一再擦拭照片表面，照片裡的恐怖幻影始終未消。冰冷觸感沿著背脊逐漸往上竄升。他猛地撕碎照片，丟進火爐，而後搖搖晃晃地起身逃出書房。

這陣子以來，他最畏懼的事終於發生了。辻堂執拗的怨靈在這一刻顯露出駭人的幻影。

在這七位發起人清晰的影像背後，辻堂那朦朧模糊、幾乎占據整張照片的陰沉鬼臉正浮現在照片裡。而在那張彷彿白霧般的臉上，漆黑的雙瞳正忿恨地瞪視平田。

過度驚嚇之餘，平田像恐懼著妖魔鬼怪的小孩般，不住地以棉被裹住頭，整晚不停哆嗦發抖。直到第二天早上，感受到太陽為周遭帶來的光輝後，他總算稍微恢復元氣。

「這種荒謬的事根本不可能發生，昨天晚上我一定看錯了。」平田勉強打起精神，走進朝陽燦爛照耀下的書房。定睛一看，雖然惋惜照片在火爐中燒得一乾二淨，但桌上仍留有那只信封，靜靜地證明昨晚所見並非夢境。

但靜心一想，不管結果如何都會不自覺得讓人感到恐懼。萬一真的拍到辻堂的臉，表示一切如同那封臨死前的恐嚇信所寫，世上真有超乎常理的鬼怪，沒有比這更可怕的事了；又或者，這不過是一張沒什麼特別之處的普通照片，但在平田眼中卻見到辻堂的臉，這也表示辻堂的詛咒生效了，反而更教人驚駭，平田的腦袋猝然間狂亂起來。

事發後兩、三天，平田根本無法思考事情，滿腦子只有那張照片。

或許是在某種陰錯陽差的情況下，同一家相館曾經為辻堂拍過照片，底片不小心與這張照片的底片重複曝光……平田呆然地想像著諸如此類的可能性，還派人到相館詢問。想當然耳，他所得到的回應是否定的；況且相館的登記簿上也找不到任何姓辻堂的人。

照片事件發生一周後的某日，傭人報告關係企業的負責人來電，平田不假思索地拿起桌上的話筒，沒料到，話筒中傳來詭異的笑聲：

「哼哼哼哼……」

聲音似從遠方傳來，起先平田還不以為意，不一會卻彷彿某人就在他耳際放聲大笑。無論平田如何吼叫，對方也只是大笑而已。

「喂喂，你不是XX吧！」

平田發瘋似地大吼，而後話筒裡的聲音漸次變小，最後僅剩「嗚、嗚、嗚……」的微弱聲音消逝至遠方，就此無聲無息，只傳來接線生「幾號……幾號……幾號……」的高聲呼叫。

平田憤怒地將話筒掛上，一時間定定瞅著一處，動也不動。這段期間，難以形容的恐懼感自心底慢慢湧上……那不是似曾相識的辻堂笑聲嗎？桌上電話瞬間蛻變成面目可憎的鬼怪，平田頓時膽寒，卻不敢擅自將視線移開，只能一步一步緩緩後退，最後安然逃離書房。

平田的失眠症再次復發，而且更為嚴重。好幾個夜晚，他好不容易睡著，又突然發出驚恐的叫聲跳起來。家人對於他過度反常的行為很是擔憂，執意要他去看醫生。可以的話，平田好想找個人哭訴，像個年幼的孩子緊緊抱住母親不住地哭喊「好可怕啊！」並將他這陣子的恐懼與壓力一股氣地全說出來。但這終究不可能，他只能逞強地對家人說「沒什麼，大概是神經衰弱吧」，堅決不願接受醫生的治療。

經過幾天。某日，平田須出席他擔任高層的公司股東大會，同時在大會中代表發言。這半年來，公司的績效呈現未曾有的盛況，也沒有其他擔心的問題，屆時只需簡短說明公司的營運狀況即可。早已習慣這種場合，平田態度大方、語調穩重地站在近百名股東面前說明。

演說同時，他極其自然地將視線投向每位股東，驟然間，他瞥見一個奇怪的東西。注意到這東西後，他不由得暫停演說，在眾人深感困惑的漫長時間裡，只能啞口無言地茫然站立。

一張與死去的辻堂幾乎相同的面孔混在臺下的股東中，直定定地盯著臺上的平田。

「基於上述問題……」

平田重新打起精神，刻意提高嗓門繼續向股東說明。但不知為何，再怎麼振奮自己，他的視線始終無法自那張臉上移開。他漸漸有種狼狽的感覺，演講的內容也變得紊亂毫無條理。一見到他的窘狀，那張與辻堂太過相似的臉彷彿在嘲弄平田的狼狽似地，猝然獰笑起來。

平田記不得自己如何結束說明，只知道最後，他幾乎陷入一種忘我且瀕臨昏厥的狀態。當他彎腰致意、離開演講桌時，無視於眾人的疑惑，逕往會場出口狂奔離去，試圖尋找威脅他的那張臉。但怎麼找就是找不到。慎重起見，他無奈地回到會場貴賓席，此時，他離演講桌不遠，可以趁機重新好好檢視每位股東面孔，卻找不到那張貌似辻堂的臉了。

這次會場位於外人可以自由出入的大樓裡，仔細一想，或許只是在這群聽眾中，正好有人與辻堂長得很像，而在平田尋找他之前便早一步離開了。不過，在這世上，真有可能存在著如此相似的兩個人嗎？無論平田怎麼抱頭苦思，都覺得這是辻堂臨死前的恐嚇宣言作祟。

股東大會之後，平田開始頻繁撞見辻堂的臉。有時是在劇場走廊、有時是在傍晚時分的公園、有時是旅行所在的熱鬧都會的人潮中……更甚者，辻堂的臉竟出現在自家門口前，而這最後的場合更是令平田幾近暈厥。某個深夜，平田乘著轎車回來，正當車要進家門時，門裡突然竄出一道黑影與轎車擦身而過。就在兩者交錯之際，平田自車窗外瞥見人影面孔。

是辻堂！等到在迎門的書生與女傭的聲音中恢復鎮定後，平田趕緊命司機出門尋找，但辻堂早已消失無蹤。

「說不定辻堂那傢伙還活著，故意玩這些把戲來折磨我。」

一時之間，平田對辻堂的死產生質疑。可是鎮日監視辻堂兒子的親信卻回報，並未發現任何可疑之處。若辻堂還活著，經過這麼長一段時間，他總會找機會與兒子見面吧？然而，完全沒有兩人見面的跡象。且最讓人無法理解的是，區區一個普通人怎麼有辦法對自己的行蹤瞭若指掌？平田平時就非常重視隱私，每當外出時，別說是僕人，連對家人也鮮少透露去向。因此，那張面孔想隨同他出現，便得經常埋伏在他家門口，等平田出門時，再尾隨轎車而去。但在如此人煙稀少的住宅區，若有任何汽車跟蹤不可能毫無所覺。即使僱用計程車，附近也沒有招車處，更別說徒步跟蹤。因此，無論怎麼想，平田都認為這是怨靈作祟。

「難道是我精神錯亂？」

然而，即使真是精神錯亂，恐懼感依舊存在。平田自此陷入無窮無盡的疑惑當中。

就在他左思右想、煩惱不已之際，赫然想到一記妙招。

「為什麼我沒及早想到這方法！這麼一來，便能確定他的生死了。」

於是，平田快步走進書房，當下執筆寫信給辻堂老家的戶政機關，並以辻堂兒子的名義申請一份戶籍謄本。若戶籍謄本上注記辻堂還活著，心中的疑惑就能解開。平田內心祈禱著這就是他所企求的真相。數日之後，戶政機關寄來戶籍謄本。令平田失望的是，戶籍謄本上辻堂的名字已被畫上紅線，上欄明確記載著死亡日期與死亡證明書的送達日。辻堂的死已不容質疑。

「最近您怎麼了？是不是不太舒服？」

凡是遇到平田的人都面露擔憂地詢問，連平田也覺得自己彷彿蒼老許多，相較於兩個月前，頭上的白髮明顯增加不少。

「要不要去散散心，休息一陣子？」

由於平田無論如何也不願意就醫，無計可施的家人只好勸他換個地方休養一段時間。對平田而言，自從在自家門前瞥見那張面孔後，即便待在家裡也無法安心。平田想，換個環境或許不錯，因此他接受家人的建議，決定前往溫暖的海岸度假村調養。

於是，平田寄了一張明信片通知熟識的旅館，請他們保留房間、為他準備住宿期間會用到的生活用品、挑選隨侍的僕役……平田藉此感受到久違的愉快心情，雖說多少有點刻意，但他真像個年輕人計畫遊山玩水般雀躍不已。

來到海岸後，果然如同原本所預期的，心情著實輕鬆不少。他當下愛上海邊萬里無雲的明亮景色，也喜歡純樸樂觀的小鎮人情，旅館的房間設備也讓他有賓至如歸的感覺。這裡雖是海岸，但比起海水浴場，溫泉鄉其實更為聞名。平田鎮日泡湯，於溫暖的海岸散步過日。

原本總教人不安的面孔果然在如此開闊的地方不復出現，如今就算在無人的海岸散步，平田也不再心驚膽戰。

這一天，他前往目前為止未曾到過的遠處散步。原本心不在焉的他驚覺天色漸漸暗了，夜晚已悄然來到。周遭僅一片廣大的沙灘，一個人影也沒有。轟轟……沙沙……轟轟……沙沙……只有反覆襲來又退去的浪濤聲，彷彿通知即將發生不祥之事般陰鬱地響徹海邊。

他急忙趕回旅館。這段路程太過遙遠，若不加快腳步恐怕還沒走一半天就黑了。他汗流浹背，盡可能大步大步地加速前進。四下無人，他自己的腳步聲乍聽彷彿自背後傳來，他禁不住提心吊膽地回頭探看，種植道路兩旁的松樹，其幽暗的陰影令人毛骨悚然。

繼續趕一段路後，平田在前方隆起的小沙丘對面乍見人影閃動，這一刻他總算稍微放心。於是，他連忙朝小沙丘對面走去，心想藉機與對方交談，這股膽寒的恐慌情緒應該也能就此平復吧。如此盤算之後，他更是加快腳步朝人影接近。

平田一接近，才看清那是一名男子，而且年紀很大了。這老人一直背對平田蹲著，由背影看來似乎正在沉思。

或許留意到平田的腳步聲，對方像受到驚嚇般，猛然抬起頭轉向平田。在灰色背景對映下，蒼白的面孔清晰地浮現在平田面前。

「啊！」

平田一見到那張臉，隨即發出有如遭到碾壓破碎、無法成形的慘叫，立刻拔腿奔逃而去。五十多歲的平田，此刻竟像個參加跑步比賽的小學生般拚命往前衝。

方才那張瞬間回頭的臉，果然是不該出現在此處的辻堂。

「危險！」

一名年輕人發現太過忘我奔跑而遭地上東西絆倒的平田，趕忙跑過來。

「您還好吧？啊，您受傷了！」

平田腳趾甲剝落，發出夢囈般的呻吟。年輕人自懷中取出乾淨的手帕熟練包紮傷口。在極度恐懼與傷口痛楚下，孱弱得一步都動不了的平田倚靠年輕人的攙扶，好不容易回到旅館。

原本以為自己會就此昏睡下去，還好情況不算太糟，第二天一早起床時，平田感覺精神還不錯。腳傷尚未痊癒，無法隨處走動，但至少能正常進食了。

平田用完早餐時，昨晚照顧他的年輕人前來探望，原來他也住同一家旅館。兩人的話題漸次由探望的客套話及感謝的招呼語轉為閒話家常。此時的平田，非常需要找個人好好聊一聊，一方面也是基於感謝之情，平田比平時更放聲地暢快交談起來。

一直等到平田的僕役都離開之後，似乎早在等候這一刻般，年輕人的口吻變得更為慎重，禮貌性地問了以下問題：

「事實上，打從您住進這家旅館以來，我一直很好奇……您特地來此休養必定有什麼理由吧？不知是否方便告訴我原因呢？」

平田十分震驚。這名剛認識的年輕人究竟知道什麼內情？且這樣的提問未免也太失禮。在此之前，他從未向任何人透露關於辻堂怨靈的事，因為內情太可恥且太可笑，平田實在說不出口。因此對於年輕人的提問，他當然沒打算和盤托出。

豈料，在短暫的交談後，對方的談話技巧太過高明，彷彿魔法師般輕而易舉地令原本堅決不透露的平田不小心說溜嘴。話一旦出口，就像是線頭，長久悶在心裡的苦悶有如絲線般不斷被抽出。倘若對方只是一般人，平田勢必能輕鬆地將內心的不安掩飾過去吧，但對眼前這名年輕人卻無濟於事。年輕人驅使著令人著迷的高明話術一一將平田的心事套出來。當然，一方面也是昨夜剛發生如此駭人的事件，平田猶如失去自由的囚犯，愈想錯開話題卻愈陷愈深。最後終於將關於辻堂怨靈的一切毫無遺漏地坦白。

問完所有細節後，年輕人則是展現不遜於問話技巧的話術，再次不著痕跡地將對話導引回其他日常議題。等到他為漫長的打擾致歉，並離開房間時，平田不僅未對他半強迫地套出自己的心事而不悅，反倒深覺這名年輕人相當可靠。

又過十天左右，期間什麼事也沒發生。平田已厭煩起這溫泉區，可惜腳傷未癒，而且與其勉強回到東京那寂寥的宅邸，繼續留在這個熱鬧的旅館反而較能放鬆心情，因此他還是選擇住下來。況且，剛認識的年輕人是個很有趣的說話對象，這同時加強他留在此地的意願。

今天，年輕人又來拜訪他。只見他笑著說：

「今後，不管您到什麼地方都不會再出事，幽靈不會再出現了。」

霎時間，平田不解他話中意思而疑惑。但一會後，在他很是意外的表情中，透露出摻著遭人碰到痛處的不快。

「乍聽外人這麼說，難怪您會不高興，但我絕不是在開玩笑。幽靈已被逮到，請看這封電報。」年輕人順勢將手上的電報攤開給平田看。上面寫著：

如您明察，本人已招供一切，靜待指示。

「這是東京的朋友發給我的電報。這裡所說的『已招供一切』是指辻堂的幽靈，不，其實不該說是幽靈，而是還活著的辻堂已招供。」

這實在太過突然，平田完全沒有辨別真假的時間，只能呆然地聽著眼前年輕人的一字一句，交互望著年輕人與電報內容。

「事實上，我的興趣是到處蒐羅這類事件。我的娛樂就是找出隱匿在世界各個角落的一切祕密或詭異事件，並試圖找出答案。」年輕人一臉微笑且若無其事地說明。「前些日子，聽您述說困擾您的靈魂事件時，我依直覺思考當中是否潛藏著不合常理的實情。就我的觀察，您應該不是個會精神耗弱到幻想幽靈出現的人。您本人或許沒發覺，這個幽靈現身的地點顯然有限制啊。或許您會認為，幽靈甚至現身在您旅行的目的地，簡直是無孔不入。但仔細一想便會發現，幽靈現身地點都是戶外；即使出現在室內，也必定是如劇場走廊或大樓之類、無論是誰都能自由進出的場所。真正的幽靈，不是應該不受場合限制，亦能自在出入您的住處嗎？說到您府上曾發生的靈異現象，除了照片與電話以外，幽靈不過就在任誰都能出入的門口附近稍微露個臉罷了。綜合這些情況判斷，豈不正違反幽靈自由穿梭空間的能力嗎？因此我仔細推敲後，除了某些部分較為棘手，因而花了點時間外，總算成功逮住幽靈。」

平田聽了年輕人這番話，依然無法相信眼前事實。他曾一度懷疑辻堂或許還活著而申請戶籍謄本，結果卻令他大失所望。究竟這名年輕人是以何種方法輕易識破幽靈的真面目？

「沒什麼，幽靈使用的不過是簡單的伎倆，或許是手段太單純反而不易察覺。在看過如此真實的喪禮後，就算不是您，其他人也會輕易上當吧。又不是歐美推理小說，有誰想像得到在東京竟會上演這般戲碼呢？而辻堂毅然決然地與兒子斷絕往來也是很重要的因素。不管在什麼樣的犯罪中，想成功欺騙對方就得先壓抑自己的情感，行常人之所不能行。人類這種生物總是會以自己的想法做為推測人心的基準，一旦下錯判斷便很難察覺其中謬誤。幽靈的出現順序確實安排得十分巧妙，幽靈一步步進逼，最終如同前些日子您所說的，當所有去處都出現幽靈的蹤影時，任何人都會陷入極度恐懼中吧。而最後決定性的關鍵就是戶籍謄本，這幽靈對於小細節可說考量得十分周全呢。」

「沒錯！那張照片姑且算是我錯看好了（註），但我最想不通的是，倘使辻堂還活著，他是如何一次又一次地出現在我的所到之處？而那份戶籍謄本又該如何解釋？我實在很難想像官方戶籍謄本也會出錯呀。」

不自覺地專注在年輕人說明中的平田，不由得提出心中的疑問。

「這三個問題也是我最初最百思不得其解的難關，而我思考的主要方向則是找出將這三個看似不合理的事實轉化為合理的方法。最後，我發現這看似完全不相關的三件事其實有共通點，而且是個相當貧乏、但在解決問題上非常重要的事實——這些事都跟郵件有關。照片是以郵寄方式送來的、戶籍謄本也是。而您每次外出的目的地，想必都是透過日常書信往來聯絡吧。哈哈哈，您懂了吧？辻堂就躲在您附近的郵局裡身兼郵差呢。當然，他想必變了裝，而且至今仍未被識破，真不可思議。不管是送到您府上的郵件，還是自府上寄出的郵件，勢必都遭他一一檢閱過。要偷看您的信件並不難，只消讓蒸氣熱一下信封，封口自然會不著痕跡地開啟，舉凡照片與戶籍謄本都經他如此精細處理後拆封。一旦看過您的信件，自然不難得知您的去向。接下來，趁沒輪班的日子或找個藉口請假，再到您的去處晃晃佯裝成幽靈即可。」

「或許花點工夫就不難合成照片，可是偽造戶籍謄本無法在這麼短時間內完成吧？」

「那並非偽造。其實，只要稍微模仿辦戶籍的公務人員字跡即可。要消除寫在戶籍謄本紙上的字跡或許十分困難，但追加注記無需費多大工夫。即使號稱萬無一失的官方資料也常出現缺漏。或許我這麼說會令你有點難以接受，但戶籍謄本上的紀錄並無法確實證明當事人還活著。變更戶長資料可能有些難度，但其他成員的資料倒可輕而易舉竄改。只要在名字畫上紅線，並在空格欄上注記收到死亡證明書就行，這麼一來，儘管人還活著，當下即不在人世了。一般人總直覺地無條件信任官方文件，因此不太會察覺真相。我也寄一封信到那天向您問來的辻堂的本籍地，並申請一份戶籍謄本，寄來的文件果然印證了我的推理，您看。」

年輕人自懷中取出一份戶籍謄本，遞到平田面前。在這份戶籍謄本上，戶長欄位是辻堂的兒子，下一欄則登記著辻堂的名字。他在佯裝死亡前早申請隱居，並將戶長資格過給兒子。上面的名字既沒被畫上紅線，欄位亦僅記著接受隱居申請，連「死亡」的「死」字也沒有。

以上，就是業餘偵探明智小五郎的名字何以出現在企業家平田的通訊錄上經過。

〈幽靈〉發表於一九二五年

註　事實上，只要辻堂在照片寄到平田手中前拿到照片，的確有可能合成照片，因為當時業餘的攝影師在家裡沖洗照片的情形非常普遍，只不過這些設備的價格高昂，以辻堂的收入來看，恐怕不足以負擔吧。

天花板上的散步者

（1）

這算精神疾病吧。鄉田三郎對於任何遊戲、任何職業、任何活動都無法感到一點樂趣。

離開學校後——在學期間，他整年出席日寥寥可數——立刻盡可能地將一切他自覺能夠勝任的工作一一試過，可惜就是找不到願意奉獻一輩子的終身職。他灰心地認為，滿足他的工作或許根本不存在。至多一年，最短大概一個月，他一個接著一個頻換工作，可是總因為無法獲得成就感而放棄。如今，他早不汲汲營營地尋找下一份工作，而是完完全全什麼也不做，度過每一個百無聊賴的日子。

休閒娛樂也一樣。無論紙牌、撞球、網球、游泳、登山、圍棋、將棋……乃至各式賭博，任何足以稱之遊戲的事他都嘗試過了。他甚至買了名為《娛樂百科全書》的書籍，依上面記載的遊戲一一嘗試，但還是面臨到與找工作一樣的瓶頸，完全感受不到新鮮，令他相當失望。或許各位讀者會說，這世上不是還有「酒」跟「女人」這兩種不管任何男人一生都不可能厭煩的美好樂趣嗎？但我們這位鄉田三郎不知為何，對這兩者就是提不起勁。或許是與體質不合，他簡直滴酒不沾；至於女人嘛，當然不是毫無欲望，他也曾為此放蕩過好一陣子，但對他而言，這荒淫的遊戲終究無法帶給他生存的喜悅。

「與其在如此無趣的世上賴活，不如早點死得好。」

他於是興起輕生念頭。然而，就算備感人生無趣，生命的本能還是頑強地作用著。二十五歲的他即使成天把自殺的念頭掛在嘴邊，依舊無法下定決心而拖拖拉拉地苟活。

父母親每個月都會寄一些生活費給他，他不工作生活上也不至於有所匱乏。或許正因如此，才養成他這般隨心所欲的性格。他總是想盡辦法將這筆生活費運用在讓生活更豐富多變的事物上。比如說，與工作或遊戲的情形相同，他頻繁更換住處，形容得誇張一些，全東京的出租宿舍他全逛遍了。每每不到一個月、半個月，他便立刻搬到下一個地點居住。當然，他也曾像個流浪漢般四處漂蕩，亦曾學仙人隱居到山間生活，但對於住慣都會區的他而言，在寂寞的鄉下終究無法久待。就算想出門旅行，不知不覺又會受到都會的燈火與人群吸引而回到東京。之後不用說，他自然再次展開那頻換居所的浪蕩生活。

目前，他剛搬入的住處稱為東榮館。這是一棟新建且牆壁彷彿尚未全乾的嶄新樓房。就在這新居所，他意外發掘到一種令人雀躍的新樂趣。本篇故事的主題便是與他新發現有關的殺人事件。然而，在故事進行之前，請容我先為諸位讀者交代一下，關於主角鄉田三郎與業餘偵探明智小五郎——想必諸位應該聽過這名字——結識的過程，以及截至目前為止遲遲未提的新樂趣與「犯罪」此一事實間的關聯。兩人相識始於某咖啡廳裡的巧遇。由於同席友人認識明智，順便介紹兩人相識。當時，三郎對於明智睿智的容貌、談吐、打扮即十分傾心，之後屢屢藉機拜訪；而明智有時也會到三郎住處作客，交情頗深。對明智而言，三郎病態的性格或許——做為一種研究對象——滿有意思。每當聽到明智述說眾多令人著迷的犯罪事件時，三郎總一臉興致盎然，聽得津津有味。

例如殺害同僚，並將屍體以實驗室的火爐燒成灰燼的韋伯斯特博士故事（註一）；或者通曉數國語言，在語言學上有著重大成就的尤金・阿蘭的殺人罪（註二）；或所謂的保險魔，同時也是優秀的文藝評論家溫萊特的故事（註三）；或是為治療養父的病症，不惜切下小孩臂肉製藥的

註一　約翰・懷特・韋伯斯特（John White Webster）為麻省醫科大學的化學、礦物學教授，同時在哈佛大學擔任課座講師。因借貸問題而殺害同僚喬治・伯克曼教授，並以研究室的焚燒爐將屍體燒毀。一八五〇年被處以絞刑。

註二　尤金・阿蘭（Eugene Aram, 1704-1759），英國史上著名的殺人犯。原擔任約克夏哥斯威特學校的校長，私下卻是個竊盜犯與贓物販賣者。他與威廉・豪仕曼共謀殺害丹尼爾・克拉克，並奪取兩百英鎊，躲避追捕長達十四年。這段期間，他棲身於英格蘭東部諾福克郡境內的京斯林的某間文法學校教授拉丁文。最後仍遭到逮捕，於約克被處以絞刑。

註三　托馬斯・格里菲斯・溫萊特（Thomas Griffiths Wainewright, 1794-1852），英國文藝評論家。與查爾斯・蘭姆（Charles Lamb）、華茲華斯（William Wordsworth）有交流。他繼毒殺祖父、繼承其財產後，又毒殺繼母。接著，他為同父異母的妹妹保險一萬八千英鎊後將之殺害。隨後，為別人保險三千英鎊後將其毒殺，只是雙方均未成功取得保險金。一八三一年他遭到逮捕，但僅因偽造文書的罪嫌被宣告無期徒刑，最終死於塔斯馬尼亞。

野口男三郎的故事（註一）；娶了眾多妻子，並將其一一殺害的所謂的藍鬍子蘭德魯的故事（註二），及阿姆斯壯的故事（註三）等，諸如此類的殘酷犯罪故事。這一切都令深感人生索然無味的鄉田三郎異常興奮。在善於表達的明智精采描述下，這些犯罪故事彷彿色彩繽紛的圖畫故事書，夾帶著深不見底的魅力並清晰地浮現在三郎眼前。

結識明智又過兩、三個月，三郎彷彿完全拋開認為這世界極端無趣的想法似地，大量購買各種關於犯罪的書籍，日復一日地閱讀。這些書籍包括愛倫・坡或霍夫曼（註四）、加博里奧（註五）或伯瓦戈比（註六）以及其他推理小說。「啊，世上竟然還有這麼有趣的事啊！」每當他翻閱到書籍最後一頁時總如此感歎不已。可能的話，他是多麼想像犯罪故事中的主角一樣，親自執行這些深具吸引力又絢爛光彩的遊戲（？）呢。他滿腦子盤旋著這些瘋狂情節。

只是想歸想，三郎無論如何也不願成為法律上的罪人。他做不到無視於雙親、兄弟、親戚與朋友的悲嘆與侮辱，僅一意孤行地成就這些難能可貴的犯罪。由大量的犯罪書中他明白地學到一個道理——無論如何精密的犯罪，必定會有破綻，這破綻終將成為破案的切入口，想一輩子逃離警方的追查，除了極少數的例外，可說完全不可能。他就是擔心這樣的結果。他的不幸在於對世上事物皆感無趣，卻唯獨對「犯罪」感到無以言喻的魅力；然則極其不幸的是，因為害怕罪行被發現，他根本無力執行「犯罪」。

因此，閱讀完竭盡所能蒐集來的犯罪書籍後，他最多只能模仿起近乎「犯罪」的行為。只是模仿，完全不必擔心會受到懲罰。舉例來說，他進行過如下類犯罪的模仿。

對於曾經感到厭煩的淺草，此時他重新燃起興趣。這彷彿在掉落一地的玩具上潑灑各式鮮亮顏料的淺草遊樂園，就犯罪嗜好者而言，簡直是難得的舞臺。他最喜歡躲在勉強容得下一人的表演小屋間的狹窄暗巷，或徘徊在公共廁所後方、令人驚歎淺草竟有如此寬廣空間的荒地上。他如同犯罪者與同類進行祕密通信般，以白色粉筆在牆上畫上箭頭；見到看似有錢的行人，便佯裝自己是扒手，緊緊跟在後頭；將寫上暗號文的紙片——內容看起來總像與恐怖的殺

註一　明治三十五年（1902），東京麴町區的小學生河井惣助被殺害，並發現臀部遭人割下。推測應是與當時認為臀肉具有類似興奮劑藥效的迷信有關。明治三十八年，因殺害藥局店長而遭逮捕的野口男三郎，被警方懷疑同時涉嫌三年前河井慘死一案，犯案動機是他當年為了治療患痲瘋病的岳父野口寧齋。而就在他被捕的前兩個星期，野口寧齋亦慘遭毒殺，死因可能是男三郎被迫與妻子離婚，在心有不甘下，男三郎於是毒死岳父。但河井事件與寧齋事件證據不充分，且男三郎已因殺害藥局店長而被處以死刑。故此處的記載並不正確。

註二　亨利．德西雷．蘭德魯（Henri Desire Landru, 1869-1922）。引誘許多女性到其所住的別墅，先奪取身上的飾品與金錢後再殺害對方，並將遺體燒毀的強盜殺人犯，據說被害者達百人以上。1919年，蘭德魯遭到逮捕，判處死刑。

註三　哈伯特．勞斯．阿姆斯壯（Herbert Rouse Armstrong），英國退役少校及律師。一九二〇年，他以砒霜毒害妻子。次年，他企圖以同樣的方式毒殺競爭對手馬丁律師而被發現，並遭到逮捕。1922年被處以絞刑。

註四　恩斯特．狄奧多．阿瑪迪．霍夫曼（Ernst Theodor Amadeus Hoffmann, 1776-1822），德國浪漫時期的代表作家，奧芬巴哈的歌劇《霍夫曼的故事》的原作者。

註五　艾米爾．加博里奧（Etienne Èmile Gaboriau, 1832-1873），法國推理小說家。素有「法國推理之父」之稱。

註六　伯瓦戈比（Fortune du Boisgobey, 1824-1891），法國警察小說家。

人事件有關——夾在公園椅子的板子之間或隱藏在樹蔭底下，並在一旁靜待他人發現。此外他還進行過種種類似遊戲而暗自竊喜。

有時，他在喬裝過後，便由這區市町徘徊到另一區市町。他有時變成勞動者，有時成了乞丐，有時則是學生，在變化多端的喬裝裡，裝扮成女人最能帶給他無上快意。為此，他賣掉值錢的衣物與手表，四處蒐集頂級假髮與二手女用衣物。在耗時裝扮成自己欣賞的女性模樣後，他穿上大衣，趁深夜時刻出入住所門口。之後，再到適當場所脫下大衣，搖身一變成為婀娜多姿的女人。有時，他會到僻靜的公園散步，或進入散場時分的表演小屋裡，刻意坐在男子座席（註一）裡，大行極盡挑逗之能事。換個裝扮後，鄉田有種化身為妲己阿百（註二）或蟒蛇阿由（註三）等毒婦的錯覺，藉由想像自己隨心所欲地玩弄世間男子的景象而獲得滿足。

這些模仿式的「犯罪」不但能滿足他的欲望，有時甚至會引發有趣的突發事件，令他當下喜不自勝。但模仿終究是模仿，不具任何風險——以某種意義而言，「犯罪」的魅力就建立在風險性上——這同時意味著缺乏刺激終究無法令他獲致永遠的滿足。三個月後，鄉田漸漸遠離曾經點燃生命的娛樂，隨著對模仿式犯罪失去興趣，與明智的來往也愈來愈少了。

（2）

透過以上描述，想必各位讀者應該完全了解鄉田三郎與明智小五郎曾經的交遊，同時對於三郎的犯罪嗜好也有初步認識。好，言歸正傳，接下來讓我們將焦點集中在鄉田三郎於新建住所東榮館中發現什麼樂趣吧。

待東榮館一興建完成，三郎即迫不及待地搬進去，成為第一個住戶。此時距離他與明智頻繁往來的時期已過一年以上。當初熱中的模仿式「犯罪」如今早已興味索然，卻又找不到其他足以取代的娛樂，每天，他勉強自己在了無生趣的漫長時光中度日。剛搬到東榮館時，他結交了一些新朋友，多少還能排解煩悶。只是沒想到，人類竟是如此無趣的生物啊，不管到哪裡，不論對象是誰，盡是擁有相同想法、相同表情，使用相同話語，反覆再反覆，發表極盡貧乏的見解。難得搬到新住處，與一批剛認識的人相處不到一個星期，他再次陷入深不見底的倦怠。

註一　大正六年《活動寫真興業取締規則》中規定，男女席位應有所區別。故當時電影院等娛樂場所的單身男女座位是分開的。

註二　江戶後期的說書故事、小說中名譟一時的毒婦。原為京都祇園的妓女，秋田藩繼承紛爭時，她身為家老那珂忠左衛門的小妾插足紛爭之中。

註三　三世瀨川如皐創作的歌舞伎劇本《蟒蛇阿由》，慶應二年（1866）首次公演。內容敘述阿由為了尋找前主君的寶物而賣身，沒想到，丈夫被殺，錢財也被奪走。於是阿由藉著色誘誆騙惡徒，替丈夫報仇。

就這樣，搬至東榮館不到十天的某日，三郎在備覺無聊之際赫然想到振奮的新娛樂。

他的住處——位在二樓——的廉價壁龕旁有一間壁櫥，其內部正好是地板與天花板之間的夾層，他在夾層裡設置一組占滿壁櫥面積的堅固棚架，並將壁櫥完整區隔為上下兩層。他在下層放置幾件行李箱，上層則放置棉被等寢具。每天晚上睡覺前，他都是一一將棉被取出，而後鋪在房間正中央的榻榻米上，但若將棉被直接鋪在壁櫥內部，將壁櫥上層的空間當作床來使用似乎也不錯。過去的住所就算壁櫥內部有一樣的棚架，然而不是牆壁太髒，就是內側的天花板長滿蜘蛛絲，總令他提不起興致在裡面睡覺。但這是新建的住宅，壁櫥內部非常乾淨，天花板也是一片清爽，新粉刷的淡黃色牆壁光滑細緻，一點污漬也沒有。或許是參考過類似的設計吧，壁櫥內整體感覺宛如船上的臥鋪般，招喚著他在此入睡。

於是，他當晚起便將壁櫥當作臥房。這層公寓的每間住戶都可由內部上鎖，因此不必擔心女傭任意闖入，他大可放心地繼續進行這般顛覆以往的生活方式。而他進入壁櫥裡就寢之後，感覺裡面超乎想像舒適，以四件棉被堆疊而成的床亦十分鬆軟，還可隨心所欲地在上面翻滾。而近在眼前兩呎處的天花板，竟帶給他異樣感。當紙門完全拉上，瞥見自縫隙傳入如絲線般細小的燈光時，鄉田三郎感覺自己煞那間化身推理小說裡的登場人物，內心油然升起一陣雀躍。若將紙門多拉開些，從縫隙窺視房間，假想自己是一個伺機作案的小偷，推演著各式激烈的場面，更帶給他無限的樂趣。有時他自白天就躲入壁櫥，在這一間三呎長的長方形空間裡，抽著最愛的香菸，沉溺在煙霧瀰漫、永無止盡的妄想。此時緊閉的紙門中，大量的白煙從中流洩而出，甚至會讓人誤以為壁櫥失火了。

沒想到，當這怪異的生活方式展開兩、三天後，他又注意到一件吸引他目光的事。容易生厭的他經過三天後，早對壁櫥內的床失去興致，開始無聊地在牆壁上或伸手可及的天花板上塗鴉，因此讓他意外發現，正對頭頂的一片天花板或許忘記釘上釘子，不過輕輕一碰竟鬆動起來。鄉田感到有點不對勁，直覺地用力一推，好似能往上推開。有趣的是，他的手一放開，明明沒釘死的天花板猶如裝上彈簧般立刻恢復原狀，看起來有某種物體由上方施加壓力。

怪了，說不定這片天花板上潛伏著某種生物，譬如一隻巨大的藍色妖怪。三郎當下渾身哆嗦，但就這樣夾著尾巴逃跑而錯失良機太可惜，於是他再次伸手推看看。不止有種沉甸甸的感覺，每次推動天花板，就聽見上方似乎傳來鈍重的滾動聲。他愈想愈覺得怪，便下定決心用力一使勁，卻傳來喀啦喀啦的聲響，看來，有不明物體從上方掉落。三郎嚇一跳，隨即向旁邊閃躲，若不這麼做，恐怕會被這不明物體打中而受重傷。

「什麼嘛，真無聊。」

三郎原本期待至少是有點另類的物體，然而，一看清落下物體，真相竟平凡至極，三郎不禁備感失望。原來不過是個如壓在泡菜上的普通石塊罷了。仔細想想，這也不是什麼非同小可的事，此片特意不打釘的天花板一定是方便架設電燈的工人出入而留的通道，壓在活動天花板上的石頭則是防止老鼠亂竄的裝置。

三郎回想起自己竟如此心驚膽戰，頓覺活像一齣可笑的喜劇。但也由於這齣喜劇，鄉田三郎無意間發現全新樂趣。

起初，他只是靜靜觀賞著在頭頂上、如洞窟入口般的漆黑缺口。忽然間，他天生的好奇心再次騷動，想一探天花板上的情形。三郎戰戰兢兢地將頭伸入天花板缺口，並四處張望。此時是白天，外面陽光普照，屋頂四處的空隙間照進無數細小光線，彷彿大大小小的探照燈般兀自照射著這方屋頂與天花板之間，使得夾層內出乎意料的明亮。

首先映入眼簾的是向前縱長延伸、粗壯蜿蜒、有如大蛇般的梁木。雖說明亮，但終究是在天花板上，依然無法看清楚稍遠的景象。這棟建築呈細長型，梁木長度意外長，最遠處顯得模糊不清，宛如延伸至無窮無盡的遠方。與梁木垂直、如大蛇肋骨般的無數橫梁朝向兩側，沿著屋頂傾斜延伸突起。僅僅如此，景色竟如此雄偉，而在這之上，支撐天花板而自橫梁垂下無數細木，甚至給人來到鐘乳石洞的全新感受。

「這真是太美了。」

見識到天花板上的風景後，三郎不自覺地讚歎。病態的他對於世上平凡事物根本不屑一顧，但這類一般人不感興趣的事物對他而言卻有股難以言喻的魅力。

那天起，他便展開「天花板上的散步」。不分晝夜，只要有空，他就像隻偷腥的貓，躡手躡腳地在梁木上行走。所幸這是棟全新完工的建物，屋頂不但沒有蜘蛛絲，也沒有煤灰、塵埃堆積，連老鼠屎也沒有。他完全不必擔心弄髒衣物與手腳。他僅穿著一件襯衫，隨心所欲地在天花板上漫步。時節正值春天，即使在天花板上，依然冷熱適中。

（3）

東榮館的格局是常見的回字型構造，四周樓房包圍著中央庭院，因而天花板依著同樣的迴路建造，沒有所謂的盡頭。鄉田三郎從自己房間上方的天花板出發，將東榮館繞完一圈，最後回到自己房間正上方。

天花板底下的房間以堅固牆壁一一區隔，出入口並裝設金屬拴鎖，然而，一旦進入到天花板上，整層樓的景象竟如此開放。不管要走到誰的房間，都可自由穿梭。由於四處都設置像三郎房間上方僅以石塊壓住的的活動天花板，只要夠大膽便可任意進出他人房間或偷竊，完全隨心所欲。若是經由走廊，如同前面形容，在回字型構造的建築物裡，無論到哪裡都可能暴露在他人視線，而且難保不知何時遇上其他住戶或女傭，風險實在太高。但要是經由天花板上的通道，絕對不會面臨窘境。

另一方面，亦可自在窺視他人隱私。雖說是新成屋，但畢竟是出租用途的廉價建築，天花板上到處都是縫隙——雖從明亮的房間內難以察覺天花板上的異樣，但自幽暗屋頂窺探，看得出縫隙其實大得令人驚訝——有時，甚至還會發現一些小洞呢。

發現天花板這無與倫比的舞臺後，鄉田三郎腦袋裡那股曾幾何時早已忘卻的嗜求犯罪癖好再度湧起。在絕無僅有的舞臺上，肯定能進行比當初嘗試過更驚險刺激的「模仿式犯罪」。一思及此，他難以抑制內心的狂喜。為什麼迄今不曾發覺身旁潛藏著如此新奇有趣的事物呢？行走在彷彿魔物潛伏的黑暗世界，逐一窺探起東榮館二樓近二十名房客的祕密，光是這樣就已令三郎興奮莫名。此時此刻，他總算再次感受到久違的生存意義。

使「天花板上的散步」樂趣無盡提升，首先須從整裝開始，他不忘將自己裝扮成與真正犯罪者相同的造型。他穿上深褐色毛織襯衫，同款式長褲——可能的話，他更想穿上曾在電影裡出現過的女賊普洛蒂亞（註）那身漆黑襯衫，可惜沒有類似服裝，暫且以此代替——再穿上襪子、戴上手套——雖然天花板上到處是粗糙木材，根本用不著擔心留下指紋——最後，握著手槍……遺憾的是他沒有手槍，只好改以手電筒過過乾癮。

深夜與白天不同，僅有稀微光線流瀉而入縫隙，行走在看不清眼前咫尺之處的空間，必須沿著正梁慢步而行，同時提高警覺避免造成聲響。鄉田三郎忽覺自己化身為一條蛇，正沿著巨木的樹幹緩緩滑行。這樣的自覺不由得讓他覺得自己是個技術高超的大盜。這高超的錯覺促使他莫名感動到全身兀自顫抖。

就這樣，這幾天下來，他根本無法遏抑內心激動，天天進行「天花板上的散步」。經由這段經歷，窺見許多超乎預料令他喜不自勝的事。光好好記下所見所聞，便已足夠寫成一篇小說。可惜這與本故事主題並非直接相關，很遺憾僅能在此列舉兩、三件明顯案例。

從天花板上偷窺到底多與眾不同？若非實際感受，恐怕任何人都難以想像。縱使房裡沒異樣，在房客自以為四下無人的情形下，旁觀對方此時顯露出的本性就是一件十足有趣、耐人尋味的事。只要留心，某些人在與他人相處及獨處時的行為，不僅是舉止，就連表情也幾乎不同。發現這個事實後，足足令三郎愕然良久。而且不同於平時處於平行狀態的橫向觀察，由正

註　《普洛蒂亞》（Protea）為一九一三年法國動作電影。在日本於一九一三年十二月在電氣館劇院上映。導演為維克特蘭，主要演員有喬賽特．安東尼奧（Josette Andriot）、呂西安．巴泰爾（Lucien Bataille）、查爾斯．克勞斯（Charles Krauss）、吉伯．德魯（Gilbert Dalleu）等。次年又拍攝續集《Protea and the Internal Automobile》，此次導演為路易．飛雅特。一九一六年第三集《Wash Protea 3》上映。

上方窺探正下方，透過不同視野，原本熟悉的人事物頓時十分陌生。當處於天花板上時，首先映入眼簾的是人的頭頂與雙肩、書櫃、桌子、衣櫥、火爐等朝上的那一面。牆壁完全消失，取而代之的是所有物品背後那一大片榻榻米。

基於不同角度帶來的新鮮感，即使沒有特別事件，自天花板上窺探的世界往往是滑稽、悲慘或激烈的光景。平時激烈主張反對資本主義理論的上班族，在四下無人的時刻，竟由公事包中取出加薪的人事命令，然後逕自收起，不斷重複這動作，並不厭其煩地盯著這一紙人事命令而暗自竊喜；接著，再拿出最體面的衣服做為起居服，藉以表現小小的奢華。某名市場投機師在就寢時，必定像個嫻淑的女人般，將平常所穿的樸素衣物小心翼翼摺好，別說是榻榻米，只要見到任何一處小污漬，他都會立刻細心地以舌頭舔拭，彷彿正在進行某種慎重的清潔儀式——據說，高級衣物上的小污漬以舌頭舔乾淨是最好的處理方式。一個滿臉面皰的大學棒球選手，私底下竟是小心眼的人，完全沒有運動家的氣度。他總是在餐桌上攤開寫給女傭的情書，仔細推敲文句，收起又攤開，扭扭捏捏地不斷重複。在這些住戶裡，甚至有人大膽地招來妓女（？），上演無法在此描述的狂態，這些生活光景，三郎竟能肆無忌憚地想看就看。

三郎亦曾認真研究過房客間的情感糾葛。同樣是人，卻會隨著對象的不同而變換不同應對態度。有些人會滿臉笑意地面對某些人，卻在轉身到隔壁房間時，彷彿有不共戴天之仇般大肆咒罵對方。也有人像隻蝙蝠般四處漂蕩，先在人前講些客套話，一晃眼卻在背地裡對其滿腹怨言。三郎對於女房客——東榮館二樓住著一名美術系的女學生——的興趣更是濃厚。豈止是「三角戀愛」，圍繞著女學生的人多達五角、六角呢。這段複雜的關係三郎看得一清二楚，但競爭者渾然不覺。至於女主角的真正想法，身為局外人的「天花板上的散步者」才能完全掌握。童話故事裡有所謂的隱身斗篷，天花板上的三郎正像披一件隱身斗篷。

倘若掀起他人房間上的天花板，並潛入裡面進行各種惡作劇，想必會更有趣，可惜三郎始終提不起勇氣。在天花板上可清楚看出，每隔三間房間，就有一塊與三郎房間上方相同的活動天花板。真想侵入他人的住處，其實並不難。但一方面是不確定房間主人返家的時刻，加上窗戶都是透明玻璃，也有被外面目擊的風險。況且，當掀起天花板進入壁櫥中，再拉開紙門潛入房間，而後循正常的路徑返回自己的房間，無論如何都很難不發出聲響。要是此時被走廊上或隔壁的房客撞見，後果更不堪設想。

這是某個深夜發生的事情。三郎結束一輪「散步」後，為了順利回到自己的房間而沿著梁木移動時，赫然發現隔著中庭與自己住處相對的房間天花板正上方，竟有個直徑約兩吋的圓形節孔，由此透進比絲還細的光線。三郎不覺好奇，連忙打開手電筒仔細檢查一番，原來那是一節相當大的木塊，其中一半已與天花板分離，另一半勉強連結，因而沒有形成明顯的節孔。三郎試著以指甲摳動後，木塊竟有點鬆動。而透過鬆動所造成的縫隙，三郎朝下方窺探，確定底下房客已入睡，盡量小心不造成聲響，花了好長一段時間總算將木塊取下。取下木塊後，天花板的節孔正好呈杯狀，愈下側愈相形狹小，只要再將木塊放回節孔，便完全嵌合，不會掉落，亦能發揮掩飾，不致讓任何人看出這裡有個這麼大的節孔。

三郎不禁佩服起有人設計出如此恰到好處的節孔，於是自節孔向下窺視，與其他長度雖長、寬度卻過度窄小的縫隙比起來，這個節孔最窄處直徑至少一吋以上，不費吹灰之力便可看清房間四周。三郎忍不住順便觀察格局，意外發現住在這裡的，竟是東榮館房客中最令三郎厭惡的牙醫學校畢業生（註）遠藤。遠藤目前在某位牙醫師的診所擔任助手，平時就是一副惹人厭的平板臉。此時他那熟睡中顯得更是平板的臉正面對著節孔正下方。由房間擺設的情況看來，他的性格極度一板一眼，房間內的物品整理得比任何房客都還井然有序。桌上文具的擺放位置，書櫃裡書籍的歸類方式，鋪在地上的棉被，整齊擺在枕頭旁、看似舶來品的罕見造型鬧鐘位置，漆器香菸盒，有色玻璃菸灰缸……舉凡任何一處都證明房間主人是個有重度潔癖、每餐飯後都急著以牙籤剔除牙縫內的小灰塵似的神經質男子。遠藤的睡姿也異常端正，然而與這一切景然有序的光景極端衝突，沉睡中的他竟張著血盆大口、打著如雷般響亮的鼾聲。

三郎彷彿見到穢物，不自覺地皺起眉。望著遠藤的睡臉，三郎想，好看歸好看，或許真如他自己所吹噓地，十分受到女性的青睞吧。但眼前這張臉卻意外地長啊。遠藤的頭髮濃密，臉部輪廓較長，額頭狹窄，眉毛略短，眼睛細長，眼角上的皺紋看得出他總是保持微笑，還有個長鼻子與明顯過大的嘴巴。三郎最看不慣這張嘴。人中底下的上顎與下顎微微向前突出，構成兩瓣巨大的紫色厚唇，與青白的臉形成強烈對比。同時，由於他患有肥厚性鼻炎，一直以來都深受鼻塞所苦，因而總張大著嘴呼吸。睡覺時如雷鼾聲想必也是鼻炎所致。

三郎平時見到遠藤就覺得背上如有毛蟲爬行般渾身不舒服，而今目睹他這張沉睡中的平板臉，當下更恨不得使勁往他的面頰揍一拳。

（4）

如此盯著遠藤的睡臉，三郎腦際閃現一個整人的念頭。往這個節孔吐口水的話，應該會不偏不倚地掉進他的嘴裡吧？因為他的嘴巴就像設定好似地，位於節孔正下方。在好奇心驅使

註　本篇發表於大正十四年（1925），當時東京男性可入學的牙醫專科學校包括東京齒科醫學專門學校（位於神田區三崎町，現為東京齒科大學）、日本齒科醫學專門學校（位於麴町區富士見町，現為日本齒科大學）、日本大學專門部齒科（大正9-10年間改為東洋齒科學校，位於神田區駿河台）。此外還有東洋女子齒科醫學專門學校與日本女子齒科醫學專門學校。

下，三郎抽出腰帶，將腰帶垂進洞中，瞇起一眼，有如持槍瞄準目標一般對準腰帶。這真是令人振奮的偶然啊！腰帶、節孔與遠藤的嘴巴，三者正好位在同一垂直線上！這不就表示，只要往節孔吐口水，必定直接落入他口中？

但想歸想，三郎倒也不可能真向他吐口水。只是，正當他將木塊放回節孔準備離開之際，一記戰慄的念頭乍然閃現。在闇黑的屋頂內，他禁不住滿臉鐵青地顫抖起來。這豈不是殺害無冤無仇的遠藤的絕佳機會。

他跟遠藤不僅沒有深仇大恨，相識也未滿半個月。由於兩人剛好在同一天搬進東榮館，因此曾互相拜訪過，除此之外，並沒有深入往來。那麼，三郎為何會興起殺害遠藤的念頭？一方面是他極不欣賞遠藤的容貌與言行舉止，總恨不得揍他一拳。然而，三郎萌生殺意的主要動機並非來自對象本身，而是源於他對殺人這種行為的想像由來已久。從先前的故事裡，各位讀者想必很清楚三郎的精神狀態異於常人，他可說是一名犯罪癖的重症患者。對三郎而言，最具魅力的犯罪想當然是殺人罪，因而此刻萌生殺意絕非偶然。目前為止，他腦中也曾無數次湧現這股欲望，但總害怕罪行被發現，以至於從未實際執行過。

這次情況截然不同，殺害遠藤看起來完全不會受到懷疑，根本不用擔心被察覺。只要不會為自己的生命帶來威脅，即使是要殺害陌生人，三郎也不在乎。或者說，殺人行為愈是殘酷，愈能滿足他不尋常的欲望。可是為何殺害遠藤的罪行肯定——至少三郎如此深信不疑——不會被人發現？那是因為……

搬到東榮館之後的四、五天，三郎與剛認識的房客到附近咖啡廳閒話家常，當時遠藤也是同行者之一。三人同坐一桌喝起酒來——不擅長喝酒的三郎點了一杯咖啡——彼此相談甚歡。正當準備結伴返回住處時，酒醉的遠藤半強迫式地邀請兩人到他家裡作客。當天晚上，遠藤不但騷鬧到半夜，還請女傭端茶過來，繼續漫無天地談著延續自咖啡廳的戀愛話題——三郎會對遠藤這麼反感便是肇始於這晚——眼前的遠藤舔著脹紅的厚唇，自命不凡地說：

「我差點跟女人一起殉情，那是我還在學校念書的事了。你們也知道，我讀的是醫學院，要弄到藥物根本沒什麼困難。當時我準備了足以讓兩人輕易死亡的嗎啡。你們知道嗎？我們相偕到鹽原（註）去了呢。」

說著，他搖晃起身，走到壁櫥拉開紙門，從當中的一只行李底部找出一罐小指頭大小的褐色瓶子，遞給現場兩名聽眾。瓶內僅有些許閃亮的粉末。

「就是這個。這麼一點點劑量，便足以令兩人斃命喔……這事，你們可別跟外人說。」

註　位於栃木縣北部那須郡，是有名的溫泉鄉與觀光地。此地亦於〈吸血鬼〉開頭曾提及，不知亂步每每聊到自殺就會想到這裡是否有所根據。

接著遠藤再次漫無邊際地大談他的戀愛史。三郎不由得想起當時看到的毒藥。

「從天花板的節孔滴下毒藥殺人！這是多麼異想天開的完美犯罪啊！」

想到這般計謀，他當下自負到要飛上天。若仔細想想，這個方法雖有十足的戲劇性，卻嚴重欠缺實行的可能性，且不需如此費工，亦有其他更簡便的殺人手段。只是，眼下受到異乎尋常創意迷惑的三郎，腦中早容不下其他想法。接下來，他的思緒僅剩如何毫無破綻地執行殺人計畫，腦裡不時浮現出一個接一個的殺人步驟。

當然，首先得先將毒藥偷出來才行。但這並不是太難，找個時間拜訪遠藤，挑個話題閒扯，在這段期間，他總會去上廁所或因其他事暫時離開房間，趁此空檔再從那只行李裡取出褐色瓶子即可。遠藤不可能一天到晚檢查行李底部，至少兩、三天內不會發現瓶子早已不翼而飛。就算發現了，持有毒藥本身已觸法，他勢必不敢恣意鬧大，更想不出被誰偷走。

或許有人會問，為什麼非得這麼麻煩不可，直接從天花板上進入房間不就行了？但這終究有風險啊。剛才也曾提及，若自天花板進出，一來不知遠藤會何時回來，二來也可能會被窗外的人看見。最重要的是，遠藤住處的天花板是釘死的，根本沒有通道可供出入。總不可能要三郎冒著被發現的風險，硬是撬開釘死的天花板吧？

等藥劑到手，接下來只需調成液體，滴入遠藤因受鼻病之苦而始終張開的大嘴裡。三郎唯一擔心，能否順利讓遠藤將藥劑吞下。不過關於這點也不是太大的問題，因為溶解成液狀的藥劑濃度極高，僅需數滴便致人於死。在他熟睡時下毒，一定不會被察覺。就算遠藤察覺到了，應該也來不及將藥吐出。三郎很清楚嗎啡是種很苦的毒藥，所以，只要在溶劑中加點糖就萬無一失。相信沒人想像得到會有毒藥自天花板滴下吧，倉促之間，遠藤更不可能發覺。

但即使藥劑順利滴入嘴裡，藥效對遠藤能否充分發揮作用也是棘手的問題，無論過多或過少，若僅會使他痛苦萬分，卻無法順利置他於死地的話怎麼辦？這樣的結果確實令人遺憾，可也不至於對三郎造成威脅。屆時，他只需將木塊蓋回節孔，加以天花板上目前還未累積過多塵埃，也不會留下痕跡，在這過程中，他只要戴上手套便不必擔心指紋的問題。縱使發現毒藥是從天花板滴下，也沒人知道是誰做的。所有住戶都曉得三郎與遠藤剛認識不久，根本沒有仇恨的理由。不，對於熟睡中的遠藤而言，在睡眼惺忪之際更難以判斷藥從哪來的吧。

以上，便是三郎從屋頂裡回到房間的過程中，思考出的自我滿足理論。相信敏銳的讀者早已察覺，就算事情如其所願地順利進行，三郎依然犯下重大失誤。然而，不可思議的是，直到即將犯罪的那一刻為止，三郎絲毫沒有留意到這個問題。

（5）

三郎藉機拜訪遠藤是在四、五日以後。在這段期間，他反覆推敲計畫，確定沒有風險才決定放手一搏。同時，他對自己的計畫亦進行過通盤考量，例如藥瓶的處理問題。

若到時成功殺害遠藤，他打算將瓶子直接自節孔拋進房間，這麼做對他反而有好處。首先，瓶子為重要線索，事後若被發現藏在自己身上反倒會招致懷疑；再者，毒物容器掉落在死者身旁，更能強化遠藤是自殺的印象；而當警方發現這只瓶子後，與三郎一起聽過遠藤吹噓戀愛史的另一名男子勢必會出來作證此為遠藤所有。另有一事對三郎十分有利。遠藤每天晚上都會將門窗鎖好方能安心入睡，無論門口或窗戶，他一定會自房內將金屬栓鎖確實拴好，以確保外人無法侵入。這麼一來，肯定無人懷疑這是他殺案件。

等到執行計畫當天，三郎死命壓抑著光看到臉就想做嘔的心情與遠藤漫無邊際地交談。對話間，三郎想盡辦法克制自己屢屢想在話語中暗示殺意的危險欲望。「這幾天，我會不著痕跡地將你置於死地啊，你能像個女人般喋喋不休的時間不多了，趁現在趕快多講一點吧……」三郎望著對方蠕動不停的厚唇，心中反覆浮現這個想法。一想到眼前這個男人不久就會變成一具蒼白腫脹的屍體，三郎便不自覺地露出笑容。

一會兒，果然如同三郎料想，遠藤因上廁所而起身暫時離開。此時已是晚上十點左右，三郎謹慎地留心周遭，仔細觀察玻璃窗外是否有人經過。確定沒有異狀後，他快速無聲地打開壁櫥，自行李中找出藥瓶。當初三郎曾留意這只行李的位置，因此一下子就找到了。但真要偷竊時，三郎免不了感到心臟過度緊張而怦然跳動、腋下狂冒冷汗。事實上，在他的計畫中，最危險的當然就是竊取毒藥這個步驟，因為實在難保遠藤不會突然回來，更有被正好經過窗外的人目擊的風險。不過為了避免被發現時的尷尬，他早已想過退路。要是被人發現、或者雖然當場沒被發現，遠藤卻驚覺藥瓶不見時——只要稍微注意，就會知道遠藤是否察覺，尤其是他擁有偷窺用的祕密武器——他便打算停止殺人計畫。而且，僅是偷竊毒藥根本算不上重罪。

總之，他最後完全沒被任何人發現，成功取得藥瓶。等遠藤從廁所回來後，他立刻藉口有事必須先告辭。一回到住處，三郎率先拉上窗簾，將窗戶緊緊關上，房門上鎖，然後坐在桌子旁。三郎雀躍不已地自懷中取出小巧的褐色玻璃瓶並仔細端詳一番，瓶上的標籤上寫著：

MORPHINUM HYDROCHLORICUM（o.g.）(註)

這多半是遠藤寫的。三郎過去讀過藥學相關書籍，對於嗎啡有些基礎認識，但實際接觸倒

註　即鹽酸嗎啡。嗎啡是自鴉片提煉而出的一種生物鹼，鹽酸嗎啡在醫療中經常用作是一種強力鎮痛劑。在日本亦受到毒品取締法管制，濫用會導致中毒。甲賀三郎在《偵探小說講話》（昭和十年）一書中曾指出，即使將鹽酸嗎啡溶於水製成飽和水溶液，要達到致死量仍需數十滴以上。

是頭一回。由名稱看來，這是鹽酸嗎啡，他將瓶子拿到燈光下，受到燈光照射，清楚可見瓶內微量、約僅半匙多的粉末閃閃發亮。就這麼一丁點的劑量竟能置人於死，真教人驚訝啊。

三郎沒有測量藥品的精密磅秤，因而關於劑量的認知只能相信遠藤所言。當時遠藤雖然喝醉酒，但從其態度和語氣看來，應該不是信口胡言。由標籤上的注記判斷，其劑量整整有三郎所知致死量的兩倍多，一定不會錯。

於是他先將瓶子放在桌上，準備好清水與砂糖，學起藥劑師專心投入調製藥品。夜深了，其他房客已入睡，整棟大樓森然靜寂。在以浸泡過清水的火柴棒一點一滴地將清水滴入瓶內的過程中，三郎感覺到自己的呼吸如惡魔嘆息般轟然作響。想當然耳，這樣的場景完全滿足了三郎的異常嗜好。此時在他的腦海中，自身的形象幾乎與黑暗洞窟中凝視沸然起泡的毒藥鍋、嘴上露出奸邪微笑的可怕妖婆合而為一。

但另一方面，事情已到這個地步，以往從未料想到、近似恐懼的心情卻自內心深處的角落緩緩而生。隨著時間流逝，這種矛盾的情緒愈來愈強烈。

Murder cannot be hid long, a man's son may, but at the length truth will out.

不知是哪本書裡曾引用莎士比亞這讓人深感罪惡的詩句（註），霎時綻放出炫目的光芒烙印在他腦中。縱使三郎相信計畫絕無破綻，卻對內心不斷滋長的不安無所適從。

僅為殺人的樂趣而殺害一名無冤無仇的人，這真是常人所為嗎？
你受到惡魔誘惑了嗎？你瘋了嗎？你到底對自己的想法會不會感到恐懼啊！

三郎面對調製好的毒藥，思緒陷入無止盡的紊亂，連天已亮也一無所覺。乾脆終止這項計畫吧……這個想法不斷在他腦中盤旋，但最後他還是無法抵擋行凶的魅力。

然而，在這漫漫的思考過程中，某個致命的事實瞬間閃過腦際。

「哈哈哈哈哈……」

雖然他覺得這實在太可笑，然而，他仍謹慎地避免吵到夢鄉中的房客，猛地大笑。

「大蠢蛋。你這傢伙簡直是可笑小丑！竟貫注全副精神謀策這般草率計畫。你麻痺的腦子裡難道連偶然與必然都無法區別了？遠藤那張血盆大口就算曾經一度偶然地位在節孔正下方，誰又料想得到下次一定會在同樣的地方？不，相同的巧合是不可能出現第二次啊。」

這真是滑稽至極的失算。他精心策畫的計謀早在出發點上便陷入失誤，只是不知為何，至今他從未察覺最根本的致命傷，著實令人深感不解。這大概足以證明他自認聰明的腦袋，其實存在著重大缺陷吧。總之，發覺致命錯誤後，他雖極度失望，卻有種卸下重擔的感覺。

「多虧及時發現，我不用擔心犯下這恐怖的殺人罪了。唉唉，也算得救了吧。」

註　威廉・莎士比亞（William Shakespeare, 1564-1616）為英國劇作家、詩人。這段詩句引自其作品《威尼斯商人》的第二幕第二場，「真理總會顯露出來，殺人凶手總會讓人找到」的意思。

此際三郎嘴上這麼說，但等隔日照例進行「天花板上的散步」時，他又不死心地掰開木節，不懈地刺探遠藤動靜。一方面想知道遠藤是否察覺毒藥被偷走，另一方面懷抱一絲期待，希望遠藤大口再次正對節孔下方。如今，不管何時「散步」，他都不忘將毒藥放進襯衫口袋。

（6）

某夜——大約三郎開始「天花板上的散步」十天後的事。在這十天內，三郎每天都在天花板上來回散步好幾趟。而為了不被發現，三郎不知付出多大努力。舉凡綿密、細心之類的一般字彙絕不足以形容他的苦心——此刻，三郎再次來到遠藤房間的天花板上徘徊。他的心情就像在抽籤，不知是凶是吉，今天應該能抽到吉吧？他向神祈求籤運，緩緩打開木節。

節孔一開，天啊！三郎簡直懷疑起是不是眼花了。遠藤的睡姿與當初所見分毫未差，他那張打鼾的大嘴不偏不倚地在節孔正下方。三郎再三搓揉眼睛，而後抽出腰帶進行目測。沒錯，腰帶、節孔與嘴巴正好一直線。三郎拚命忍住驚喜的歡呼，終於等到此刻的喜悅與難以言喻的戰慄，兩種情緒不斷在內心交錯，構成異樣強烈的興奮，不禁令身處黑暗中的他血液倒流，臉色鐵青。

自襯衫口袋中取出毒藥瓶，他凝望著止不住顫抖的手，奮力拔起塞子，垂下腰帶做為指標——啊啊，此刻的心境恐怕難以用筆墨形容！——滴、滴，幾滴嗎啡進入孔中，三郎撐到動作完成，才有足夠的力氣閉上雙眼深呼吸。

「該不會被發現了吧？不，一定被發現了。一定被發現了。快了、快了、啊……他馬上就會大聲呼救吧。」

要不是手上還有藥瓶，他恨不得摀住耳朵。

雖然三郎如此忐忑不安，下方的遠藤卻不吭一聲。三郎親眼見到毒藥滴入他的口中，他絕對沒看錯。但為何連點動靜也沒有？他提起勇氣，戰戰兢兢地睜開雙眼窺視。只見遠藤咂咂嘴，擦擦唇，又呼嚕呼嚕進入深沉的睡夢。俗話說，行動易於想像，只要實際執行，就知道過程並不難，而深睡中的遠藤，在吞下致命毒藥後依然渾然不覺。

三郎一動也不動地凝視眼前這位可悲的受害者。從遠藤吞進毒藥到此時，僅二十分鐘不到，可是三郎卻覺得好漫長，彷彿兩、三個小時之久。就在這一瞬間，遠藤啪地張開眼，坐起上半身，狐疑地環視房間。或許是覺得暈眩，他搖搖頭、揉揉眼，發出夢囈般沒有意義的話語。做出這些令人難以理解的舉動後，他再次躺回枕上，渾身不自在似地頻頻翻身。

未久，他似乎連翻身的力氣也沒了，全身逐漸靜止不動，取而代之的是如雷鼾聲。仔細一瞧，他的臉色如喝醉酒般赤紅，鼻子與額頭上不斷冒出斗大汗水。熟睡中的他，體內恐怕正進行著生與死的駭人搏鬥。一思及此，三郎不禁全身寒毛直豎。

又過了一會兒，赤紅的臉色逐漸消退，變得如紙般蒼白，隨即又轉為青藍色。不知不覺間，他的鼾聲停止，呼吸次數明顯銳減……霎時，他胸口的律動似乎停止。正當三郎以為遠藤的生命就此告終時，未料遠藤的嘴唇再次顫抖起來，並鈍重地呼氣。重複兩、三回後，一切動作愕然終止……他再也不動了。沉陷在枕頭上的面容正浮現出一種與活人截然不同的似笑非笑表情，他總算成為所謂的「往生者」。

此時此刻，因緊張而滿手是汗的三郎屏氣凝神地注視著遠藤的死亡，如今可以鬆一口氣，他終於殺了人。唉，這死法實在太輕鬆了啊。慘遭殺害的犧牲者，連求救的呼喚也沒有，甚至未露出苦悶的表情，平靜地在鼾聲中往生。

「什麼嘛，沒想到殺人這麼容易。」

三郎備感失望。在他的想像世界裡具有無上魅力的殺人行為，實際行動後才深刻體會到這與平常茶餘飯後的娛樂一樣，沒什麼新鮮有趣。若殺人就是這麼輕而易舉，再多殺幾個人也不痛不癢哪。三郎不自覺得興起這樣的想法，殊不知另一種難以言喻的恐懼感正逐步逼進。

一想到垂吊在黑暗的屋頂裡、宛若怪物般縱橫交錯的梁木與橫梁，與底下彷彿壁虎般吸附在天花板上凝視屍骸的自己，三郎隨即感到不舒服，一股冷顫竄上頸子。仔細一聽，似乎有人正輕聲呼喚自己，他趕緊將視線自節孔移開，探看周圍黑暗。或許因為長期盯著亮處，忽大忽小的黃色光環在眼前出現又消失。瞠眼直視後才意識到，光環背後有如潛藏著遠藤異常巨大的嘴唇，隨時等著冒出來似。

即使處於極度不安的情緒裡，三郎依然沒有忘記最初的計畫，他毫不遲疑地將藥瓶自節孔中——瓶裡還留有幾滴毒藥——拋入房間，而後將木塊塞回孔中，拿起手電筒探照，確定天花板上未留下一點蛛絲馬跡後，旋即慌張地沿著梁木返回自己的房間。

「總算結束了。」

腦袋與身體頓時感覺到輕微的麻痺，有種失憶般的不安，為了讓自己振作起來，他在壁櫥裡換起衣服。忽然他注意到那條目測用的腰帶，究竟在哪裡？該不會留在現場吧？一思及此，他立刻倉皇地摸索著腰間。看來不在腰際，眼下他更覺慌亂，忍不住摸遍全身上下，好在只是忘了腰帶正好好地收在口袋裡。好不容易鬆了口氣，正準備將手電筒與腰帶自口袋中取出時，他驚覺竟然還有別的東西在口袋內……毒藥瓶的軟木塞。

他適才將毒藥滴進節孔中時，由於擔心會不小心將瓶塞丟在天花板上，所以先收在口袋裡，沒想到，在將瓶子丟入房間裡時竟完全忘了這回事。雖只是件小東西，但若留在身邊，恐怕有被發現罪嫌之虞。於是，三郎再次鼓起勇氣，回到現場並將瓶塞丟入節孔。

這天晚上，三郎入睡之際——這一陣子慎重起見，他不再睡在壁櫥裡——已是深夜三點，但過度亢奮的他根本難以入眠。而如同忘記瓶塞一樣，他不斷地回想著是否還有任何遺漏之處，他不由得忐忑起來。為強迫混亂的腦袋冷靜，三郎依序回想今晚行動，思考是否仍有意想不到的缺失。經過一番回想，至少就他記憶所及，並沒有任何遺漏之處。再怎麼思考，他的犯罪都極盡完美且毫無缺失。

就這樣，他腦中不斷盤旋著犯案過程，直到天明。等聽見早起的房客走到盥洗室的腳步聲後，他倏地起身，著手準備外出。他害怕面對遠藤的屍體被發現的煞那。他不知如何面對這種場合，一旦有閃失而做出不該有的反應便前功盡棄。因此他認為外出避開才是最安全的自保方式。然而，沒吃早餐就出門豈不是更反常嗎？「啊，說得也是，我在擔心什麼啊。」於是，他再次躺進床鋪。

自此到早餐的兩小時，三郎如驚弓之鳥般忐忑不安。所幸一切安然無恙，等早餐時間一到，他立刻匆忙用畢，飛也似地逃出住處。好不容易遠離東榮館後，他漫無目的地在市町間遊蕩、消磨時間。

（7）

結果，他的計畫成功了。

直到接近中午時分，他回到住處時，遠藤的遺體已被搬走，警察的臨檢也告一段落。而三郎向其他房客打聽後，果然沒有人懷疑遠藤並非自殺。連警方也只進行形式上的偵訊，短暫停留後就離開了。

不過關於遠藤自殺的原因，眾人倒是完全沒有定論。不過，大家一致認為，由其日常行徑看來，勢必與戀情有關。在眾說紛紜的討論裡，甚至連他最近才剛遭女人拋棄的事實都被攤開在所有人面前。但實際上，「失戀」兩字只是遠藤的口頭禪，不具意義。然而，除此之外也找不出其他理由，所有人只好將自殺的原因歸咎於感情。

不僅如此，無論是否有動機，現場找不到一絲一毫的疑點。房門與窗戶均自內部上鎖，毒藥的容器就拋在枕頭旁，事後也證實該容器為本人所有，毫無可疑之處。根本不會有人愚蠢到懷疑從天花板上的節孔滴下毒藥。

但三郎總覺得無法就此安心，他整天提心弔膽。然而，隨著一天、兩天過去，他逐漸鬆懈，甚至開始對自己殺人手段之高明志得意滿起來。

「怎樣！不愧是我的傑作。看到了吧，根本無人注意到公寓裡住著一名恐怖殺人犯哪！」

他有感而發地認為，這世上可能存在著無數未受到懲罰的犯罪卻不為人知。「天網恢恢，疏而不漏」這類鬼話，肯定是以前的執政者編出來的宣傳，不然就是人民的迷信。只要手法夠完美，不管何種犯罪，必定能永遠隱瞞而不被發覺，這隱然成為他自此深信不疑的信念。只是每到深夜，三郎腦中還是免不了浮現遠藤死亡臉孔的駭人幻覺。犯案那夜起，他就不再進行「天花板上的散步」遊戲了，夜晚活動僅剩下如何撫平心中油然泛起的疙瘩。事實上，只要罪行不被發現，這樣便已足夠，不是嗎？

但遠藤死後第三天，事情出現意外發展。這天三郎用完晚餐，哼著歌，拿著牙籤剔牙時，久違的明智小五郎突然現身。

「嗨。」

「好久不見。」三郎表面上心平氣和地打招呼，實際上，他內心對眼前這名業餘偵探選在這個時間點來訪感到相當不自在。

「聽說公寓裡有人服毒自殺？」明智一坐下，馬上問起三郎避之唯恐不及的敏感話題。想必明智聽到風聲而來向正好住此的熟人三郎探聽實情，藉以滿足他天生旺盛的偵探熱情。

「嗯，吞下嗎啡自殺。屍體發現時我正好外出，詳細情形也不是很清楚，聽說跟戀愛問題有關呢。」三郎盡力不讓對方察覺自己不想談論這個話題，裝出一副好事者的表情回答。

「他是個怎樣的人？」

明智又接著問。之後兩人對遠藤的為人、死因、自殺方法等事一一討論。三郎一開始如臨大敵地謹慎回答，但等情緒漸漸平復後，態度也自在起來，甚至還想玩弄一下明智。

「那你又有什麼看法？說不定這是他殺啊。不，我沒有任何根據，也相信應該是自殺。但不是常有偽裝得很完美的他殺案件嗎？」怎樣！這下子連名偵探也沒轍吧。三郎兀自在心中嘲笑明智，並出言耍弄。這讓他覺得太有趣了。

「這的確很難說。當時聽朋友轉述這件事時，我就覺得死因有些曖昧不明。怎樣？能去遠藤的房間看看嗎？」

「這有什麼問題。」三郎得意洋洋地說。「隔壁房住的是遠藤同鄉，遠藤的父親請他代為保管行李。若說明來意的話，對方一定很樂意讓我們進去。」

接著，兩人便來到遠藤房裡搜查。在走廊引領明智進房的三郎倏然興起異樣感。

「凶手本人帶領偵探參觀命案現場，這恐怕是古往今來未曾有的奇事吧。」三郎差點自滿地笑出來，好不容易才忍耐下來。三郎一生中或許沒比此時更驕傲的時刻了。「嘿！黑幫老大！」他忍不住想如此稱呼自己，當下感覺自己就像幫派首領般的大惡徒。

遠藤的朋友——姓北村，他就是做證遠藤正陷入失戀的男子——也聽說過明智的大名，二話不說地打開遠藤房間供明智調查。遠藤的父親特地離開老家來到東京為兒子辦了一場臨時的喪禮，今天下午剛離開。房間尚未整理，一切維持遠藤生前的擺設。

遠藤屍體被發現的時間正好是北村到公司上班後，因此他也不清楚當時，不過在其他人的描述下，北村對現場有了大致的了解，並為兩人詳盡解說。三郎也一副局外人的樣子，在一旁順勢補充起道聽塗說的消息。

明智聽著兩人的說明，以他擅長推理的眼神鉅細靡遺審視房裡一切。霎時，他注意到桌上的鬧鐘，緊盯了好一會兒，或許是被鬧鐘精緻的設計吸引吧。

「這是鬧鐘？」

「是的。」北村搶著回答。「這是遠藤相當引以為傲的鬧鐘。遠藤這個人向來一板一眼，每晚都不會忘記將鬧鐘設定在早上六點鐘響，就連自殺那晚也一樣，所以翌日早上依然傳來鬧鐘的震天聲響。當時實在很難想像，竟會發生如此悲劇。」

聽到北村這番話，明智不自覺地將手指伸入頭頂那團亂髮中搔弄，突然一副興奮莫名。

「你確定這個鬧鐘當天早上也響了？」

「嗯，我十分確定。」

「這件事情你向警方說過了嗎？」

「沒有……但為何這麼問？」

「你不覺得很奇怪嗎？當晚下定決心自殺的人，竟會特地設定鬧鐘？」

「原來如此，這麼說來倒是滿反常的。」

在明智解說前，北村從未懷疑過這件事，當然對於明智所言也一知半解。但這是人之常情。入口上鎖、毒藥容器就掉落在死者身旁，以及其他林林總總的跡象，在在都讓人直覺認定遠藤自殺。

可是聽了明智的分析，三郎當下震驚到猶如腳下地基乍然瓦解崩塌，更懊悔起自己為何如此愚蠢，還特地帶明智到現場勘查。

之後，明智更嚴謹地對現場進行搜索，且沒忽略天花板。他試著敲敲每片天花板，檢查是否有人進出。好在即使是名偵探明智也難以想像從節孔滴下毒藥、再將洞口塞回的全新殺人方法，這著實令三郎鬆口氣。確認天花板沒鬆動後，明智便將注意力轉向其他可能的事物。

當天並沒有嶄新發現。明智調查完遠藤房間後，再次回到三郎房裡閒聊一會，不久便告辭。但離去前，兩人的一段對話必須在此先交代。這是因為表面上這問答看似毫無意義，卻與本故事的結局有著重大關聯。

明智自懷中取出飛船牌香菸（註一）點火時，彷彿察覺到什麼似地開口詢問：

「你好像從剛才就沒抽菸，你戒菸了？」

猛然這麼一問，三郎才意識到這幾天以來，他如失憶般一次也沒抽過原視如生命的香菸。

「怪了，我還真的完全沒感覺。就算看著你在我面前點菸，不知為何我還是沒想到也來一根呢。」

「什麼時候開始戒的？」

「我想想看，應該三天了吧。對了，我記得買這包敷島牌（註二）是星期日吧，那麼，我三

註一　日本專賣公社於明治四十三年起販賣的雙頭裁切紙菸，昭和三年的產量為六億九千萬根。昭和八年時，十根包裝賣十八錢，五十根包裝賣九十錢。於昭和十四年停止販售。

註二　日本專賣公社於明治三十七年販賣的國產濾嘴紙菸。昭和初年，二十根包裝定價為8錢。昭和三年產量為六十七億六千萬根，為僅次於朝日牌（一百一十五億六千萬根）。於昭和十八年停止販售。

天來一根菸也沒抽過，我也不清楚到底是怎麼回事。」

「就是遠藤自殺的那天嘛。」

經明智的提醒，三郎驚覺果真如此。然而他也不覺得遠藤的死與戒菸有什麼關聯，當場僅一笑置之。只是，由後續發展判斷，這絕不是一笑置之的無意義反應——這巧合著實太啟人疑竇，三郎的確是在遠藤出事當天不再抽菸。

（8）

明智離去後，三郎依舊有點掛意鬧鐘的事，入夜後輾轉難眠。就算知道遠藤不是自殺好了，也沒有任何證據指向三郎便就是凶手，這麼看來，應該無需太過擔心。但即使心裡這麼認為，一想到對手是明智小五郎，三郎實在無法平靜。

出乎意料地半個月過去什麼也沒發生，原本令三郎相當害怕的明智也沒再出現。

「嘿，這下可以畫下圓滿的句點了吧。」

三郎總算放了心。雖然有時夜裡仍然會被噩夢襲擾，但大體上每天都過得十分盡興。最讓他開心的是，犯下殺人罪以來，以前完全讓他提不起勁的娛樂，竟不可思議地變得充滿樂趣。這一陣子他幾乎每天外出，四處遊玩。

某天，三郎照常一早便出門遊樂，直到晚上十點左右才返家。正當他準備就寢，漫不經心地打開壁櫥紙門、取出棉被的煞那，他忽然「哇！」地發出駭人叫聲，踉蹌倒退兩、三步。

他在做夢嗎？還是瘋了？在他眼前，在壁櫥裡，死去的遠藤頭顱正披頭散髮地自昏暗的天花板洞中探頭瞪視。

三郎驚慌地一度想逃出房間衝向門口，但又覺得或許自己將其他東西錯看，便提心弔膽走回壁櫥前，充滿畏怯地探進頭。沒想到，不僅沒看錯，那顆頭顱還咧嘴對他笑呢。

三郎再次「啊！」地大叫，三步併作兩步飛奔到門口且拉開紙門，然而，他準備往外逃時，背後猛然傳來「鄉田！鄉田！」的叫聲。他回頭一看，壁櫥裡的人頭正不斷地呼叫三郎。

「是我啊、是我啊，用不著逃跑。」

那並非遠藤的聲音，而是其他似曾相識的人。三郎這才停下腳步，戰戰兢兢地轉過頭。

「唉，失禮了。」

邊道歉邊與過去三郎所作所為相同，正從壁櫥裡天花板上跳下來的，竟是明智小五郎。

「抱歉嚇到你。」從壁櫥伸出頭、身穿西服的明智滿是微笑地說。「**我只是在模仿你的行為罷了。**」

這是比幽靈更現實且更駭人的事實。此刻，明智想必一切都了然於胸。

三郎當下的心情著實難用筆墨形容。犯案過程在他的腦中像風車般咕嚕咕嚕旋轉，致使他無力思考，茫然凝視明智而無所適從。

「對了，這是你的襯衫鈕釦吧。」明智極其公式化地說，並將手上的小型貝釦拿到三郎眼前，「我問過其他房客，沒人有這種鈕釦。啊，就是這件襯衫嘛，你看，第二顆釦子掉了啊。」

三郎啞然低頭看著胸前，果然掉了一顆鈕釦，他之前從未注意到這顆鈕釦何時脫落。

「形狀也一樣，看來沒錯。對了，你猜我在哪裡撿到這顆釦子？是在天花板上，而且還是在你房間的正上方。」

為什麼三郎沒察覺釦子掉了？當時不是特別用手電筒仔細檢查過嗎？

「遠藤該不會是你殺的吧？」眼前的明智一臉天真地笑道——雖然此刻，他的笑臉反而教人手腳發麻——他瞅著不敢直視自己的三郎，宛如施展致命一擊般說著。

三郎心想，一切都完了。不管明智的推理多完整，光是推理總有抗辯餘地，但他拿出意想不到的物證，三郎已無計可施。三郎當下表情就像快哭出來的小孩，緊閉著嘴，久久站立不動，腦中竟如幻影般不時朦朧浮現意想不到的久遠過去——例如小學時代發生的事。

兩個小時就這樣流逝，他們依然僵持不動。這段時間感覺很是漫長，兩人卻只是睜眼直視，逕自站在房裡對峙。

「謝謝。多謝你告訴我真相。」明智最後開口。「我絕不會向警察報案的，我只是想確認自己的判斷是否正確罷了。你也知道，我有興趣的是『找出真相』，其他細節對我而言都無關緊要。況且話說回來，在這起犯罪裡，完全沒有留下物證。或許你會反駁說有襯衫鈕釦吧？哈哈……這不過是我的詭計啊。我想，若手上沒有物證，你肯定不會認罪。上次前來拜訪時，我意外發現你的第二顆釦子不見了，便打算趁機好好利用這點。哈哈，這顆釦子是我去服飾店買來的。一般人通常不太容易發現釦子是否掉了，而你犯案當時想必一直處於激動的情緒，更不可能留心鈕釦這種小事，所以我想這招應該能奏效。

「我懷疑遠藤不是自殺的理由你也很清楚，就是在聽到鬧鐘的事之後才萌生這個想法的。後來我去找警察署長，向臨檢的刑警詳細詢問當時的情形。據他所言，嗎啡的瓶子其實是掉在香菸盒裡，而藥劑同時沾染在香菸上。警方對此並未特別注意，但仔細想想，你不覺得這件事太反常了嗎？據說遠藤是個非常一板一眼的男人，既然準備如此周全，打算死在睡夢中，卻將藥瓶恣意丟在香菸盒裡，還任由藥劑濺灑在香菸上，豈非太不自然？

「將警方的說法及我事後的分析合併思考，更加深了我的懷疑，此時又意外得知你自從遠藤死去那天起便不再抽菸。這兩件事實具有偶然的一致性，想來實在太過巧合。於是，我又想起你過去曾熱中於模仿犯罪的遊戲。我很清楚，你這個人具有超乎尋常的犯罪癖。

「之後，我常來這出租公寓，在你完全沒發覺的情況下詳細搜查遠藤的房間。我發現，犯人的通道除了天花板，沒有其他可能。於是我模仿你所謂的『天花板上的散步』來觀察房客的生活作息，尤其經常長時間趴在你房間上方觀察。你不耐煩的樣子在我的窺視下可真是表露無遺啊。遺憾的是，我沒有掌握到任何證據，才會想出鈕釦這小小把戲。哈哈哈哈哈……那麼，我告辭了。我想，今後也不會再與你見面吧。因為我相信，你已下定決心自首。」

即使聽完明智對其詭計的解說，三郎也只是僵立原地。當明智告辭離去時，他依然面無表情、無動於衷，僅茫茫然地想著不知自己接受死刑時，會懷著什麼樣的心情……

將毒藥瓶丟入房間時，他以為自己沒看清楚掉落的地點。事實上，他連毒藥意外淌出並沾在香菸上的情形也看得一清二楚。只是，他事後將這段記憶壓抑在潛意識裡，因此才會不自覺地厭惡起香菸來吧。

〈天花板上的散步者〉發表於一九二五年

何者

（1）不尋常的竊賊

「這個故事理所當然該由你寫成小說。請務必執筆撰寫。」──某人對我說完這個故事後，下了上述結論。這已是四、五年前。當時由於事件主人公尚在人世而有所顧忌，以致遲遲未能動筆。最近該相關人士業已辭世，我才著手寫這篇故事。而聽完這個故事後，我十分認同他這句話。為何說是理所當然？我想無需在此贅言，待讀完，諸位讀者想必就能理解。

以下的「我」，即代表向我述說這則故事的「某人」。

某年夏天，我接受朋友甲田伸太郎邀請，前往另一位交情不若我和甲田那麼深厚，但仍是好朋友的結城弘一住所度假，並打擾約半個月之久。事情就發生在這段期間。弘一是在陸軍省軍務局占有重要地位的結城少將之子。結城府邸位於鎌倉的濱海地區，的確相當適合盛暑度假。

我們三人是大學同窗，那年甫自學校畢業。結城是英文系，我與甲田則是經濟系，不過由於高等學校時期曾住在同寢室，即便系別不同，彼此仍經常往來。

對我們而言，那段期間正代表著即將與自在的學生生活告別的最後一個夏天（註一）。甲田九月起就要到東京某貿易公司上班，弘一跟我則必須從軍（註二），預計年底入營。總之從明年起，我們再也不能享受如此悠閒的暑假。不讓青春留下遺憾，我們決定那年夏天要盡情遊樂，於是一口答應弘一的邀請。

弘一是獨子，在偌大的府邸裡過著奢華的生活。他的父親是陸軍少將，不僅如此，祖先代代還是諸侯家的重臣，結城家可說自古以來就是豪門貴族，來此作客的我們託福過著極舒適的度假生活。當時與我們同遊的還有另一名玩伴，一名叫做志摩子的美麗女性。她是弘一表妹，從小父母雙亡，少將將她接到家裡扶養。在完成女校（註三）的學業後，熱中於學習小提琴，至今已能演奏出動人的樂曲。

我們只要天氣不錯就到海濱遊玩。結城府邸位於由井濱（註四）與片瀨間，我們大多前往景色較豐富的由井濱好好放鬆。海邊除了我們四個人，還有眾多青年男女，好不熱鬧。我們與志摩子小姐及她的女性友人皆曬得一身古銅色，在紅白相間的大型海灘傘下恣意享受青春。

若是對海岸感到厭煩，我們就轉往府邸的水池釣鯉魚。偌大的水池，彷彿一座無盡的釣魚池，少將本著興趣放養的大量鯉魚優游其中，連外行人的我們亦能輕易豐收。我們更在將軍的教導下學會許多釣魚訣竅。

這段日子多麼自由自在啊，每一天都如此愜意。但名為不幸的妖魔卻總是虎視眈眈地覬覦著。不管在多麼開朗的地方，甚而愈是開朗，牠就愈嫉妒，隨時毫無預警地襲擊而來。

某日，少將府邸中響起不尋常的槍響。故事也隨著槍聲響起之際，正式揭開序幕。

這天晚上，慶祝少將這位一家之主的生日，所有親朋好友齊聚一堂，舉辦慶生宴會祝福。

註一　二次大戰前的日本大學生除了醫學院以外，通常只需念三年即可畢業。本作所發表的昭和四年正處於世界性的經濟不景氣中，小津安二郎拍攝的《雖然大學畢業》也在同一年上映。隔年，昭和五年五月底的大學畢業生就業率僅百分之三十七，專科學校畢業生也只有百分之四十三而已。

註一　兵役與納稅、國民義務教育為二次戰前的日本國民三大義務。徵兵制度始於明治六年制定的徵兵令。本篇小說發表的當時是基於昭和二年制定的兵役法施行，該法令規定，年滿二十歲的國民，必須於每年四月一日至七月三十一日之間在各徵募區、檢查區接受役男體檢，以判定體格是否適合現役或預備役。適合現役的體格為身高一五〇公分以上，其中尚分為甲、乙種，接著是預備役的丙種，以及身高未滿一五〇公分、患有疾病或精神異常者的不適兵役的丁種，最後則是難以判定是否適合兵役的戊種。甲種體格者約占全體的三到四成。在這之中，只有中籤者才會成為現役軍人被徵召入伍。

但是在此登場的大學生或專校生可應其修業年限延緩入伍至二十七歲，留學外國者則可延至三十七歲。因此也有人利用這個規定的漏洞保留學籍以逃避兵役。而且高知識分子通常也因年齡較高而不受軍隊青睞，據說大學畢業生即使通過徵兵體檢，入伍的機率也較低。此外，公私立中學以上畢業生，相較於一般的三年兵役，可以幹部候補生的身分僅入伍一年。費用自付，但可居住營區外的自宅，一年後成為下士。而期末測驗合格者經過六個月的培訓更有機會成為預備軍官。只不過據說為了早點離開軍隊，故意使測驗不合格的人達半數以上。

註三　二次世界大戰前，日本政府實施女子教育的學校，又稱為女紅場，學生須修滿五年才能畢業。

註四　實際名稱為由比濱。這裡是面對相模灣的鎌倉市附近的海岸，自明治中期起便以海水浴場聞名。推理作家渡邊溫與西尾正有段時期曾住在這附近。亂步與橫溝正史經常到鎌倉旅遊。《盲獸》（昭和6-7年，朝日出版）中，珍珠夫人的頭顱與腳部便是在此被發現。

而甲田與我也在受邀的賓客之列。

主屋二樓是十五、六張榻榻米大小的和式大廳，慶生宴就在這裡舉行。無論賓主皆是一身輕便和服，宴會氣氛愉快而不嚴肅。早已酩酊大醉的結城少將唱起義太夫（註）裡的名橋段，而志摩子則在大家的起鬨下表演一段小提琴演奏。

宴會順利結束。十點左右，客人也紛紛告辭，留下宴會主人一家子與兩、三名客人依依不捨地眷戀著這喧鬧的仲夏夜之宴。現場除了結城少將、夫人、弘一、志摩子小姐和我以外，還有位姓北川的退役老將領，以及志摩子的朋友琴野小姐等七人。

少將與北川老先生忙著下棋，其他人則圍著志摩子，慫恿她再多演奏幾首曲目。

「好，我也該去工作了。」

趁著小提琴演奏告一段落時，弘一向我告辭便起身離座。所謂的工作，是指當時他為地方報紙所撰寫的連載小說。弘一每到晚上十點總會到位於別館的少將書房裡埋首寫作。由於在學期間他已搬出府邸在東京租屋，中學時代使用的書房如今轉為志摩子專用（同樣位於別館），而主屋沒有其他書房，他只好暫時借用父親的書房。

當弘一下樓，經過走廊，來到別館的書房時，突然傳來一道巨大敲擊聲響，令在場眾人大吃一驚。事後回想起來，那應該就是槍聲。

「怎麼回事？」

正覺狐疑時，別館傳來淒厲的喊叫。

「快來人啊！不得了，弘一受傷了！」聽來是從剛才就不在座位上的甲田伸太郎。

我已不記得當時在座所有人表情，只知道那一瞬間眾人迅速起身，一股腦奔向樓梯。

一到別館，少將書房裡（如第二一六頁附圖所示位置）弘一躺在血泊中，臉色蒼白的甲田則站在他身邊。

「發生什麼事？」身為將軍的父親以超乎想像、宛如發號施令般的吼聲詢問。

「從那裡……從那裡……」甲田受到過度刺激而無法順利表達，顫抖地指著面對庭院的南側玻璃窗。

順著他所指方向一看，玻璃窗開到底，窗戶上遭劃開一個不規則的圓孔。應是有人自外面割開窗戶、打開門鎖，再從窗戶潛進書房。絨毯上到處明顯留下令人畏懼的泥巴腳印。

結城夫人趕緊跑到倒下的弘一身旁，我則衝向開啟的窗戶，但窗外不見任何人影。這也是理所當然，歹徒不可能到此時還拖拖拉拉地在窗外逗留。

註　伴隨著三味線、梆子，以說唱及演技方式表演故事的謠曲，屬「淨琉璃」中的一個流派，為竹本義太夫所創立，詞曲精粹而富藝術性，故被認為是淨琉璃的集大成。

與此同時，少將不知何故，完全漠視眾人驚訝的眼神，非但不關心兒子的傷勢，反而在第一時間衝向書房角落的小型保險箱，轉動密碼後，兀自檢查起裡頭的物品。看到這副景象，我心裡著實興起難以言喻的感覺。眼前的將軍竟任由受傷的兒子在一旁，首先關心財物是否損失，實在太沒軍人風範。

未久，在少將的吩咐下，書生總算打電話與警方、醫院聯絡。

夫人死命抱著早已失去意識的弘一，不時驚慌失措地呼叫他的名字。我則先以手帕綁住弘一的腿部試圖止血，子彈無情地射穿踝骨。志摩子細心地從廚房端來一杯水，讓人意外的是，她不像夫人那般悲傷，對這突如其來的慘事僅止於驚訝。淡然處之的態度，甚至在我心裡留下冷漠印象。我一直以為她將來必定會與弘一結婚，不由得對她的反應感到相當不可思議。

但若要說不可思議，比起事發之時即刻檢查保險箱的少將或意外冷淡的志摩子，有個人的舉動更難以理解。

那就是在結城家的僕傭中，一名稱作阿常的老人。他在事發後，比我們稍晚一些進入書房。一到書房，不知想起什麼，他猛然穿越包圍弘一的眾人背後，筆直地朝敞開的窗戶走去，並順勢坐在窗邊。由於現場一片騷動，沒人注意到老傭人的行為，而我也只是不經意地瞥見他反常的舉止，當下還以為他過度震驚而精神錯亂了。可是眼前的他卻挺直腰桿保持正坐，不時觀察書房內其他人狀況，看起來完全不像過度驚嚇。

眾人一片慌亂之際，醫生總算到來。不久，鎌倉警署的司法主任波多野警部也率領部下抵達府邸。

弘一在夫人與志摩子的看護下，被人以擔架抬到鎌倉外科醫院。此時他終於恢復意識，但精神孱弱的他在痛苦與恐懼下，像個嬰兒般皺著臉，不停簌簌流淚，半瘋狂似地哭吼，導致波多野警部無法詢問歹徒特徵的情報。雖不至於危及生命，但踝骨幾乎碎裂，傷勢十分嚴重。

弘一被送至醫院後，經過警方初步研判，確定此一凶行乃是竊賊所為。歹徒自庭院潛入書房偷取財物，卻遇上剛進書房的弘一（或許是企圖逮住竊賊，他倒下的位置並非書房出入口附近），竊賊在情急之下，以隨身攜帶的手槍向他射擊。

大型辦公桌的抽屜都被拉開，裡面資料四散在地。不過少將說抽屜中並沒有值錢之物。同一張桌子上則有少將慣用的皮夾，只是令人難以理解，竊賊對於皮夾裡的幾張百圓鈔票居然分毫未取。

那竊賊又偷走哪些東西？說來讓人啞然失笑。他偷走桌上的（就在皮夾旁邊）小型金製時鐘、金色鋼筆及金邊懷表（連同表上的金鎖鏈）。在遭竊物品中，最值錢的是書房中央圓桌上的金菸斗組（且僅偷走菸草盒與菸灰缸，紅銅製的點菸盤還留著）。

這就是全部的失竊物。無論怎麼清點，也未發現其他物品遺失，保險箱內也沒被動過手腳。也就是說，竊賊完全看不上眼其他物品，只對書房裡的金製品有興趣。

「或許是個狂人吧，例如黃金蒐集狂之類的。」波多野警部表情複雜地說。

（2）消失的足跡

真是個不尋常的竊賊。全然不在意放幾百圓的皮夾，僅執著在算不上高價品的鋼筆與懷表，竊賊心理實在令人難以捉摸。

警部詢問少將，在這些失竊的金製品中，除了價格之外，是否具有其他特別的意義。

少將表示，就他所知應該沒任何特殊價值。不過金色鋼筆是他擔任某師團聯隊長時，受領同隊某位高階將領的紀念品，對少將而言有著金錢也難以衡量的價值；而金製時鐘約兩吋見方，造型小巧別致，是從巴黎買回來的紀念品，如此精巧的機械製品恐怕再也買不到了，少將對此十分惋惜。但這兩者對竊賊而言應該不具特殊意義。

接著，波多野警部由室內走向屋外，依序進行地毯式的搜查。他抵達現場時，距離歹徒開槍已過二十分鐘以上，自然不會愚蠢到還想循著足跡追捕竊賊。

後來聽人說起，這位司法主任是犯罪搜查學的信徒，嚴謹的科學搜證是他的唯一信條。他是位個性獨特的警官。當他還是鄉下警署小刑警時，為了在檢察官及長官到達現場前完整保存地上僅有的一滴血跡，還以碗覆蓋血跡，更整晚以棒子敲打著碗。在他的努力下，血跡才免於遭到蚯蚓破壞。

憑藉著這般嚴謹作風，他終於晉升到如今地位。由於他的調查向來縝密，不論是檢察官還是預審法官（註），對他的報告均持以最高信賴。

然而，就算是行事風格如此嚴謹的警部，也無法在書房內找到半根毛髮。於是，玻璃窗上的指紋與屋外足跡當下成為唯一可供參考的線索。

窗戶玻璃如同最初想像，竊賊用玻璃切割器與吸盤在玻璃窗上劃開不規則圓孔，藉此順利拉開栓鎖。由於指紋採集須等候負責專家到場，警部索性拿出隨身手電筒照射地面。

幸虧歹徒逃離時雨已停，窗外地面上留有明顯足跡。由腳印判斷，像是工人常穿的工作鞋，膠底紋路呈現兩列清晰的印記，一直延伸到庭院後方的土牆。看來是歹徒往返的足跡。

「這傢伙呈內八字的走路方式，簡直像個女人哪。」聽到警部的自言自語，我才留意到腳

註　地方法院所屬的法官，接受檢察官的預審請求而進行被告的詢問與證據調查，以判定是否需進行公審。實際上，預審法官多以檢察官的搜查為基準，很容易受到檢察官的影響。

尖的確比**腳後跟**更靠近內側，是O型腿男人的走路方式。

於是，警部趕緊命令部下拿自己的鞋子來。甫一穿上，他隨即粗魯地直接跨過窗口到屋外，並藉著手電筒的燈光追蹤工作鞋的痕跡。

一見到警部的行動，好奇心更勝於一般人的我再也按捺不住。明知會造成妨礙，還是穿過主屋側廊來到庭院，跟在警部後面搜查。不用說，這當然是我也想觀察足跡。

沒料到我一跟蹤，隨即發現妨礙調查的不止我，另一個人早就在現場等候。是來參加慶生會的赤井先生。真不知他何時跑出來，動作實在迅速。

關於赤井先生的身分，以及其與結城家之間的關係，我一無所知，連弘一也不清楚這號人物究竟何方神聖。他看起來約莫二十七、八歲，頭髮亂蓬蓬的，身材算是精瘦，平時幾乎沉默不語，卻總是面帶微笑，完全讓人摸不透他到底在想什麼。

他常來結城家下棋，每到晚上多半會留下來住宿。少將曾提起，對方是他在某俱樂部結識的下棋好手。那晚他也受邀而特地前來參加慶生宴。但事件發生時，他並不在二樓的和式大廳，或許是在樓下客廳。

我在某次偶然的機緣下，得知赤井先生是個重度推理迷。來到結城家第二天，我巧遇赤井先生與弘一在這次事發地點，也就是少將書房裡聊天。赤井參觀了弘一搬進少將書房的書架後，不知對他說了些什麼。由於弘一非常熱愛推理小說（至於他著迷推理的程度，由他之後竟親自擔任這起事件的偵探即可看出），書架上並排著大量的犯罪學及推理小說相關書籍。

兩人針對國內外的名偵探進行論戰。自維多克（註一）後，出現在現實社會中的偵探，以及自杜邦（註二）後的虛構偵探，成為兩人聊天的重點。弘一指著《明智小五郎偵探談》（註三）這本書，當面批評這名偵探過分講究理論而不切實際，對此赤井先生亦表示極為贊同。兩人對於偵探方面的知識平分秋色，因此在這個話題上意氣相投。

由此可知，赤井先生對這起犯罪事件抱持著強烈興趣，並先我們一步前來觀察足跡，也不會太令人驚訝。

這些題外話姑且到此為止。波多野主任同時叮嚀我們兩名礙事者「小心別踏到腳印」，交代完便繼續默默地追蹤腳印。直到發現歹徒似乎是翻過矮牆離開，波多野主任便在調查矮牆外

註一　法蘭西斯・維多克（Francois Vidocq, 1775-1857）原是個罪犯，後來進入巴黎警察廳，組織巴黎保安局專事舉發犯罪。之後因與政府對立而被迫辭職，隨即成立法國第一家偵探事務所。

註二　奧古斯特・杜邦（Auguste Dupin）為法國貴族，勳位爵士。為愛倫坡筆下的偵探，於〈莫格街凶殺案〉（1841）中首次登場，之後亦在〈瑪莉・羅傑命案〉（1842-1843）、〈失竊的信〉（1844）等作品中出現。

註三　這部作品當年並沒有出版。與明智小五郎有關的事件最早集結成冊是由先進社大眾文庫所出版的《名偵探明智小五郎》，出版日期為本作品發表（1929）的隔年，即昭和五年四月。該書第一篇就是本故事，為當時明智小五郎系列的最新作。

之前，先折返別館，向傭人交代一些事。不一會，傭人拿來煮飯用的陶缽，警部隨即將之蓋在最清晰的足跡上，以防止證據遭到破壞。

實在是個愛蓋東西的偵探。

接著，我們三人打開木門，走到牆外。這一帶原是某戶人家的府邸，如今僅是一片空地，平時幾乎無人經過，因此也不會有其他可能造成混淆的足跡，只見歹徒足跡清楚印在地面。

波多野邊走邊拿著手電筒四處照射，就在進入空地約半町之遠時，他突然停步，疑惑大喊：

「怪了，歹徒難道是跳進井裡？」

我們聽見警部極不尋常的提問，一時全然無法理解。仔細一瞧，原來如此，他的話並非毫無道理。腳印果真消失在空地正中間一口古井旁，而且出發點也是這裡。不論手電筒怎麼照，附近五、六間的範圍內都找不到腳印。更何況這帶並非硬質土壤，草也不是高得足以掩飾足跡，一旦有人經過，必然留下腳印。

這是一口灰泥砌成的古井，井側幾乎崩塌，蕭瑟得令人毛骨悚然。手電筒照射井內，清楚可見嚴重剝落的灰泥壁面向著井底深入，最深處反射出的暗淡光芒應該是井底腐水。腫脹腐軟的水面如潛藏妖怪，教人渾身發毛。

竊賊不是阿菊的幽靈（註），實在難以相信他從井裡現身，又消失在井裡。但若非搭著氣球飛上天，由這足跡研判，恐怕只能解釋為消失在井裡。

於是，就算是科學偵探波多野警部，遇到這種難以解釋的情況也只能暫且投降。他甚至謹慎地命令部下拿竹竿來翻攪井水探查。想當然耳，不可能有什麼發現。若因而認為井旁的灰泥裡暗藏玄機，隱藏著通往地底的密道，也是太過荒唐無稽的想像。

「這麼暗看不清楚，明天早上再來調查好了。」波多野喃喃自語後，隨即返回府邸。之後，波多野趁著等待法院一行人抵達的空檔，一一聽取府邸內眾人的陳述，並繪製現場平面圖。方便起見，我們先從平面圖說明起吧。

他首先取出隨身攜帶的卷尺，仔細測量傷患倒地的位置（由血跡便可判斷）、足跡的幅寬、往返足跡的間隔、別館的隔間、窗戶的位置、庭院裡的樹木、池塘與牆壁的相對位置等，以超乎必要程度以上的細心不斷測量，並在手冊上畫出詳細的平面圖。

雖然繁複，但警部努力的成果絕非沒有意義。在外行人眼中以為不必要的量測，到後來才

註　日本傳統鬼故事中的主角。故事主要敘述一位叫做阿菊的女傭不小心打破主人珍藏的一組盤子而受到責難，投井自殺。到了夜半，井邊總是傳來阿菊的幽靈幽幽地數著盤子的聲音。

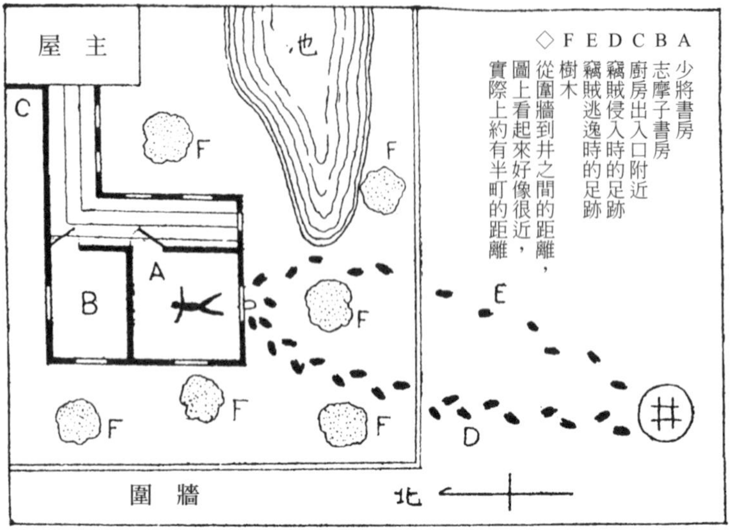

知道是非常重要的步驟。

在此附上我模仿警部而畫出的平面圖，以便各位讀者參考。這是在案件解決之後，由結果反推繪製而成的平面圖，雖不如警部的精確，但與破案有重大關係的地方全然相符，我甚至還稍微誇顯幾分。

之後我們才了解，這張平面圖暗示著許多重要訊息。最明顯的例子，便是歹徒的往返足跡。由圖可知，竊賊不只走路內八像個女人，D的腳印間隔狹窄，而E卻幾乎是D的兩倍寬。這似乎暗示著D為竊賊潛入時的小心謹慎，而E則是開槍之後，想盡快逃離現場致使腳步凌亂。也就是說，由此可知D為來時腳印，E為離去時的腳印。（波多野精密測量出這兩邊足跡的幅寬，並以此做為基礎推算出竊賊的身高。但若將過程一併記於此則略顯繁冗，恕我省略。）

這僅是一例。這些足跡還有其他意義，而傷患位置及其他兩、三處地點，我們也是在即將破案之際才明白具有重大意義。為了按照順序說完故事，在此先略不提，僅盼讀者諸君先將此圖詳記腦海。

接著是針對府邸內所有人進行偵訊，簡單交代的話，第一位接受偵訊的就是凶行最初的目擊者——甲田伸太郎。

他比弘一約早二十幾分鐘下樓如廁，結束後馬上到玄關呼吸新鮮空氣，試著讓因喝酒而脹紅的雙頰稍微冷卻。正當他回想到二樓而走向走廊時，倏然聽見槍響及其後弘一的呻吟。

當他迅速跑到別館時，書房門半敞、電燈未開，四下一片黑暗。聽了他的敘述，警部問：

「確定當時沒開燈？」不知為何，警部慎重地問了這個問題。

「是的，我猜弘一根本來不及開燈。」甲田回答。「我跑到書房時，首先按下牆壁上的開關，電燈一亮，渾身是血的弘一隨即映入眼簾，他失去意識，倒在書房正中央。我迅速跑回主屋，大聲呼叫家裡的人出來幫忙。」

「這時你沒看到竊賊的身影嗎？」警部再次詢問剛抵達宅邸時就問過的問題。

「沒有，大概已從窗戶跳出去吧。窗外也是一片黑……」

「此外，你還發現什麼怪事嗎？不管多微不足道都沒關係。」

「嗯，沒有……啊，對了，有件沒什麼大不了的事，我記得剛進書房時，裡面跑出一隻貓，嚇了我一跳。久松那傢伙像子彈一樣蹦地衝出來。」

「久松是那隻貓的名字？」

「是。結城家的寵物，是志摩子小姐的愛貓。」

警部聽了這些話，面露一絲遺憾。倘若是貓，在黑暗中應該也能清楚看見竊賊的容貌。可惜貓不會說話。

接下來，警部又一一偵訊結城家所有人（包括僕傭）、赤井先生、我，及其他來客，但未發現特別值得注意的證詞。至於在醫院陪伴病人的夫人與志摩子小姐，則於隔日接受偵訊。只不過，當時志摩子小姐的回答有點離奇，故在此一併記下。

當警部以同樣的語氣說「不管多微不足道都沒關係」，企圖導引出相關證詞時，她吐露以下這些事：

「或許我想太多，不過總覺得好像有人進過我的書房。」如平面圖所示，志摩子小姐的書房就位於少將書房的隔壁。「並沒有遺失什麼東西，但我的抽屜似乎遭人開過。昨天傍晚我確定收進抽屜裡的日記，今早卻發現被人翻開並粗暴地拋在桌上。抽屜也開著，家人或女傭沒人會隨便打開我的抽屜，因此，我覺得很奇怪……不過這畢竟只是件小事。」

警部聽完志摩子的話後似乎並未放在心上。但事後回想，日記遭取一事亦隱含重大意義。

回到故事主軸。不久，法院一行人抵達，專家隨後也來到現場採集指紋，但與波多野警部的調查結果相差無幾，並沒有更進一步收穫。窗戶有用布擦拭過的痕跡，找不到指紋，連窗外散落的玻璃碎片上亦找不到指紋。由此可知，竊賊絕非尋常角色。

最後，警部命令部下採集以陶缽蓋住的腳印，小心翼翼地帶回警署。

等騷動結束後，眾人好不容易上床休息時已是凌晨兩點。我與甲田躺在一起，只是兩人都太激動，整晚翻來覆去，難以入睡。即使如此，我們並未對今晚發生的事彼此交換意見。

（3）金光閃爍的赤井先生

第二天一早，平常總愛賴床的我竟然五點就起床，為的是趁著朝陽重新審視昨晚難以解讀的足跡。哈，看來我也是個愛好獵奇之徒啊。

身旁的甲田睡得很沉，由於擔心會吵醒他，我盡量輕聲地打開側廊的遮雨板，穿上木屐，繞到別館外側。但令我瞠目結舌，竟還是有人捷足先登，對方一樣是赤井先生。這男人怎麼老是搶在我前面，不過他非但不是在觀察足跡，我甚至理不出頭緒他到底在看什麼。

他站在別館南側（有足跡那側）的西邊角落，由建築物後方探頭窺視西側靠北的方向。那地方究竟有什麼？那個方向算是別館後側，是主屋的廚房出口處，出口前方則是阿常爺平時因興趣整理的花壇。花壇裡並沒有特別漂亮的花。

我由於遭人搶先一步到達現場而心有不甘，打算嚇嚇他。於是，我躡手躡腳地走到他背後，冷不防伸手拍他肩膀一下，沒想到，他的反應卻超乎意料之外，只見他一臉慌張地回頭，不自覺地吼出：

「嗨！這不是松村兄（註）嘛！」

他的吼聲出其大，我反被**嚇破膽**。或許想盡早趕走我，赤井先生兀自談起無謂的天氣。然而，我愈想愈覺得可疑，最後，我再也按捺不住。即使會帶給赤井先生不好的印象也無所謂，我推開阻礙去路的他，逕自走向他剛剛站的位置，望向北方，但並沒有看到可疑之物。只見早起的阿常爺已整理起花壇。赤井適才那麼專心地窺視，究竟看什麼？

由於實在太過可疑，我回頭望向赤井先生，他僅回以尷尬的傻笑。

「請問您方才在看什麼？」

我不管三七二十一地詢問。他答道：

「我沒看什麼啊。話說回來，你應該來看昨晚的足跡吧？嗯，不是嗎？」

他竟裝傻地反問。不得已之下，我只好回答「正是」。

「那我們一起去看看吧，其實我正打算再好好觀察一次哪。」

雖然他這麼說，不過我很快就意識到都是謊話，因為牆外留有四道赤井先生的腳印，換言之，這是他先前往返兩次的痕跡。其中一次往返肯定是今天早上搶先到現場的足跡，說什麼正打算去看，根本早就觀察過了嘛。

到了古井旁，兩人暫且在附近進行調查，可惜並沒有找到其他迥異於昨晚的新線索。足跡確實是自古井出現，消失於古井。此外除了昨晚來調查的三人的腳印，其餘只有在附近徘徊的野狗足印。

「要是這不是野狗的腳印而是工作鞋的就好了……」我自顧自地說。這是因為野狗的腳印是由反方向來到井邊，在附近繞幾圈後，又返回原本的方向。

註　亂步的出道作品〈兩分銅幣〉（1923）中有位松村武登場。而〈一張收據〉（同上）、〈致命的錯誤〉（同上）、〈湖畔亭事件〉（1926）、〈灰色巨人〉（1955）中亦出現名為松村的人物登場。或許是因為亂步有位自鳥羽造船廠時代的好友松村家武的緣故吧。〈一張收據〉中的故事敘述者與本作的松村為同一人物的可能性極高（收錄於獨步文化出版《兩分銅幣》），但其他作品中的松村則明顯是不同人物。

此時，我赫然想起曾在一本老舊的《斯特蘭雜誌》（註一）讀到外國實際發生過的犯罪事件（註二）。

原野上的某棟獨立建築物裡發生殺人事件。因被害者是一名獨居者，所以犯人必定是外來者。但不可思議的是，在犯行發生前即停止下雪的地面上，完全沒有人類的腳印。除了研判凶手在犯案之後即消失在天際間，找不到其他合理的解釋。

然而，雖沒有人類腳印，現場卻留下其他足跡——來到這棟大宅前又折返的馬蹄印。因此有人懷疑被害者該不會被馬踢死吧，只是隨著搜查的進展，最後發現犯人為隱匿足跡，竟將馬蹄鐵釘在後腳跟上走路。故事大致如此。

所以我才會假想，若野狗的腳印是以相同方式留下就太完美了。野狗的腳印意外大，倘使是一個人趴在地上、四肢裝上狗掌模型走動，似乎不無可能。而且，由留下痕跡的時間與地面乾燥情形來判斷，正好與穿工作鞋的男人走過的時間點相近。

我說出這想法，卻見赤井先生語帶諷刺地說「您可真是位名偵探哪」，而後再次陷入沉默，真是個怪人。

慎重起見，我趕緊追蹤野狗足跡直到荒地對面的馬路上，但那是條碎石子路，完全無法判斷足跡往哪個方向。我只能猜想，「狗」不是往左就是往右吧。

然而，我不是偵探，一旦找不到足跡，接下來該怎麼辦我毫無頭緒，眼前難得的線索看來也只能放棄。事後我才理解，若是真正的偵探，當下會注意到的細節竟如此微小。

經過一小時，波多野警部一如昨晚離開前所說的，再次來到府邸進行調查，可惜並沒有新發現，故在此不另行贅述。

用過早餐後，歷經昨晚這場騷動，我們也不好繼續在此留宿，於是甲田與我決定先行告別。雖然我對事件發展依舊十分好奇，但我實在無法啟齒欲單獨留下，便決定等日後案情有所進展時，再找個機會前來拜訪。

離開結城家後，我們在歸途中順道前往弘一所住的醫院探病，結城少將與赤井先生剛好也在醫院。結城夫人與志摩子小姐都留在醫院照顧病人，兩人臉色蒼白，昨晚似乎並未好好休息。我們沒見到弘一本人，因為被允許進入病房探望的只有少將。看來傷勢比想像中嚴重。

又過兩天，我第三天動身前往鎌倉，除了探望弘一之外，也是想打聽事件的後續發展。

註一　英國雜誌。創刊於一八九一年，因連載夏洛克·福爾摩斯的推理故事而大受歡迎。此外還有奧本海姆、伍德豪斯、H·G·威爾斯、克莉斯蒂等名作家亦曾在此發表連載小說。一九五〇年三月停刊。

註二　在《續·幻影城》中，〈詭計大全——足跡類詭計〉的中記載一篇出自《斯特蘭雜誌》（*Strand Magazine*）於一九一五年十月號中刊載的喬治·R·席姆斯的〈殺人的獨創性〉（Originality in Murder）。故事內容敘述丈夫以裝上馬蹄鐵的鞋子，將剛從車站回來的妻子踢死。由於附近未見人類腳印，只有馬蹄鐵的痕跡，因此被當作是被脫韁野馬踢死的事件。

此時弘一手術後的高燒退了，已無生命危險，只是身體極度虛弱，完全沒有力氣說話。而當天波多野警部也來了，主要是詢問弘一是否還記得犯人的樣貌。弘一答：

「除了手電筒的光與黑色人影外，其他都不記得了。」我亦從結城夫人口中聽說這事。離開醫院後，我順道前往結城府邸問候少將，豈料，卻在回家路上目睹一件著實讓我摸不著頭緒的事，更是以我的理解能力絕對無法解釋的事。

走出結城府邸後，或許是身為獵奇之徒的心態作祟，我突然在意起古井，索性穿過空地，到古井旁仔細端詳；接著沿著野狗足跡消失的碎石子路繞一大圈再前往車站。就在這時，我在距離古井空地不到一町的路上遇見赤井先生。唉，怎麼又是赤井先生！

他正好自面向道路一戶看似富裕的商家中，打開格子門走出，他明明看見我，不知為何卻瞬間別開臉，逃也似地快步朝反方向離去。

見到這反常的舉動，我便刻意加快腳步跟著赤井先生。通過他適才離開的商家時，我瞥見門牌上寫著「琴野三右衛門」，並將這個名字牢牢記在心裡，而後繼續緊隨跟蹤，走了大約一町之遠，總算追上。

「這不是赤井先生嘛！」

我開口呼喚，他這才死心地回頭說：

「嗨，你也來啦？我今天剛去拜訪過結城家哪。」

這實在是充滿辯解的可疑回答，且他並未明說他去過琴野三右衛門家。

但赤井先生回頭時，他的樣子著實令我嚇了一跳。眼前的他，一副裝飾工匠或裱褙師傅的小學徒（註一）模樣，全身沾滿金粉。兩手到胸前、膝蓋，彷彿梨子地花樣（註二）般的金粉點點四散，在夏日豔陽的照耀下閃爍著光芒。湊近一看，連鼻頭上都有如佛像一般金光閃閃。在好奇心驅使下，我試圖問他原因，但他僅草草回以「沒什麼」，想盡辦法迴避我的提問。

對當時的我們而言，「黃金」具有不尋常的意義。射擊弘一的竊賊，目標只有黃金製品。若以波多野的話來形容，他就像是個「黃金蒐集狂」。這起案件發生當晚正好也列席結城府邸的神祕人物赤井，此刻卻是全身金光閃閃，還急急忙忙地逃離我的視線，他的舉止實在太過詭異。赤井先生應該不至於就是犯人，但不管是之前讓人難以理解的舉動，抑或眼前金光閃閃的他，總有許多啟人疑竇的行徑。

我們兩人皆一副若有所思的樣子一起走向車站，我終於再也按捺不住，便鼓起勇氣詢問一

註一　裝飾工匠是製作鎖、戒指、髮簪、菸管、家具等裝飾用貴重金屬部分的工匠。而裱褙師傅則是專門製作卷軸、掛畫或屏風裱褙的工匠。兩者均經常使用黃金或金箔。

註二　泥金畫的技法之一，在漆上灑上金銀混合而成的粉末（梨子地粉），於其上再塗上一層透明漆並加以擦拭，使底層的梨子地粉的色彩顯露。這種花樣看起來類似梨子的外皮，故名。

開始就十分在意卻說不出口的疑惑。

「那天晚上在槍響之前，您似乎不在二樓，請問當時您在哪裡？」

「我不太能喝酒。」赤井一副已久候這問題似地，直截了當地回答。「當時突然有種窒息的感覺，想呼吸一下新鮮空氣，加上香菸也剛好抽完，於是順便出門買菸。」

「原來如此。也就是說，您沒聽見槍響嘍？」

「嗯。」

對話到此，兩人再次陷入沉默。又走一段路後，這次換赤井先生提起完全不著邊際的事。

「事發前兩天，附近木材行原本在古井對面的空地棄置許多舊木材。倘使那些舊木材剛好沒賣掉，有木材阻擋，就不可能留下野狗腳印了，你說對吧？這是我剛剛聽來的消息。」

赤井先生把這件理所當然的事講得一副值得深思的樣子。

他是藉此掩飾他的尷尬嗎？若非如此，他肯定是個自以為聰明的大笨蛋。因為事發兩天前那裡是否放置木材，跟事件本身一點關係也沒有，也不會因此擋到竊賊的去路，執著在這些舊木材上根本無濟於事嘛。老實表示我的意見後，赤井先生竟裝模作樣地回答：

「如果你這麼認為，那就是這樣吧。」

這傢伙真是怪人！

（4）病榻上的業餘偵探

那天後，並未有任何特別的事發生。又過了一星期，我第三次前往鎌倉。弘一此時仍住在醫院，但他寄來一封信說精神已恢復許多，希望我過去找他聊聊。老實說我十分在意在這一個星期內，警方的搜查是否有進展。結城家沒有人與我聯絡，而報紙上也一直未見相關報導，因此對案件目前的進展我一無所知。我想應該還沒找到凶手。

來到病房，眼前的弘一臉色依舊有些蒼白，但精神明顯好多了。各界贈送的慰問花束簇擁在他四周，母親與護士也待在他身旁細心照料。

「啊，松村，你來得正好。」

他一見到我，立刻開心地伸出手。我緊握著他的手，首先恭喜他順利康復。

「但我的腳這輩子恐怕好不了，一生都只能是個可悲的瘸子。」

弘一黯然地說。我不知該如何回應。結城夫人無言地側頭看向一旁，雙眼眨個不停地壓抑情緒。

閒聊一會後，夫人說必須外出買些生活用品，拜託我接手照顧後便離開病房。於是，弘一請護士暫時離開，在沒有第三者的打擾下，我們將話題轉向這起事件。

據弘一所言，警方後來打撈過古井，也調查過販售同款式工作鞋的商店。遺憾的是，井底什麼也沒有，而工作鞋更是極為普通的款式，不論哪家鞋店每天都能賣出好幾雙。也就是說，搜查一無所獲。

由於被害者的父親是陸軍省的高級幹部，在這一帶可謂舉足輕重。為表達敬意，波多野警部常到病房探望弘一，聽說弘一對犯罪搜查興趣濃厚，更進一步將搜查狀況詳細告訴弘一。

「換句話說，警方目前所知的一切我都很清楚。這起事件真的很離奇難解吧？竊賊的足跡消失在空地正中央，簡直是推理小說裡才有的情節，而他的目標僅限於金製品也很另類。你曾聽說其他情報嗎？」

弘一身為被害者，加上向來對推理興趣濃厚，因此對於案件似乎十分好奇。

於是我補充一些他還沒聽過的事，也就是赤井先生的種種反常舉止、野狗足跡，以及事件當晚阿常爺坐在窗戶旁的可疑行為等，我將觀察到的一切一股腦說出來。

弘一聽我說，不時點頭，神情顯得十分專注。等我說完，他不禁雙眼閉上，思考很長一段時間，我甚至差點以為他身體不適。接著，他張開眼睛，以迥異於平常的嚴肅口吻說：

「若考慮到最壞的情況，這起事件恐怕是難以想像的陰謀犯罪啊……」

「陰謀犯罪？難道不是單純的竊盜嗎？」受弘一駭人的表情影響，我不由得認真起來。

「嗯。由種種跡象推論，我認為這是一起超乎尋常的案件。絕非竊盜之類這等沒什麼嚴重性的普通犯罪，而是一次令人膽戰的陰謀。不止駭人，還是齷齪至極的惡魔行為。」

弘一瘦削蒼白的臉靠在純白病床上，凝視著天花板，以低沉嗓音說出有如謎團般的話語。時值盛夏正午，蟬鳴皆息，周圍有如夢中沙漠般悄然無聲。

「你的想法是？」我不禁有點忐忑地出聲詢問。

「不，關於這個我還不能說。」弘一依舊凝視著天花板回答：「因為目前仍只是我的推想。加上實情太殘酷，我想好好思考過後再說。然則可供判斷的材料已充分備齊。在這起事件中，充滿太多詭異的事實。但也只是表面上詭異，或許潛藏其中的真理出乎意料地單純啊。」弘一自言自語般地說完，再次閉上眼睛靜默不語。

在他的腦中或許有某種駭人的真相正逐漸成形吧，可是我全然想像不到那究竟是什麼。

「首先，最不可思議的，是從古井出發，又消失在古井邊的足跡吧。」弘一閉著眼睛說。

「古井本身不知意味著什麼……不，這麼揣想很危險，一定有其他解釋方式。松村，你還記得嗎？前幾天波多野先生讓我看過現場平面圖，重點我應該都還記得。地面上的足跡，無論怎麼看都有一些矛盾之處。竊賊走路的方式像個女人般呈內八字也是很重要的特徵，不過，我發現一個更無法理解的跡象。我曾提醒波多野先生，但他一副不放在心上的樣子。我想，你應該也沒注意到吧？就是去程與回程兩道足跡的間隔似乎大得有點不自然。在那種情況下，任何人都會選擇最近、最熟悉的路徑逃離現場，這是人之常情。換句話說，一般人應是選擇兩點間最短的距離逃逸才對。然而，依那張平面圖來看，去程與回程的足跡卻以古井及別館窗戶為基點，畫出兩道弧形，彷彿中間有廣大樹林阻隔一般。我覺得這是很值得深思的跡象。」

這就是弘一的表達方式。他非常熱愛推理小說，是個熱中於邏輯遊戲的男子。

「可是，事情發生在夜裡。竊賊開槍之後想必也很慌張，怎麼會有餘力在意這些事？回程路徑不同我倒覺得沒什麼不自然。」對於他僅執著於這種小事上，我完全無法苟同。

「不，正因為是在黑夜，才會出現這樣的足跡。你似乎有些誤解，我想表達的不只來回路徑不同，而是這兩道足跡是刻意（確確實實是刻意地）岔開的。我在想，竊賊或許是故意避開來時路。由於是在伸手不見五指的黑夜，更須小心謹慎才不至於踩到來時腳印，我覺得這很有意思。慎重起見，我也問過波多野先生，兩道足跡是否有重疊之處，答案是否定的。在一片漆黑中，往返於兩點之間的腳印卻沒有一處重疊，若說是偶然也太牽強了，不是嗎？」

「原來如此，這麼說來倒是有點奇怪。但我想不透，竊賊為何要特意避開來時的足跡呢？這不是很沒有意義的行為嗎？」

「不，當然有意義。接著思考下一件事吧。」

弘一模仿起夏洛克．福爾摩斯，故意隱瞞結論，他向來如此。

眼前的他，不僅臉色蒼白、呼吸急促，有時甚至皺起眉頭，包纏著厚厚一層繃帶的患部看來依然令他疼痛不已，只是一聊到推理，弘一總是表現出過人的熱情。這次事件中他身為被害者，而且似乎感受到背後潛藏著某種駭人的陰謀，也難怪他如此嚴肅看待。

「第二個不可思議是，遭竊的全是金製品，及竊賊為何對近在咫尺的巨款完全沒有興趣這兩項疑點。乍聽此事時，我立刻想起某位人物。這在本地也是極少數人才知道這個祕密，連波多野先生都還沒注意到他。」

「是我不認識的人嗎？」

「嗯，肯定不認識吧。在我的朋友中只有甲田知道，因為我跟他提過。」

「到底是誰？你是說，他就是犯人嗎？」

「不，我認為不是。因此我並未向波多野先生提起這號人物。你對他一無所知，我說了也沒用。我只是一時懷疑過他，所幸這純粹是誤解。若犯人真是他，其他事證根本不吻合。」

說完，弘一又閉上雙眼。我心想，這男人真愛吊人胃口。但在推理上他的確高明得多，眼下我也拿他沒轍。

我索性當作是陪病人談心，耐著性子等候。不久，他張開雙眼，眼裡綻放出欣喜光芒。

「嘿，你覺得，被偷走的金製品中，體積最大的是什麼？應該是那座時鐘吧。我記得它的大小約是高三吋、長與寬都是兩吋，而重量則差不多是三百匁（註）。」

「我對那座時鐘沒什麼印象，不過根據令尊形容，似乎差不多是這樣的大小。但是，這座時鐘的大小、重量跟事件又有什麼關係？你怎麼會忽然對時鐘那麼好奇？」

我以為弘一該不會是發燒而精神恍惚，甚至差點伸手摸摸他的額頭。但他的臉色看來只是興奮，完全看不出發高燒。

「不，這很重要。我剛才赫然驚覺，失竊物的大小與重量，具有非比尋常的意義。」

「跟竊賊能否搬得動有關嗎？」

事後回想，我的問題多愚蠢啊。弘一當時沒回答我，反而說出更百思不得其解的話。

「喂，麻煩你把那花瓶的花拿出來，然後將花瓶自窗口朝圍牆盡全力拋出去。」

這簡直是瘋子行徑。弘一要我將裝飾病房的花瓶拋向窗外圍牆。花瓶高約五吋，只是一般的瀨戶瓷器。

「你在說什麼？把花瓶丟出去不是會碎掉嗎？這怎麼看都是狂人行徑啊。」

「碎了也沒關係，反正那也是從我家帶來的。快，丟看看。」

但我還是很猶豫。弘一在不耐煩之下，差點從病床上起身。要是他真的下床就糟了，醫生可是明言禁止他做太過劇烈的活動。

雖然覺得很瘋狂，不過在病人的任性驅使下，我也只能無奈地接受他這太過隨便的請託，使勁全力將花瓶自窗戶朝三間遠的水泥圍牆丟出去。花瓶擊中牆壁，砸個粉碎。

弘一抬起頭看到花瓶的最後結局，總算安心下來，霎時全身無力地躺回床上。

「好、好，這樣就夠了，謝謝。」簡直是不明所以的道謝。聽到適才的破碎聲，我提心弔膽地擔心會不會有人跑來責怪我們。

「接著，來談談阿常爺那出人意表的舉動吧。」

弘一忽然提起其他事。看來他的思考邏輯已跳脫一致性，我漸漸擔憂起來。

「我想，這應該是關於此次犯罪最有力的線索吧。」無視我一臉擔憂的表情，弘一逕自述說起他的推理。「當大家都奔往書房時，只有阿常爺一個人坐在窗戶旁，真是有趣的景象。你懂嗎？這當中必定有其道理。阿常爺又沒發瘋，絕不可能莫名其妙地做出這般愚蠢的舉動。」

「一定有原因的吧。只是不清楚其原因，才會覺得那景象實在太反常。」我倒是有點被激

註　日本舊制重量單位，一匁等於三・七五公克。

怒了，口吻也很不客氣。

「我倒是能理解呢。」弘一笑著說：「你想想，隔天早上阿常爺在做什麼？」

「隔天早上阿常爺在做什麼？」我全然猜不透他的用意。

「怎麼，你不是親眼看見了嗎？當時你全副心思都在赤井先生身上，因而忽略阿常爺。你剛剛不也說赤井先生正在窺視別館的對面？」

「嗯，我覺得他的舉止很奇怪。」

「不，你不應該將兩者分開思考。赤井先生當時觀察的不是別人，正是阿常爺啊。除此之外，沒有其他可能。」

「啊，原來如此。」竟然沒意識到這件事，我還真是搞不清楚狀況啊。

「阿常爺當時正在整理花壇。但花壇裡根本沒有花，此時也不是播種的季節，若說他在整理花壇不是很矛盾嗎？所以，推想他其實在做其他事情才更合理吧。」

「所謂其他事情是？」

「你回想一下，那晚阿常爺坐在書房裡極其突兀的位置，隔天一早又忙著整理花壇。將兩件事聯想起來，結論只有一種，對吧？這表示阿常爺必定藏了某樣東西啊。

「他究竟藏了什麼、又為何要藏，我完全沒頭緒，但至少表示阿常爺一定有得盡快藏起的東西。而如果阿常爺真需要藏任何物品，離廚房最近的地點當然就是花壇，而他亦能順勢偽裝成正在整理花壇，可謂一舉兩得。因此我想拜託你一件事，請即刻到我家翻挖花壇，將藏在那邊的東西拿來給我，好嗎？至於埋藏地點，只要觀察土壤的顏色應該馬上就曉得。」

對於弘一的明察秋毫，我著實佩服得無話可說。阿常爺的舉止，我雖然親眼目擊，卻全然無法理解，而他竟只需一會兒工夫就解開了。

「要我跑這一趟當然沒問題。但你方才提到這不是竊賊的行為，而是惡魔所為，這話有根據嗎？另一件我不明白的，是關於剛才的花瓶的事。在我離開前，希望你至少說明一下。」

「不，這一切都還只是停留在我的想像範圍，況且這些也不是能隨口胡言的事，請暫且不要追根究柢。只不過，若我的推理沒錯，這起事件絕對是比表面更殘酷的犯罪，這點希望你先放在心上。倘使不是證據不足，我這個病人也沒必要如此激動。」

拜託護士幫忙照顧病人後，我暫且先行離開醫院。離開病房前，我聽見弘一彷彿哼著歌曲般，以德語在口中念念有詞，「尋找女人，尋找女人……」

到結城家已是黃昏時分。少將正好外出，於是，我跟書生打聲招呼後，趁機來到庭院。翻挖花壇的結果，當然是弘一的推理完美地說中。我從花壇裡掘出一件頗令人費解的東西，那是一個陳舊的鋁製眼鏡盒，像剛被埋進去不久。我不時留意四周，以免阿常爺發現，並私底下找來一名女傭詢問是否知道眼鏡盒的主人是誰，沒想到，這竟是阿常爺自己的老花眼鏡盒。女傭強調盒上有記號，錯不了。

阿常爺藏自己的東西？這實在太荒謬。縱使那是掉落在犯罪現場的物品，若是阿常爺自己的所有物，默不吭聲地繼續用不就好了？平常慣用的眼鏡盒突然不見，不更教人起疑嗎？

不管我怎麼苦思還是搞不情楚，索性不多做無謂揣測，直接將眼鏡盒帶到醫院，也請女傭務必對這件事情守口如瓶。但我要回主屋時，又撞見一件莫名其妙的事。

那時夕陽幾乎沉入地平線，天色已漸昏暗。主屋的遮雨板緊緊地關著，主人家不在，別館的窗戶也未透出光線。在昏暗的庭院裡，一道人影逐漸逼近。

湊前一看，原來是只穿一件襯衫的赤井先生。主人不在，眼前這個人竟在別人家的庭院裡大剌剌地走動，而且還是這麼晚的時刻，究竟來做什麼的？

當他看見我時，訝異得頓時停步。這到底怎麼回事？我見他只穿一件襯衫、光著腳，腰部以下全溼透，而且沾滿泥濘。

「您怎麼了？」

聽到我的提問，他一副羞於啟齒似地回答：

「我在釣鯉魚，不小心腳滑了一下……池子裡的泥巴好厚一層啊。」

他的說詞聽在我耳裡，怎麼都覺得像在辯解。

（5）逮捕黃金狂

過沒多久，我回到弘一的病房。夫人碰巧早我一步回結城府邸，病房裡只有看似無所事事的護士。弘一見到我，立刻請護士離開。

「就是這個。被你說中了，花壇裡藏了這玩意兒。」說著，我將眼鏡盒放到床上。弘一看見，難免驚訝地嘟囔：

「唉，果然……」

「果然？所以你早知道花壇裡藏了這眼鏡盒嗎？可是我問過女傭，她說這是阿常爺的老花眼鏡盒。阿常爺為什麼要將自己的東西埋起來，我想不通。」

「這確實是阿常爺的，不過具有其他意義。你不知道那件事情，才沒聯想到。」

「那件事是？」

「這麼一來毋庸置疑。太可怕了……那傢伙竟然做出這種事情……」

弘一沒回答我的問題，反而逕自激動地喃喃自語。看來他已找到真正的凶手。「那傢伙」

到底是誰？當我想開口問時，門口傳來敲門聲。

原來是波多野警部來探望。他探過好幾次病，除職責以外，他對結城家似乎頗有好感。

「看來你精神好多了嘛。」

「嗯，託您的福，復元得滿順利的。」

彼此打完招呼後，警部表情略顯嚴肅地說：「晚上來拜訪，其實是有件要事必須即時通知你。」接著上下打量我。

「這位是松村，想必您也見過他。他是我多年好友，不用在意。」弘一催促道。

「不，也算不上不可告人……那我直說了。我們已找到犯人，並在今天下午將他逮捕。」

「咦？已逮到犯人？」弘一與我同時喊出聲。

「犯人是誰？」

「結城先生，你知道附近有個叫琴野三右衛門的地主嗎？」

果然跟琴野三右衛門有關。

各位讀者應該還記得吧？那可疑的赤井先生曾在三右衛門家中搞得全身金粉。

「嗯，我知道。所以……」

「他有個精神異常的兒子，名叫光雄。平時總是被監禁在家裡，很少讓他自行外出，你可能從沒聽說過，連我也是今天才得知此事。」

「不，我曉得。那麼，您認為他就是犯人嗎？」

「是的。警方已逮捕他，也進行過偵訊。只是他畢竟精神有點問題，以至於無法明確自白。他患有罕見的精神異常疾病，或許以黃金狂來形容更為貼切吧。對於任何金色的物品，他都有很強烈的占有欲。我進到那男人的臥房時當場說不出話。整間臥房如佛壇一般金光閃閃，不論是鍍金還是黃銅粉、金箔，與該物品的價值無關，凡是金色的物品，從匾額、金紙到金屑，他一概蒐集。」

「我聽說過。換言之，您認為從我家偷走金製品的就是這位黃金狂嘍？」

「沒錯。全然漠視一旁的巨額現鈔，只偷金製品，且連沒什麼價值的金色鋼筆都偷走，肯定是一般常識難以理解的狂人所為。一開始直覺便告訴我，此事帶著瘋狂的意味。果然，犯人真是個精神異常者，還是個黃金狂。完全符合邏輯，不是嗎？」

「那麼失竊的物品都找到了嗎？」

不知為何，雖然輕微難辨，我隱約覺得弘一的話裡暗藏諷刺。

「不，這倒還沒。我們調查過，但在他的臥房裡並未找到蛛絲馬跡。既然是個狂人，勢必會藏在什麼不合常理之處，今後我們也將繼續深入調查。」

「另外，您是否確實掌握到事發當晚，那名精神異常者離家的證據？難道他的家人都沒發現嗎？」由於弘一的問題實在太過細瑣，波多野不禁面露厭煩。

「似乎沒人發現。不過這個瘋子住在宅院深處的別館，只要由窗戶離開、越過圍牆，想在沒有人發現的情況下離開並非不可能。」

「是啊，原來是這樣。」弘一的口氣愈顯諷刺：「可是，那自井邊出發、又回到井邊的腳印，您又做何解釋？我以為這是很重要的證據呢。」

「你不停地問，簡直像我接受偵訊了。」警部不禁瞄我一眼，佯裝不介意地笑了，但明顯看出他當下非常不滿。「這些用不著你操心，我們警方及法院等專門機關一定會調查清楚。」

「不，希望您不要有任何不愉快的感覺。畢竟我是被害者，請務必說說您的推理供我參考，這要求應該不為過吧？」

「恐怕不行，因為你問的可是還沒調查清楚的事。」警部不得已，只好微笑以對。「關於足跡目前也都還在調查中。」

「也就是說，警方沒有任何確實的證據嘍？除了黃金狂與金製品遭竊這偶然的一致性以外。」弘一肆無忌憚地發言，嚇得在一旁聽著的我冷汗直流。

「你剛才是說偶然的一致性？」原本一直表現得很有耐性的波多野，聽到這句話也忍不住動怒。「你這句話是什麼意思？你是想說警方搞錯了？」

「正是。」弘一毫不客氣地結論。「警方逮捕琴野光雄，根本是個荒謬至極的決定。」

「你說什麼！」警部看似吃驚，但隨即追問：「那你有其他證據嗎？沒有可不能胡扯！」

「證據我多得是。」弘一一派輕鬆地應道。

「開什麼玩笑。事發以來你一直躺在這裡，怎麼可能蒐集證據。看來你的精神還沒完全恢復，這不過是你的妄想，是被麻醉過頭所見到的夢境啊。」

「哈哈哈，您害怕嗎？您害怕別人指謫自己的失策嗎？」

弘一終於激怒波多野。遭到如此嘲弄，就算對方只是個年輕人、病人，也嚥不下這口氣。警部煞那間青筋隆起，逕直挪動椅子向前。

「那好，我倒想聽聽你有何高見。你說，誰才是真正的犯人？」波多野警部劍拔弩張地逼近弘一，但弘一並沒有即刻回答。為整理思緒，臉朝天花板，閉上雙眼。

弘一下午曾說，他知道某個很容易受到懷疑的人物，但對方並非真正的犯人，看來這號人物就是琴野光雄。由警部適才的形容聽來，琴野的確會受到懷疑。但既然弘一堅決否定他是犯人，難道另有一名黃金狂嗎？如果有，或許就是赤井先生。事發以來，赤井先生一舉一動著實令人起疑。他也曾自琴野三右衛門家中滿身金粉地出現，也許他就是另一名「黃金狂」吧。

然而，我要前往結城家調查花壇前，弘一亦曾自言自語地說了一句話。那就是德語的「尋找女人」，或許這正意謂此犯罪事件中有「女人」的存在。只不過，提到女人，我只會聯想到志摩子小姐而已。她與這起事件究竟有何關聯？啊，對了，竊賊的足跡不是有如女性般的內八字嗎？還有，槍響之後，「久松」這隻貓倏地從書房裡跑出來，而「久松」是志摩子小姐的貓。由此判斷，犯人就是她嗎？不會吧……不可能吧……

此外，還有另一名可疑人物，那就是老傭人阿常爺。他的眼鏡盒掉在犯罪現場，事後還特意埋在花壇裡……

當我苦思著這些問題時，弘一張開眼，再次朝等候多時的波多野以低沉的嗓音開始述說：

「琴野家的兒子或許能瞞過家人出門，但是再怎麼瘋狂的人，也不可能完全沒留下足跡穿過那片空地。因此，該如何解釋消失在井邊的足跡，將是解決事件最根本的問題。把這個問題擱在一旁去尋找犯人，不過是一種自以為是的行徑罷了。」

弘一說到這裡，調整呼吸而稍做停頓。也許是傷口發作，他微微皺起眉頭。

由於弘一的口氣理智且自信，警部當下被他的氣勢所壓倒，僅靜靜等他把話說完。

「這位松村，」弘一繼續說：「針對消失的足跡提出非常有趣的假設。不知道您是否注意到，井另一側有野狗的足跡。這野狗足跡彷彿刻意接續工作鞋的足跡似地，朝反方向的道路延伸出去。因此松村認為，或許犯人裝上狗腳掌模型，趴在地上移動。但這個說法有趣歸有趣，卻極不切實際。若問原因，」弘一看了我一眼，繼續說：「犯人既然想出野狗腳印的詭計，何苦要在古井到洋館間留下真正腳印？這麼一來，好不容易想出的計策豈不白費？縱使犯人是精神異常者，這行為也令人難以想像。更何況，狂人根本無法想出如此複雜的詭計。因此很遺憾地，上述假設不成立。如此一來，足跡問題依然存在。波多野先生，您前幾天借我看過那份畫在筆記本上的現場平面圖，應該還帶在身上吧？我認為解決足跡問題的關鍵就藏在圖中。」

幸虧波多野隨身攜帶筆記本，他立即翻開平面圖，放在弘一枕頭旁。弘一繼續推理。

「請看這裡。剛才我也向松村提過，去程與回程的足跡之間，間距大得很不自然。您或許認為罪犯邁開大步行走才會這樣繞道，然而，往返的足跡間未見重疊的部分是非常不自然的。您懂我的意思嗎？這兩件不自然的跡象正意味著一件事實，那就是犯人小心謹慎地刻意避開來時腳印。四下黑暗中，犯人避免足跡重疊，才會如此慎重地在兩條相去甚遠的路徑上來回行走。」

「原來如此，足跡完全沒重疊這點的確相當不自然。或許如同你的推理，犯人是刻意防止重疊才如此走法，但那又意味著什麼？」

彷彿波多野警部問了一個愚蠢的問題似地，弘一極其不耐煩地回答：

「無法理解是因您陷入嚴重的心理錯覺——認為步伐小是去程、步伐大是回程，及足跡起於古井、終於古井。」

「噢！那你認為足跡其實不是起於古井、終於古井，反而是起於書房、終於書房嘍？」

「是的，我從一開始便如此深信不疑。」

「欸，這不可能！」警部拚命反駁：「乍聽之下似乎很有道理，但你的推理有個非常致命的缺陷。既然犯人思慮如此周延，為何不多走幾步到對面馬路上？足跡在中途消失，根本什麼詭計也沒用上哪。設想如此周全的犯人，為何會犯下這麼愚蠢的失誤？這點你如何解釋？」

「理由其實非常沒有意義，而且很愚蠢。」弘一不假思索地回答。「因為，那天是個闇黑無光的夜晚。」

「只因是黑夜，所以只能走到古井，而無法多走幾步到馬路上？沒這種鬼道理吧？」

「不，我的意思不是這樣。單純只是犯人誤以為沒必要再往前走，僅需走到古井即可，這不過是可笑的心理失誤。您或許有所不知，這起事件發生的兩、三天前，古井到對面之間的空地上，整整一個月放置了大量的舊木材。犯人看慣此景，才會衍生這般誤解。他不知道木材已被搬走，還以為仍在空地上。既然認為此處有木材，犯人走在上面理應不會留下足跡，便沒必要走過去。一切都是夜晚太暗的關係，才會導致這種誤解。說不定，犯人的腳碰到古井的剎那，還以為那就是木材呢。」

啊！多麼簡單明瞭，甚至聽來可笑的事實啊。我也見過那堆舊木材，不，不止看過，前幾天赤井先生還曾經意有所指地暗示我舊木材的事。唉，明明是我再清楚不過的事實，連躺在病床上好一陣子的弘一都能解釋，四處探查的我卻完全想不透。

「換句話說，那足跡只是犯人想誤導大家竊賊是外來者的詭計罷了。這麼說來，你認為犯人必定是結城府邸中的某人，是吧？」

就算是倔強的波多野警部，此時也完全認輸，他只想從弘一口中盡快得知犯人的名字。

（6）「這是算術的問題。」

「倘使足跡是偽造的，只要犯人不會飛天遁地，必定是當時在府邸內的人，只能這麼推測。」弘一繼續推理。「接著，為何他僅以金製品為目標？這的確很有趣。可能竊賊認識琴野光雄，欲將犯行偽裝成狂人所為。偽造足跡也是出於同樣的原因。但除此之外，尚有一特殊的理由。這與金製品的大小、重量有關係。」

由於這是我第二次聽到，所以並沒有太大反應，只是波多野似乎對這莫名的看法感到啞然，他沉默不語，一味猛盯著弘一。病床上的業餘偵探滿不在乎地繼續推理：

「這張平面圖中也清楚表示出這點。波多野先生，難道您在描繪別館外的水池時，什麼也沒注意到，就只是依樣畫葫蘆而已嗎？」

「所以說？……啊，你的意思是……」警部非常驚訝，未久又半信半疑地喃喃自語：「不可能吧，真是如此嗎……」

「竊賊覬覦的目標都是金製品的話，一切便很合理。金製品多半體積小、重量足，乍看被偷走，其實是拋進水池裡了。松村，剛才請你丟花瓶，是因為那花瓶與時鐘的重量相近，我想測試能丟多遠。這也能做為遭竊品能否順利沉入水池的參考。」

「但犯人為何要這麼費事？你說是偽裝成竊盜，那麼他想掩飾什麼犯行？除金製品外，並無其他物品遭竊。既然如此，犯人的真正目的又是什麼？」警部忍不住提問。

「這不是非常明顯嗎？殺了我，這就是犯人的真正目的。」

「咦？殺了你？究竟是誰，又為什麼？」

「欸，別急。先讓我說明為何如此推論。當時的情況下，犯人根本沒必要向我開槍。只要趁黑逃離，必定能順利脫逃。一般的持槍歹徒，手槍多半只是用來威脅的道具，很少真的開槍射擊。只為這些沒多少價值的金製品就開槍傷人，要付出的代價實在太高，畢竟竊盜罪與殺人罪的刑責輕重差別很大啊。由此推斷，在那種情形下開槍極其不合理。如何？各位應該認同吧？我的懷疑便由此而來。是故，我懷疑這整場犯罪雖偽裝成竊盜，真正目的卻是殺人。」

「那麼你懷疑誰？難道有人怨恨你嗎？」

「這只是很簡單的算術問題……起初我並沒有懷疑任何人，只以合乎邏輯的方式仔細推敲各項證據間的關係，最後得到這理所當然的結論。至於是否正確，您實地調查便可確定，例如水池裡是否有遭竊物品……這算術問題就像二減一等於一般，答案極其簡單明瞭，根本過分清楚了。」弘一繼續說：「倘若庭院裡唯一的足跡是偽造的，歹徒的逃逸方法僅有沿著走廊逃向主屋這條路徑。而在手槍發射的瞬間，甲田正在走廊上。各位很清楚，別館的走廊只有一個出入口，走廊上也點了燈，想不遇見甲田而順利逃逸是不可能的。您也檢查過隔壁志摩子小姐的書房，想必清楚裡面不可能有藏身處。若由此推測，這起事件中犯人是不存在的。」

「我當然注意過這點。歹徒無法逃向主屋，才得到犯人是外來者的結論。」波多野解釋。

「犯人既非外來者，亦非在主屋裡的人。那麼，就只有被害者的我與最初發現者甲田兩人。但被害者不可能是犯人，這世界上有哪個大笨蛋朝自己開槍？因此剩下甲田。我方才說的二減一算術問題便是這個。只要從這兩人減去被害者，所得出的自然就是加害者。」

「所以你的意思是……」警部與我同時叫喊起來。

「是的。我們陷入錯覺。有一號人物一直藏在我們的盲點裡，他披著不可思議的隱身斗篷——亦即身為被害者的好友，兼事件最初發現者的這件隱身斗篷。」

「那麼，你一開始就看出真相嗎？」

「不，我到今天才曉得，當晚我只瞥見一道黑影。」

「由推理看來或許是如此，可是我仍難以置信，一向舉止端正的甲田竟然會……」我對這意外的結論不敢盡信，立即出言反駁。

「對，問題就在這裡。我也不願意把自己的朋友當作犯人，但倘若我保持沉默，那可憐的狂人便會被強加莫須有的罪名。而且，甲田絕非我們以為得那般善良。這次的手法不正顯示出他無所不用其極的殘酷本色？此回犯罪絕非常人所能構思出，這是惡魔，是惡魔所為啊！」

「這麼說來，你有牢不可破的證據嗎？」警部果然還是重視實際面。

「既然除了他以外沒人能在當時犯案，犯人不是他會是誰？這難道不是最有力的證據？若你堅持需要物證，也非完全沒有。松村，你應該還記得甲田走路時的特徵吧？」

弘一這麼一問我才想起。我壓根沒想過甲田就是犯人，因此根本忘了這回事。他走路的方式的確像女人般內八字。

「這麼說來，甲田走路確實是內八字。」

「這也是證據之一，但還有更明確的物證。」

弘一將眼鏡盒自床墊下取出交給警部，並說明阿常爺隱匿眼鏡盒的前後經過。

「這個眼鏡盒原本是阿常爺的所有物。但假若阿常爺是犯人，他沒必要將盒子埋進花壇，只需裝作不知情地繼續使用即可。因此，隱匿眼鏡盒反而證明他不是犯人。而他出於什麼緣由必須隱匿盒子？自然有其道理。再者，為什麼松村沒注意到呢？明明每天都一起到海邊啊。」

啊，弘一暗示的是……

甲田平時配戴近視眼鏡，只是當初到結城家時忘記隨身攜帶眼鏡盒。眼鏡盒雖非生活必需品，但游泳時，沒有眼鏡盒總不太方便。阿常爺得知甲田的不便後，乾脆拿自己的老花眼鏡盒借他。關於這件事（愚蠢的我竟沒料想到）不止弘一，志摩子小姐與結城家的書生都曉得。因此阿常爺一看到被留在現場的眼鏡盒，立刻察覺甲田與事件可能有關，為了包庇甲田才在事後將眼鏡盒藏起來。

那麼，阿常爺又為何如此熱心地將眼鏡盒借給甲田，甚至為甲田掩飾罪行？這是因為阿常爺曾受到甲田的父親關照，如今有幸受僱於結城家也是甲田的父親為他引薦的，對於恩人的小孩自然表現出超乎尋常的好意。這些情況我並非全然不知情。

「可是，阿常爺為什麼一見到掉落在現場的眼鏡盒，就懷疑起甲田？這豈不太奇怪？」

不愧是波多野警部，立刻抓住問題核心。

「不，當然有其理由。而且，只要我一說明，你們自然能理解甲田殺人未遂的動機。」

簡單歸納弘一所言便是：弘一、志摩子及甲田深陷三角戀情。很久以前，弘一與甲田就暗地裡競爭貌美的志摩子。如同故事最初所說，兩人的關係遠比我深厚得多。這兩人的交情從父執輩開始，因此對於他們的激烈較量，我一無所知。雖說我多少隱約察覺到弘一與志摩子有婚約，然而甲田對志摩子也絕非從未付出感情。但我做夢也沒想到，他竟被逼到想殺人。

弘一說：「說來丟臉，我們在沒有外人的場合，經常為一些小事而無意義地爭辯。不僅如此，連孩子氣的打架也曾發生。我們在泥地上翻滾打鬥，心中不約而同地呼喊著『志摩子是我的！』可是，最不應該的是志摩子模稜兩可的態度，無論對誰，她都不願意果決表示芳心所屬，導致我們皆抱持著一絲希望。對甲田而言，殺了已與志摩子訂下婚約、立場相對強勢的我，或許是成就戀愛的唯一途徑。阿常爺平時就很清楚我們常為志摩子暗地裡較量，事發當日，我們也曾在庭院裡為一點小事大起爭執，想必也傳到阿常爺耳裡了吧。所以，他才會在殺人未遂的現場見到眼鏡盒後，便憑著忠心家臣的直覺，立刻領悟到事態的駭人真相吧。若問原因，那是由於甲田幾乎不曾進入那間書房啊。一聽到槍響，甲田趕往書房時僅是打開門，見到倒下的我後旋即奔回主屋，在這種情形下，眼鏡盒根本沒理由會落在書房最內側的窗邊。」

這麼一來，一切終於真相大白。在弘一條理分明的推理下，這案件已沒有我與波多野警部能置喙的餘地。接下來，僅需確認水池裡是否真有遭竊的物品。

說時遲那時快，警署為波多野警部帶來意外巧合的喜訊。有人在結城家的水池裡找到遭竊物品，並送交警方處理。水池裡除了遭竊的金製品，還有做為凶器的手槍、偽造足跡用的工作鞋，及切割玻璃的工具。

讀者想必已猜想到，自水池中找到這些物證的正是赤井先生。他傍晚之所以渾身泥巴地在結城家的庭院徘徊，並非失足掉落池裡，而是打撈失竊物呢。

我曾懷疑他是犯人，事實證明，我不僅大錯特錯，相反地，他還是頗具天分的業餘偵探。

我將之前的疑慮說給弘一聽時，他回答：

「沒錯，我先前就注意到了。他不但偷窺阿常爺埋藏眼鏡盒時的情況，還在琴野三右衛門家弄得全身金光閃閃地出來，然而，這些都是為這起事件所進行的必要搜查啊。他的一舉一動順勢成為我推理的重要參考，能發現這只眼鏡盒也多虧赤井先生。剛才你提到赤井先生掉進水池裡的事時，我根本沒想到他這麼快就察覺真相，還嚇了一跳呢。」

接下來的事並非我直接見聞，而由他人轉述得知。方便起見，還是在此依序記下。水池裡打撈出來的物品中，或許是擔心偽造足跡用的工作鞋浮出水面吧，鞋子以手帕與金菸灰缸一起包住。這條手帕確定是甲田伸太郎的所有物，因為手帕上印上S．K，亦即他的名字（Kouda

Shintarou）的羅馬拼音縮寫。大概沒料到會被人發現這些物品，才無所顧忌地使用印上自己名字的手帕。

想當然耳，隔天甲田伸太郎立刻被警方以殺人未遂的嫌疑逮捕。他外表依舊溫和，骨子裡卻十分倔強，不論如何嚴刑拷打都不願意吐露真相。逼問事發前他到底在哪裡，他只是保持緘默，不願多談，然而這也正代表他沒有不在場證明。他起初辯稱去透透氣，但在結城家的書生的證言下，隨即被拆穿。當天晚上，一名書生一直待在玄關附近的房間裡，赤井先生曾外出買菸的事也是由他證實。不管他如何頑劣，對他不利的證據實在太充分，加上他提不出不在場證明，未久，他遭到起訴，案子已進入正式審理程序。目前尚未完成判決。

（7）沙丘之影

甲田被逮捕後一個星期，因為接到弘一即將出院的消息，我又再次來到結城家。此時府邸內仍漂蕩著陰鬱氛圍。這也難怪，獨生子弘一就算出院，也難逃終生腿瘸的命運。不管是少將或夫人，都忍不住向我傾訴他們的不捨。當中最難受的要屬志摩子小姐，聽夫人轉述，她帶著贖罪的心情，像個體貼的妻子般不時在行動不便的弘一旁打理生活細節。

弘一本人倒比想像中更有元氣。他一副忘記剛經歷過一場觸目驚心的血腥事件般，精神奕奕地向我描述他目前構思的小說主題。到傍晚，赤井先生也來拜訪。我對於曾懷疑他而些許內疚，態度不自覺地轉而與他盡興地攀談起來。弘一也對這位業餘偵探的來訪表現得十分開心。

晚餐之後，我們邀請志摩子小姐，四個人一起前往海灘散步。

「拐杖意外地很方便呢。你們看，靠這玩意兒我還能跑喔。」

弘一以有點怪異的姿勢奔跑，身上的輕便和服下襬飛揚。每當全新拐杖拄地的瞬間，隨即叩叩叩地發出寂寥聲響。

「危險！危險啊！」志摩子小姐緊追在他身旁，慌張地大喊。

「各位，我們去由井濱看表演吧！」弘一興奮地大喊。

「還有體力嗎？」赤井擔心地問。

「沒問題，一里也走得了。何況距離表演場地還不到十町呢。」

新生的身障人士像個剛學步的孩子，充分享受步行的趣味。我們邊走邊說笑，在涼爽海風的吹拂中走過月夜下的鄉間小徑。

路途中，適巧在四人沒有話題、默默走著時，赤井先生不知想到什麼，忽然哧哧笑起來。或許想到非常有趣的事吧，只見他笑個不停。

「赤井先生，請問什麼事這麼好笑呀？」志摩子小姐終於按捺不住詢問。

「沒什麼，只是想到一件無聊的小事罷了。」赤井先生依然笑著回答。「我剛剛對人類的腳油然升起一個奇怪的想法。各位可能會覺得，身材嬌小的人自然腳也小吧。但有的人體格雖矮小，卻有一雙大腳。你們不覺得很可笑嗎？只有腳特別大的人。」赤井先生說到這裡，又兀自笑起來。志摩子小姐雖是客套地微笑表示贊同，但看得出她不明白其中樂趣。赤井先生的言行總讓人覺得突兀，真是個特立獨行的男人。

夏夜裡的由井濱彷彿慶典般明亮而熱鬧。海濱的舞臺上表演起類似神樂的戲劇，到處人山人海。以草簾簡單搭成的攤販圍繞舞臺形成一座小型市街，眼下所及盡是咖啡廳、餐廳、雜貨店、冰品店，及一百燭光的明亮燈泡、留聲機和精心裝扮的少女。

我們選好一間明亮的咖啡廳坐下，點了冷飲享用。此時，赤井先生又開始他那不拘小節的舉止。他說前幾天在打撈水池的時候被玻璃碎片割傷，傷口處包裹著繃帶。可是繃帶老脫落，本想手嘴並用重新綁緊，但綁得不夠牢靠。志摩子小姐看了有些不忍，便說「讓我來幫您吧」，隨即伸手想幫忙。赤井先生卻失禮地忽視她的好意，將手伸向弘一說「結城，可以麻煩你嗎？」最後，還是由弘一幫他綁好。我看這男人不是徹底沒常識，就是性格乖張的傢伙。

不久，主人弘一與賓客赤井間的推理討論又開場了。兩人這次表現得比警方更傑出，著實立下大功勞，此時談起彼此的推理觀更起勁。隨著話題白熱化，兩人照例批評起日本與外國、現實與虛構中的名偵探。弘一平時最厭惡的《明智小五郎傳》主角當下成為箭靶則自不待言。

「那個男人還沒真正見識過手段高明的罪犯。他只擅長對付普通至極的歹徒，要稱作名偵探還差遠了呢。」弘一毫不客氣地評判。

離開咖啡廳，兩人的推理討論依舊停不下來，因此我們自然而然地分成兩組人馬，志摩子小姐與我步伐超前於熱中討論的兩人，距離他們愈來愈遠。

志摩子小姐在無人的岸邊邊走邊唱歌，唱到熟悉的曲目時我也附和。月亮化作億萬銀粉在波濤上起舞，涼爽海風徐徐吹過，翻攪我們袖口與裙襬，將合唱的歌聲帶往遠方的松樹林。

「我們去嚇嚇他們吧？」

志摩子猝然起身，淘氣地提議。一轉頭，兩位業餘偵探就在一町遠之處，依然興致高昂地說個不停。志摩子小姐指著一旁如山的沙丘，在她「來嘛來嘛」的催促下，我捉弄人的興致也被挑起。兩人學起玩捉迷藏的孩子，躲在沙丘陰影之後。

「那兩人到哪去了？」

不久，弘一與赤井的腳步接近，沙丘後的我們亦聽見弘一的疑問。兩人不知我們躲起。

「總不至於迷路，那我們也在這裡休息一下好了。拄著拐杖在沙地走，想必很累吧？」

是赤井先生的聲音。兩人似乎就地坐下，且正好在背對沙丘的位置。

「很好，我想這裡應該不會有人聽見吧。事實上，有件事我想跟你私底下聊聊。」赤井先生開口。我們原想跳出來嚇唬兩人，但聽見赤井先生這句話又立刻縮回去。雖然知道偷聽是極差的行為，但錯失恰當時機後，反而使不上力氣玩幼稚的遊戲了。

「你真相信甲田是犯人嗎？」赤井沉重嚴肅的聲音傳來。事到如今，他怎麼還在提這件事？但不知為何，我卻為他語氣裡的嚴肅震懾，不由得豎起耳朵仔細聆聽。

「無所謂相不相信吧？」弘一說：「事發現場附近只有兩人，一名是被害者，另一名除了犯人這個答案以外，還有其他可能嗎？更何況，舉凡手帕、眼鏡盒等，如此齊備的證據不都指向他？還是您認為仍有疑點？」

「其實是甲田總算舉出不在場證明了。由於在某個機緣下，我認識負責此案的預審法官，而且交情還不錯，所以有幸獲知一些一般人尚不知情的內幕。甲田曾說他聽見槍響時正在走廊上，而在這之前，他在玄關附近乘涼，這些都是謊言。可是為何要說謊，那是因為當時甲田正做著比竊盜更羞於見人的事——偷看志摩子小姐的日記。這個不在場證明十分具有說服力，他聽到槍響，才會直覺將日記胡亂丟在桌上。這肯定是在情急之下草率為之，否則為了不受懷疑，心虛的他當然會將日記放回原位。由此判斷，甲田聽見槍響而大受驚嚇是無庸置疑的。同時，這也表示開槍的人不可能是他。」
「那他為何要偷看日記？」
「哦，你竟然想不通？他想知道愛人志摩子小姐的真正心意啊，偷看日記也許能找到什麼蛛絲馬跡。可憐的甲田，可見他有多焦慮。」
「那麼，預審法官相信他的不在場證明嗎？」
「不，當然不相信。你也說過，畢竟對甲田不利的證據太多。」
「我想也是。哼，如今舉出如此薄弱的不在場證明也於事無補。」
「但是，我覺得對甲田不利的證據雖多，有利的證據卻也不少。第一，如果殺你是他的目的，為何不先確認是生是死就立刻找人求救？再怎麼慌張，比起之前偽造足跡時的周延，這般隨便的行動顯得太不合理。第二，為了不被人視破實際上全然相反的往返足跡，而謹慎避免腳印重疊的他，竟會保留天生的內八字走路習慣，這著實讓人難以置信。」
赤井先生接著推理。
「以最單純的角度來想，殺人不過是把人殺死、發射子彈如此明瞭的行動罷了。但若以複雜的觀點來看，卻是由幾百、幾千個精密的行動集合而成。特別是其中摻雜著企圖將罪行轉嫁他人的欺瞞行為時，殺人更是一種極度繁複的計畫。在本案中，眼鏡盒、工作鞋、假足跡、丟在桌上的日記、池底的金製品。光列舉證物至少也有十來項之多。若這些證物均是透過犯人詳加策畫、嚴密準備好的話，表示其背後存在幾百、幾千個別具意義的小動作。因此若偵探像檢查影片膠卷般，一格格地檢視犯人的行動，再怎麼頭腦清晰、設想周延的犯人，終將難逃法網。遺憾的是，人類畢竟無法進行這樣細密的推理，無論多細小而無意義的部分，我們也只能盡其所能地多加留意，才有機會僥倖撞見犯罪影片中關鍵的某一格。因此，我一向特別注意人自幼兒起，不知反覆過幾億回的反射動作，例如走路時是自左腳踏出還是右腳踏出、擰毛巾時是向左擰還是向右擰、穿衣服時是先穿過右手還是左手等極其微小的細節。因為這些乍看毫無意義的動作，難保不會成為犯罪搜查中重要的決定性因素。

「再來，甲田的第三個反證，就是包覆著工作鞋與金菸灰缸的手帕上的綁結。我從中取出物品，並小心別讓綁結鬆掉，再將留有綁結的手帕交給波多野警部保管。我認為這是非常重要的證物。那麼，上面綁了什麼結呢？在我的老家稱之為『立結』，此種結的兩端與下半部成直角、由正上方看來像是十字的打法，小孩子常會打錯。一般而言，很少成年人會使用這種結法，而且即使刻意學也不見得打得好。於是我立刻拜訪甲田家，請他母親提供一些甲田打過的結以供參考。幸好找到甲田自己打的帳本邊繩，以及書房吊燈與天花板連接處的結，還有其他三、四個看得出打結習慣的物品。這些毫無例外地是普通的結法。甲田不可能故意在犯案時，打上不同的結以求順利隱藏證物，遑論他連比綁結容易暴露身分的縮寫都忘了處理掉啊。這對甲田而言是十分有力的證據。」

赤井的話到此暫歇，弘一一句話也沒回，或許是對赤井的觀察細微感到佩服吧。而在一旁偷聽的我們不知不覺嚴肅起來，尤其是志摩子小姐，忽然呼吸急促，身體不住微微顫抖。敏感的少女可能已察覺，殘酷的真相即將揭露。

（8）THOU ART THE MAN（註）

不久，又傳來赤井的哧哧笑聲。這令人不愉快的笑聲不絕於耳，最後，他總算開口：

「接下來是第四個，而且是最有力的反證。呵呵呵哈哈哈哈，實在是太可笑了。那個工作鞋啊，有個簡直讓人難以相信的錯誤。水池裡打撈出來的工作鞋鞋底與地面的腳印一致，這點毋庸置疑。畢竟就算沾到水，橡膠底也不會收縮，仍舊保持原狀。我量了一下大小，大約是十文（註）左右，只不過……」

註　愛倫坡的〈汝即真兇〉（1844）的原篇名，即You are the man的古語形式。

說到這裡，赤井稍稍停頓，一副捨不得吐出接下來的話似的。

「只不過啊，」赤井好不容易按捺住差點又要爆發的笑意道：「可笑的是，那雙工作鞋對甲田根本太小，尺寸不合呀。當初為了結法的問題前往甲田家時，我順便問他母親，甲田自去年冬天起早已換上十一文的鞋子。光這點便足以確定甲田無罪。不合腳的工作鞋絕不會成為不利證據，何苦將它纏上重物沉入水池？

「這荒謬的事實，警方和法院似乎還沒注意到。或許是這失誤太超乎想像又太過可笑吧。持續調查的話也許會有人察覺；又或者是還沒有機會讓嫌犯試穿工作鞋，以至於到目前為止都沒人發現也說不定。甲田的母親也提過，甲田雖不高，腳卻很大，這就是失誤主因。推測起來，真正的犯人想必比甲田稍高，他深信比自己矮的甲田，鞋子不可能更大一號，才犯下如此荒唐的錯誤。」

「夠了，我沒興趣繼續聽你羅列證據。」弘一倏地不耐煩地吼出。「直接說結論吧，你到底認為犯人是誰！」

「真正的犯人，就是你。」赤井態度冷靜，彷彿正以食指直指對方。

「啊哈哈……我可不會被你嚇到。別開玩笑了，這世界上有哪個笨蛋膽敢將父親珍貴的紀念品丟進水池裡，還對著自己開槍啊，別想唬我。」弘一頓失理智地否定。

「犯人，就是你。」赤井僅以相同的聲調重複一次。

「你是認真的嗎？那麼你有什麼證據？還有，動機呢？」

「動機非常明顯。借用你的說法，這只是極其簡單的算術問題，二減一等於一。兩人當中，若甲田不是犯人，你當然就是犯人。先摸摸你背後腰帶上的結吧，那是兩端翹起的立結啊。你從小一直以錯誤的方法打結，長大後自然改不過來。一向聰明的你，在這件事上卻意外顯得笨拙。我原猜想，腰帶的結是在背後打的，可能與平常打的結有所不同，因此剛才特地請你打一次。請看，果然呈現十字的錯誤結法，這不就是最有力的證據嗎？」赤井先生以低沉的嗓音、極度莊重的用詞說著，反而給人一種威嚇感。

「但為什麼我須開槍射自己？我可是膽小又好面子的人。僅為了陷害甲田，我沒必要愚蠢到忍受槍擊之痛，讓自己一輩子成為身障者吧？真要這麼做，我會採取其他更好的辦法。」

弘一語帶自信。沒錯，不管他多憎恨甲田，為陷害他而蒙受危及生命的重傷，實在太不值得。被害者亦是加害者，如此荒謬的事怎麼可能發生？赤井的推理應該有重大缺失吧。

「對，就是這點。這起犯罪隱藏著重大的陷阱。這起事件中所有人都中了催眠術，落入一

註　原為貨幣單位，後引申為一文錢直徑的長度，一文約為二．四公分。

種根本性的既定錯誤，亦即『被害者不可能同時是加害者』的迷思。而認定這起犯罪僅是要陷害甲田也是個致命的盲點，甲田不過是個輕如鴻毛的副產品罷了。」

赤井緩慢且彬彬有禮地說道。

「這實在是精心策畫的完美犯罪，但箇中構想比起真正惡徒的智慧，毋寧更接近小說家的空想。你因為構思出被害者、犯人與偵探的一人三角詭計而志得意滿。偷走眼鏡盒並丟棄在現場的是你，將金製品拋入水池、割下窗戶、偽造足跡的，當然也都是你。預先做好這些準備，利用甲田在志摩子的書房偷看日記的時機（他偷看日記的舉動，約莫也是你給予暗示的緣故吧？）為了不讓硝煙沾到身上，你將手舉高，射擊距離雙手最遠的腳踝。你早預測到甲田聽見槍聲後，會立即飛奔而至，同時，你也料想到偷看愛人日記的可恥行為，會令他表現出曖昧不明、易遭懷疑的態度，而難以坦白說出不在場證明。

「開槍後，你忍著傷口的痛楚，將最後的證物——手槍——拋向窗外的水池。你倒下的位置與窗戶、水池自成一直線也是證據之一，這點由波多野繪製的平面圖中可明顯看出。接著，等一切準備就緒後，你失去意識倒下。或者說你佯裝失去意識應該更貼近事實吧？腳踝的傷勢必定不輕，但也用不著擔心會有生命危險，剛好是能達成你目的的最佳傷勢啊。」

「啊哈哈，原來如此，確實是合情合理的解釋。」也許是錯覺，弘一的笑聲透露些許激動。「可是，為達到目的而成為一輩子的瘸子，未免太得不償失。不管證據有多充分，單憑這一點我仍會獲得無罪釋放。」

「對，問題就在這裡。我不也曾說，陷害甲田不過是你的目的之一，其實你另有目的。你自認是膽小鬼，沒錯，正是如此。你之所以下定決心射傷自己，就是太過膽小的緣故。唉，事到如今你還想隱瞞嗎？我乾脆就說出來，你是重度軍隊恐怖症者（註）。你早通過徵兵體檢，年底將入營，才會想盡辦法避免兵役。我打聽出學生時代你曾故意戴上近視眼鏡，竭盡心力做出傷害視力的舉動。而從你的小說裡，亦看得出你潛意識中對從軍的恐慌。尤其你又是軍人子弟，暗中耍小手段反而容易識破。因此你排除傷害內臟、切斷手指等常見手段，選擇最極端方法，且還是一箭雙鵰的好計謀……咦，你怎麼了？請振作點，我的話還沒完呢。

「我以為你昏倒了，嚇我一跳，請打起精神啊。我沒打算向警方報案，只是想確定自己的推理是否正確罷了。但我想你也不可能裝作若無其事吧？況且，你已遭受對你而言最嚴厲的懲

註　明治初年公布的徵兵令中，官吏、戶長、神官或僧侶等神職人員、公立學校教師得以免除兵役，因此為了逃避兵役的次子、三子等寧願成為養子的現象在當時相當普遍。而富人也能藉由法令中的代人制繳交兩百七十圓免除兵役。明治二十二年的法令修改之後，這類合法的逃避兵役成為絕響，於是開始出現逃亡、失蹤、剁手指、刺眼珠、砍斷手、刺破耳膜等戕害身體的方式，以及喝下醬油偽裝心臟病、服用瀉藥、絕食使身體不適等種種逃避兵役的方法。但是若被發現有偽裝的情形，將處以三年以下有期徒刑，即使順利逃亡，由於徵兵令時效為二十年，也必須隱居到四十歲才行。

罰。在這座沙丘背後，你最不願意讓她得知真相的女性，已清楚了解事件始末。

「那麼，我該告辭了。我想，此刻你最需要的是一個人靜靜思考。不過，在道別之前，請容我報上本名。我嘛，就是你一向輕蔑的那個明智小五郎。我受令尊請託，化名出入府上調查陸軍某個祕密失竊案件。你常說明智小五郎只重視理論，如今你應該很清楚，我至少比小說家的空想更切合實際吧？再見了。」

就這樣，赤井悠然踏著沙灘逐漸遠去的腳步聲，一陣陣傳入因驚訝與迷惑而心神恍惚的我耳中。

〈何者〉發表於一九二九年

凶器

（1）

「『啊，救命啊！』丈夫聽見尖銳求救聲的剎那，同時傳來咯啷一聲巨響。由聲音判斷，應該是玻璃碎裂聲響。丈夫立即奔向聲音來源，並打開妻子房間紙門，只見妻子美禰子倒在地上，全身被鮮血染成緋紅。

「美禰子的左臂接近肩膀處有一道傷口裂開，大量鮮血流淌而出。幸虧沒傷到動脈，因此還不至於如湧泉般噴出，但出血的狀況仍舊十分嚴重。丈夫連忙找來附近的醫生急救，並打電話至警署。而後，前來搜查的正是木下和我，我們首先向丈夫詢問事情經過。

「歹徒似乎跨窗而入，以小刀刺傷背對窗戶的美禰子後逃逸。逃走時不小心撞上玻璃窗，致使玻璃掉落到外面而碎裂。

「窗外是約一間寬的狹長空地，再過去就是一道以水泥板橫排並列組合而成的圍牆。牆外是住田町（註）的道路，平時往來的人不多。我們以手電筒確認過水泥牆內外，並未發現足

註　無論是在港區內或東京都內均無該地名存在，可能是虛構的地名。

跡，也沒有足以做為證據之物。

「提到丈夫，他本名為佐藤寅雄，是個年僅三十五歲的戰後暴發戶（註），會說一點英語，所以跟美軍關係不錯。他透過各種管道買進許多商品，賺一大筆錢。當時已不再過問生意事，成天遊山玩水。他相當有生意頭腦，表面上沒掛牌，暗地裡卻經營地下錢莊，資產更迅速累積。而妻子美禰子人生經歷之豐富與丈夫相較更不遑多讓。她現年二十七歲，是個出生新潟的美女，曾在酒家上班，是俗稱的『水性楊花』，男女關係複雜。與佐藤結婚前，曾遭一個男人死命糾纏，此外另一名男子也有嫌疑。佐藤篤定地認為，犯人必定是這兩人其一。

「我進警察這行也五年了，工作上從未見過如此有魅力的女人。佐藤當初就是被美禰子迷得神魂顛倒，才從當時同居的男人身邊強行奪走美禰子並結婚。這名同居人叫關根五郎，本業是廚師，形容得更詳細，他是個有點年紀的法國料理名廚。當年，佐藤便是靠金錢的力量拆散這對戀人。

「另一名嫌犯則是名為青木茂的不良青年。美禰子與這名青年曾交往一段時間，青木十分迷戀她。結婚後，美禰子試著遠離青木，青木卻糾纏更甚，不甘心與美禰子就此結束。不良分子青木經常死皮賴臉地到佐藤家威脅要見美禰子，甚或出言恫嚇，美禰子深受其擾。

「青木外表像貴族少爺，有著與生俱來的俊俏長相，骨子裡卻是個十足的壞坯子。他加入一個叫『中川一家』的幫派，曾與警察起過衝突。遭美禰子拋棄後，最近更變本加厲，門來無事便寄內容凶狠的恐嚇信。美禰子時時受到恐嚇，總擔心自己可能會被殺害。

「佐藤說，除了這兩人外，沒有其他可疑分子，他確信犯人便是其一。美禰子遭人自背後刺傷，慌亂之際沒看見歹徒的臉，回頭時對方早由窗戶逃逸，消失在黑暗中，連穿著也沒來得及看清。但美禰子也斷定歹徒在兩人之中。所以，接下來我得去找這兩人訊問……對了，問話之前發生一件事。老師，您常教誨我『凡與現場不協調的怪異事物，無論看起來有多麼無關緊要，都必須牢牢記下』，此事便與老師的話有關。

「醫生到達現場為美禰子急救後，先讓美禰子在其他房間休息，佐藤則在事件發生的房間裡不知在搜尋什麼。一問之下，才知道原來他在尋找凶器。刺傷美禰子的凶器並非一般的小刀，而是雙刃的匕首。只是他找遍房間，就是沒看到任何蛛絲馬跡。

「於是我對佐藤說，若不在房間，肯定是犯人帶走了，用不著這麼費心地找。豈料丈夫竟回答『不，搞不好是美禰子在演戲。這女人很歇斯底里，沒人料想得到她會做出什麼誇張事』，因此他才會如此慎重地仔細搜索。

註　「戰後派」一詞指日本戰敗之後不受舊習所有的新世代，具有責難之意。而「戰後暴發戶」則指趁戰敗後的混亂，販賣由占領軍的管道獲取非法物資賺取巨額所得的人。

「然而，翻遍房裡的壁櫥、衣櫃後，連一把剪刀、一根針也沒瞧見。當然庭院裡也沒有任何發現，佐藤總算相信這起案件是外來者所為。」

「真有趣，不知這意味著什麼？」躺在安樂椅上聽取說明的明智小五郎，以手指搔弄蓬亂的頭髮，做出這樣的回應。

這位名偵探已年過五十，但外表與過去相比，並無太大的差別。除了臉頰較為瘦削、原本細長的四肢顯得更勻稱外，形貌並未隨年齡而有明顯改變，眼前的他，依舊滿頭蓬髮。

（2）

表面看不出來，但明智小五郎十分講究打扮。他的臉龐總修整得乾乾淨淨，隨性穿搭的衣服也都是頗能散發獨特品味的訂製品。而始終不變的蓬頭亂髮亦是刻意精心打扮的結果。

這裡是明智的客廳。「麴町公寓」（註一）位於麴町采女町（註二），是目前東京唯一的西式公寓。剛建造完成不久，明智即租下二樓其中一間做為事務所兼自宅。這棟三層樓的公寓外觀像是帝國大飯店，明智承租的部分除了格局頗大的客廳、書房、寢室之外，還有附浴缸的盥洗室與簡易廚房。由於飯廳改建為書房，每當有客人來訪時，明智總是選擇到附近的餐廳用餐。

明智夫人患有肺病，長期在高原療養所（註三）休養，因此明智過著近乎單身的生活，而為他打理生活上大小事與三餐的，是一名為小林芳雄的少年。在這處寬廣的事務所裡，只住著他們兩人。雖說是打理三餐，其實也只是到附近餐廳外帶，或者幫忙烤麵包、泡茶而已，都是一些少年能輕鬆處理的雜事。

在客廳裡與明智對坐的，是港區S署鑑識科的巡查部長庄司專太郎。一年多前，兩人在署長介紹下認識，從此便經常出入明智住所，每每遇上難以處理的案件時，即前來請教明智。

「既然夫婦倆都堅持歹徒是廚師關根或不良分子青木，我索性向這兩名男子探口風。遺憾的是，兩人都沒有明確的不在場證明，唯一肯定他們當時都不在家。隨後，我到兩人各自住處附近查訪，也沒人見到他們。而且，兩人態度都十分頑強，即使受到我的威脅恐嚇也不為所

註一　雖然所在區域不同，但由文中形容的「東京唯一的西式」看來，應該就是以戰後高級公寓的先驅東急代官山公寓為原型的樓房。亂戶作品中的〈黃金豹〉（1942）中提及，明智小五郎在一年前搬進這間高級公寓，但不知為何在〈黃金豹〉中是四層樓的建築物。而〈妖人銅鑼〉（1943）中則說「除了浴室與廚房外，明智租下一間有五房的公寓」，住處似乎更大了。

註二　采女町為明治二年至昭和六年的町名。明治十一年隸屬於京橋區，昭和六年編入木挽町五丁目。目前為中央區銀座五丁目。文中所提到的采女町的轄區「麴町」應是虛構地名。

註三　為一空氣清新、供肺結核患者休養的療養所。文中雖稱「長期在高原療養所休養」，但在〈鐵塔的怪人〉一文中，文子夫人仍與明智住在一起。〈凶器〉雖發表於〈鐵塔的怪人〉連載期間，然而，是因為這兩起事件發生的時間間隔較長，抑或是在〈鐵塔的怪人〉中，明智刻意對佯假助手並蓄意接近他的近田說謊則不得而知。

動，對任何事皆三緘其口。」

「那你的直覺如何？」

「我認為青木十分可疑。廚師關根已年近五十，雖然沒有老婆，但上有老母，且鄰居直誇讚他的人品，說他很孝順；青木則是天涯漂泊的浪子，結交了許多損友，全是些殺人如麻的傢伙。試探的結果，青木的確相當憎恨美禰子。過去對她異常迷戀，如今遭到這般狠心的對待，自然由愛生恨，忍無可忍。從口氣聽來，他真打算殺害她。可能這次下手偏了，加上美禰子奮力大聲求救，以至於他心生恐懼而逃走吧。我想，若是關根，應該不會輕易搞砸。」

「兩人的住處在哪裡？」

「非常近，都是公寓。關根住坂下町（註），青木則是菊井町。關根的居所離佐藤約三町，青木則約五町。」

「找出凶器、更進一步搜查關根與青木當晚的行動，這些無需贅言，都是一般必要的搜查方向。另外，有件事情想特別請你協助。」明智的眼神流露笑意，簡直像惡作劇的孩子般狡黠。庄司巡查部長對這眼神十分了然熟悉。這表示明智已看出只有他覺察到的、令人意外的著眼點而自得。「犯人逃逸時，窗戶的玻璃碎在庭院裡，那些殘骸後來怎麼處理？」

「由在佐藤家的幫傭婆婆收起來了。」

「或許已遭丟棄，倘使那些碎片還留著，應該能當作證據吧。你去問看看，再配合玻璃窗上殘餘的碎玻璃，試著拼起來。」

明智的眼神依舊帶笑，庄司也只能回以明智同樣的笑容。他自認明白明智的意圖，其實什麼也摸不透。

×××

過了十天，這日下午，庄司巡查部長再度造訪明智。

「您聽說了吧？事情不好了，佐藤寅雄慘遭殺害！凶手是廚師關根。由於罪證確鑿，當場將他逮捕到案，目前警視廳正詳加調查。我剛才也參加專案會議，一結束馬上趕到這裡。」

「剛剛在廣播中聽到消息了，但詳細情況我完全不清楚，麻煩你告訴我要點吧。」

「昨晚案發時，我正好在現場。晚上九點過後，警署打電話到我的住處，說佐藤有事想立刻見我，請我馬上過去。我想，或許能得到什麼祕密情報，於是迅速趕往佐藤家。

註　江戶時代至昭和三十年的町名，通常加上冠稱，稱作「麻布坂下町」。明治五年，改隸麻布區後除去冠稱，昭和二十二年改隸港區後又再度冠稱「麻布」。昭和三十七年，歸屬於麻布十番二～三丁目之中。青木住的菊井町並不存在於港區。但新宿區則有個喜久井町（與菊井町同音），町名由夏目漱石之父小兵衛的家徽而來。亂步曾於大正二年三月至三年四月，以及三年年底至四年二到三月間在此居住過。

「佐藤與美爾子在起居室裡等候。美爾子兩、三天前已拆線，這幾天也曾外出，兩人皆身穿夏季輕便和服。佐藤見到我即氣憤地說『我在傍晚送來的郵件中發現這封信』，接著自一疊廉價信封中取出一張寫在粗紙上的詭異信件。

「上面寫著在六月二十五日晚上（也就是昨晚）將會發生令人震驚的事，請佐藤和美爾子拭目以待。內容以鉛筆寫成，筆跡十分拙劣，應該是以左手書寫。信封上的字跡亦是以鉛筆所寫，沒有寄信者的署名。

「我問他心中是否有線索，佐藤一味堅持，就算筆跡刻意改變，也必定是關根或青木其中一人的惡作劇。此外，這兩人竟然還厚著臉皮來探望美爾子。假如犯人真是兩人之一，只能說對方相當有膽量，絕非簡單的對手。」

（3）

「就在我們討論這些事情時，又經過三十分鐘，十點已過。美爾子提議『書房裡有威士忌，去拿來招待客人嘛』，於是佐藤走到側廊盡頭的西式書房取酒。等了好一會兒，都未見佐藤回到客廳，美爾子說著『一定是忘記收到哪了，我去看看』，便離席到書房去。

「當時我坐在起居式側邊，只要稍微挪動身體，就能瞥見書房的門。我所在的和式起居室與書房之間有道側廊．而我所坐的位置與書房約有五間距離。我茫然地望著門口，靜候兩人回來，做夢也沒想到竟會發生那種慘劇。

「猛然間，我聽見書房傳來『啊！來人啊……』的喊叫聲。由於書房的門是關著的，聲音彷彿來自遠方。一聽到呼救聲，我立刻察覺不對勁，迅速奔往書房，打開門，只見房裡一片黑暗。『開關在哪？』我開口詢問，但沒人回答。我四處摸索牆壁，隨後找到，趕緊開燈。

「電燈亮起的煞那，映入眼簾的是倒在正面窗戶旁的佐藤，胸前浴衣染成一片猩紅。美禰子也渾身是血，她緊緊抱著丈夫，一見到我即單手指向窗戶，嘴巴不住顫抖，似乎想說什麼。看來是過度震驚而無法冷靜表達吧。

「我順著她所指的方向望去，上開式的窗戶已推開，凶手想必由此逃逸，我馬上跳出窗外追拿凶手。庭院不大，也沒有足以藏匿的雜草。距離五、六間遠處，便是那道白色的水泥板圍牆。凶手想必是翻過圍牆逃離現場，附近已見不到半個人影。

「過一會，我從窗口直接回到書房。在我衝出去追人時，幫傭的老婆婆與女傭們協助照顧美禰子。幸好美禰子躲過一劫，浴衣上的斑斑血跡是抱著佐藤時沾上的。我趕緊檢查佐藤的身體，胸前有道過深的傷口，脈搏已然停止。我迅速跑向電話室通知署裡的值班員警。

「不久，署長帶了五、六名署員過來，以手電筒調查庭院後，發現窗戶到牆壁間留下好幾個犯人的足跡，而且非常明顯。

「今早，署裡員警分別前往關根、青木的公寓，向兩人借出鞋子比對，現場腳印與關根一致。而關根在案發當時正好外出，沒不在場證明。員警立即逮捕他，帶往警視廳。」

「但關根不願坦承犯案，是吧？」

「對，他堅決否認。他說自己對佐藤與美禰子的確懷恨在心，連續好幾晚都在佐藤住處附近閒晃。不過，他堅稱自己絕對什麼也沒做，從未翻牆而入；犯人肯定是別人，真正的犯人偷走他的鞋子製造假足跡等……總之他非常堅持地矢口否認是他犯下的。」

「嗯……的確可能偽造足跡，確實必須納入考量。」

「可是關根有強烈動機，加上又沒有不在場證明。」

「青木呢？有不在場證明嗎？」

「關於這點，我已做過調查。青木當時也是外出，同樣沒有不在場證明。」

「也就是說，青木穿著關根的鞋子，翻牆而入後殺人的可能性亦成立嘍？」

「不，這點我調查過。關根只有一雙鞋子，命案發生當時，他就是穿這雙鞋外出，同一時間內，青木不可能穿著他的鞋子行凶。」

「這麼說來，關根宣稱的，真凶偷穿他的鞋子犯案，便不可能成立了，是嗎？」

明智的眼神閃爍著意味深遠的微笑。他暫且望向天花板，抽著香菸，吞雲吐霧起來。未久，明智突然提起另一件事。

「你蒐集美禰子被刺傷時的玻璃碎片了嗎？」

「蒐集到了。幫傭的婆婆全收起來，並特地以報紙包好放在垃圾筒旁。我將窗戶上的玻璃拔下，試著與散落的玻璃碎片拼湊起來，發現一件有趣的事。其中三片碎玻璃拼起來後，與我事先拔下的玻璃完全吻合，卻還有剩餘的碎片。我問過婆婆，之前是否曾打破玻璃，且忘記撿拾庭院中的碎片。然而，婆婆回答絕無此事，她每天都會打掃庭院，不可能沒發現。」

「多出來的玻璃是什麼形狀？」

「都是小碎片，試著拼起來後，為細長不規則的三角形。」

「玻璃材質呢？」

「看起來與案發現場的玻璃窗材質一樣。」

明智聽到這裡，再次陷入沉思。由於他不斷抽菸又只是輕輕吐出，濛濛白煙彷彿雲霧之氣繚繞在他周圍。

（4）

明智小五郎與庄司巡查部長的對話持續著。

「佐藤的傷口看起來與美禰子的十分相近，是吧？」

「是的，都遭雙刃匕首割傷。」

「那把匕首還是沒找到？」

「嗯，不知關根將凶器藏至何處，在他的公寓裡怎麼也找不到。」

「搜索過書房嗎？」

「對，但書房裡也沒找到凶器。」

「能不能描述一下書房裡家具擺設的風格？麻煩一樣一樣仔細回想。」

「一張大桌、一張皮革沙發、兩張扶手椅、裝飾著西洋陶土人偶的櫃子，及大型書櫃，窗邊還有座架子，上面放著巨型玻璃金魚缸。據說佐藤非常喜歡魚，書房裡一定會擺魚缸。」

「金魚缸的形狀、大小呢？」

「那是直徑約一呎五吋左右的圓形玻璃魚缸，上方開口沒有蓋子。只是一般常見的金魚缸，不過體積意外龐大。」

「你仔細觀察過魚缸內嗎？」

「不，沒特別確認……因為是透明的玻璃缸，看起來不像暗藏凶器的地方。」

此時，明智將右手舉到頭上，手指像梳子般搔弄起蓬亂的頭髮。庄司很清楚明智這特有的習慣動作意味著什麼，頓時猛瞅著明智。

「難道那金魚缸有什麼特殊的意義嗎？」

「我不時會讓自己暫時化身為空想家，此刻我正思考著一件匪夷所思的事……但我也不是完全沒憑沒據。」

明智上半身前傾，靠向庄司，彷彿要透露什麼重大祕密。

「庄司，事實上，上次聽完你的轉述後，我暗中請小林出外跟蹤、打聽。佐藤寅雄在娶美禰子以前曾結過婚，前妻因病去世，兩人之間沒有孩子。你也知道，佐藤的財力雄厚。你之前說青木曾來探望美禰子，小林就自青木一離開佐藤家立刻跟蹤他。小林先躲在暗處觀察，目睹到美禰子親自送青木出門，兩人不時小聲交談，像是一對情侶。」

庄司等著明智說下去，明智卻沉默下來。庄司滿臉疑惑，最後總算按捺不住開口：

「請問，這與魚缸有什麼關係？」

「庄司，假如我的推論沒錯，這其實是起令人髮指的犯罪啊。歐美小說家經常有此類想像，現實世界裡卻從未發生過這種案例。」

「我不懂，請您再說得具體些。」

「那麼，你先想一下足跡的問題吧。若真是偽造，就沒必要在事發當時才假造，反而可及早準備。也就是說，只要青木想動手，絕對辦得到。他只要找機會到關根公寓偷出鞋子，再潛進佐藤家留下足跡，最後將鞋子放回關根公寓。關根的公寓與佐藤家僅相隔三町，短時間內便能達成任務。即使被發現，偷鞋子根本算不上什麼重罪，不必過度擔憂。更進一步推論，留下假足跡的人選不見得是青木，也可能是別人所為啊。」

庄司巡查部長依然無法理解明智話裡的意思，逕以疑惑的神情面對明智。

「你陷入盲點了。」明智滿臉微笑，眼神流露出笑意，意味深長地看著庄司。他將右手菸斗上的菸灰倒入菸灰缸，順便拿起隨意丟在桌子上的鉛筆在白紙上畫起來。

「我出個有趣的幾何題吧（註），看，就是這個。

「聽仔細，O是圓心，OA是半徑。以OA上的B點做垂直線與圓周相交的點為C，由O畫出與BC線段等長的垂直線段OD，OBCD成長方形。已知AB長三公分，BD長七公分，試問圓的直徑？三十秒內立刻答出來。」

庄司巡查部長這下慌了。以前雖曾在中學時期學過幾何，如今幾乎都忘得一乾二淨。直徑是半徑的兩倍，因此只要求出OA的長度即可。已知AB長三公分，只要求得OB長便能解出。另一條已知線段BD為七公分，以BD為底邊的三角形或許可以利用。嗯……斜邊為七公分的直角三角形OBD的一邊為……

「你這樣不行，早超過三十秒了。就是把問題想得太複雜，才會掉入陷阱。你大概是被AB的三公分誘導了吧？那麼再思考也無濟於事。

「要解這道題目一點也不難。看清楚了，由O到C畫一條線。懂了吧？長方形的對角線等長……哈哈哈，半徑就是七公分啊，所以直徑等於十四公分。」

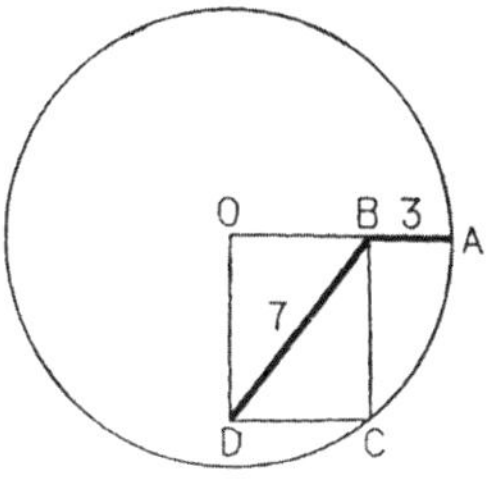

「原來如此，真是有趣的幾何遊戲。」庄司佩服地看著圖。

「庄司，你這回便跟執著於AB線段一樣，掉進犯人的陷阱裡。狡猾的犯人總是會準備好AB線段，誘使負責搜查的員警上當。你仔細想想，這次案件的AB線段是什麼？」

（5）

庄司巡查部長第三次拜訪明智的住處是在上一回的三天後。

註　此為借用克雷頓．羅森（Clayton Rawson）的作品《死亡由帽子飛出》（1938）中，第二十一章馬里尼偵探出給加維岡警探的謎題。

「老師，果然如您的推論，美禰子自白了。她覬覦佐藤的財產，打算繼承後跟青木在一起。而且是美禰子愛上青木，平時她裝出一副受青木威脅的樣子，是為了讓佐藤卸下戒心。」

明智臉色凝重，平時的笑容消失，眼神變得十分憂鬱。

「老師您說的AB線段是美禰子傷害自己的臂膀，偽裝成被害者的障眼法吧？恐怕沒人會想到被害者竟是犯人啊。

「凶器果然就如老師所推理，是細長的三角形玻璃碎片。美禰子以玻璃割傷臂膀，將血跡擦乾淨後拋向庭院。接著將玻璃窗推落庭院，使得凶器碎片混在窗戶殘骸中消失無蹤。她一定沒想到，竟有警察會蒐集這些碎片並仔細加以復原吧。

「佐藤也是個不容小覷的男子，他或許早已看穿美禰子的心，那天晚上才會拚命尋找凶器。即便從未料到自己會慘遭殺害，至少也覺得美禰子十分可疑。

「佐藤命案的凶器也是玻璃。可能擔心玻璃碎屑掉進傷口，殺害他時，使用的是有點厚度、同樣類似短刀的長三角形玻璃。她等佐藤鬆懈後，用力將玻璃刺進胸口，確認他死亡便拭淨血跡並放入魚缸。確實執行這些步驟的時間綽綽有餘。當美禰子大聲求救，所有行動皆完成。佐藤被殺時也許曾呼救，可惜離我起居室有點遠，加上房門相當厚實，因而錯失良機。

「玻璃凶器竟藏在魚缸，這是何其完美的詭計啊。魚缸底部放著一片玻璃，不仔細看絕不會發現。而警方搜索命案現場時，輕易就會忽略透明魚缸；即使看見魚缸裡的玻璃碎片，大概任誰也想不到那竟會是匕首的替代品。老師您馬上注意到這點，只能說太神乎其技。

「在庭院印上假足跡的也是美爾子。傷口拆線第二天，她以療傷時期一直悶在家裡對身體不好、想到處散心為由出門。她首先前往關根的公寓偷走鞋子，並用布巾包裹，再回到自家庭院上印上腳印，然後又悄悄送回公寓。美爾子很清楚關根一向晚起，因此趁他還在睡夢中時完成這些準備工作。她曾跟關根同居，對他的生活作息瞭若指掌。

「至於那封恐嚇信，美爾子也坦承以左手寫成、親自投進郵筒。這封恐嚇信主要是想引我前往現場，我真是讓人看輕了。以玻璃凶器殺人的詭計，若缺少目擊證人，恐怕很難達到美爾子的目的吧。

「之後，我找來青木盤問，了解兩人之間並無共犯關係。美爾子不讓情人青木知情，從計畫到執行，僅憑一己之力，實在是非常有氣魄的女人。美爾子向來詛咒貧窮，因為貧窮曾使她吃盡苦頭，也害得她男人一個換過一個，無論如何她都想擺脫這困苦的枷鎖。此時，大財主佐藤出現了，為了錢，她爽快答應結婚。由於她曾向關根借貸，先前才會百般不願地跟他同居，甚至遭到殘忍對待也無處可逃。關根凡事訴諸暴力，她無計可施。等佐藤為她償還債務後才好不容易得救，即使如此，她心中一直存著向關根復仇的念頭。

「美爾子婚前就對青木頗有好感，婚後甚至瞞著佐藤繼續與他交往，兩人感情逐漸增溫，最後演變成再也不想跟佐藤在一起。然則一旦離婚，生活又會再次陷入困頓，她怎麼也不願再走回頭路。於是，她無視於道德，一心認為只要能得到佐藤的財產，與心愛的青木相守在一起，一切問題都能迎刃而解。出於這種自私的想法，她策畫出利用玻璃碎片這種極為少見的殺人方法。唉，女人真可怕。」

「我的想像果然沒錯。雖然我的想像總讓人覺得太過異想天開，但世上竟然真有人構思得出如此天馬行空的詭計，甚而加以實踐啊。」

明智雙手交抱胸前，表情凝重，連一向熱愛的香菸也被冷落一旁。

「所以說，老師真是了不起啊。不可思議的犯罪，唯有不可思議的偵探才能識破呢。」

「也難怪你會這麼認為。但即便我這偵探再神通廣大，僅憑你的話為線索，也無法得到結論。不如，讓我來揭穿魔術的神祕面紗吧。事實上，我曾請小林打聽美禰子的過去，分別向曾與美禰子往來密切，如今卻反目成仇的兩個女人詳細盤問，才了解美禰子的剛烈性格。我會注意到金魚缸，也是從小林探得的情報裡獲得的啟示。可惜當時為時已晚，單靠我的力量是無法在命案發生前找出真相的。我頂多只能在事情發生後，讓令人震驚又意外的行凶手段現形罷了。」

明智說完，隨即陷入沉默。庄司巡查部長從未見過明智如此消沉陰鬱的神情。

〈凶器〉發表於一九五四年

月亮與手套

（1）

劇作家北村克彥造訪股野重郎而來到他的住所門前。

在東方的天空、工廠建築的黑影上，如魔物般巨大的血紅月亮高掛。隨著腳步移動，月亮也隨之飄移，彷彿在跟蹤自己。如今回想起來，克彥覺得當時的巨大紅月如那起不幸事件的前奏，永遠難以忘懷。

那天是二月某個寒冷夜晚。雖然剛過七點，整區市町有如陷入深眠般靜寂，路上沒有其他行人。沿著道路有一條大排水溝，對岸工廠的圍牆蜿蜒。巨大懾人的紅月隨著他的腳步，滑過工廠上方高聳的煙囪，一步步地緩緩移動。

水溝這邊則是閑靜的住宅區水泥牆與樹籬，其間，一座低矮水泥牆圍繞的雙層木造洋房正是他的目的地股野家。石門柱上兩盞圓形的玻璃燈罩散發出昏黃光芒。從大門到門廊約十公尺。二樓的正面窗戶流瀉出光芒，那是股野的書房。雖然在鵝黃色窗簾的遮蔽下看不到裡面，但克彥腦海中正浮現出窗簾另一頭的股野身影——粗框玳瑁眼鏡、頭戴貝雷帽、褐色夾克、一臉尖酸刻薄。克彥一想到他，心裡頓時泛起一陣不舒服，甚至想乾脆就此回頭。

（今天與他的會面，會演變成一場激烈的衝突吧。）

股野重男仗著前男爵的頭銜不斷放高利貸。戰爭結束時，他幾乎失去所有財產，所幸手頭上還保有的土地與股票漲了不少，並藉以換得一筆巨額現款。靠著這筆本金，他做起放高利貸的黑心事業，每天過著遊戲人間的生活。與一般的沒落貴族不同，股野天生的生意頭腦，藉著與日東電影公司（註）老闆熟識之便，將勢力滲透入電影界。他是個高級電影流氓，到處打聽電影業界的醜聞，並利用這些醜聞做為賺錢利器。手段之高明與其瘦弱、貴族氣息濃厚的蒼白色臉孔完全不相襯，而且若非確實掌握對方的弱點，絕不通融借貸。他的顧客眾多，不需借據也不需擔保品，僅憑著對方擔心醜聞公開的弱點做為唯一武器，不過，他每個月絕不會超收五分以上的利息。即使如此，他的資產仍得以順利累積。

北村克彥也曾向股野借貸，並在半年前連本帶利還清，然而此刻，他不願與股野見面的原因並非在此。

股野重郎的老婆夕空明美原是歌劇女星。日東電影公司注意到反串男性角色而大受歡迎的她，順利將她挖角，可惜她主演的電影均以票房不佳收場。就在她沉寂多時，開始思考未來人生去路時，受到股野的青睞而結婚。她當時是為了其前男爵的頭銜與財產才點頭答應。而夕空明美與劇作家克彥自日東電影時代便相識，三年前她與股野結婚，但彼此仍有往來。半年前在偶然的機遇下，兩人突然深受對方吸引，雙雙陷入愛情。如今依然常瞞著股野幽會。

行事向來嚴謹的股野不可能沒發現這件家醜。不過不知為何，他故意佯裝不知情。雖然偶爾會說些刺耳的諷刺話語，卻從未當面質問克彥，對他的老婆明美也是如此。

（但這種微妙的平衡今晚即將宣告破裂。他說有事與我商量，請我務必於約定的時間前往，或許是想當面指責我和明美吧。）

雖說是共進晚餐，但一想到三個人屆時必須坐在同一張餐桌前，克彥就忍無可忍。於是，克彥便在出發前先行用餐。最好到時能想辦法請明美先離席，他只想與股野兩人私下談判。

看到二樓的窗戶，克彥油然升起一股想逃避的念頭。事後回想起來，要是當時便毫不猶豫地轉身離去，也許就不會發生那種事了。但克彥覺得，好不容易下定決心，再這樣逃避也不是辦法，總之先和股野談判，到時再見機行事。於是，克彥站在昏暗的門廊前摁下電鈴。

前來應門的並非平時那位女傭，而是明美。她穿著華麗的格子花紋裙，及鮮豔亮麗的青色毛衣，襯托著嬌小纖細的身材，使得三十歲的她彷彿年輕三、四歲。她的上唇微幅輕翹，展露充滿魅力的微笑，與此相對的卻是閃爍著不安的眼神。

註　想當然耳，這是一家虛構的公司，不過在《妖人金剛》（1957）中，曾提到該公司的攝影棚設立於世田谷區的郊外。另外《鐵人Q》（1958-1960）裡則說丸之內的日東電影院是「全東京最華麗壯觀的電影院」，或許是日東電影公司的直營電影院吧。

「大姊怎麼回事？」

「知道你雖然要來，但不會用餐，所以傍晚時她就先回老家了。今晚家裡只有我們夫婦。」

「他在二樓？總算要攤牌啦。」

「不知道。不過乾脆一次坦白也好，順便把事情做個了斷吧。」

「嗯，我也這麼想。」

走進狹窄的客廳，只見股野就站在樓梯上俯視兩人。

「嗨，我來晚了。」

「久候多時。快，上來吧。」

二樓書房內暖爐燒得正旺，那是煙囪直通屋頂的煤炭式暖爐。怕冷的股野曾說，沒這具暖爐他活不過冬天。

一側牆上設置有嵌入式的小型保險箱，及英國風味的古董裝飾櫃。另一側角落則擺著約一張榻榻米大的辦公桌，書房正中央放有待客用的圓桌、沙發、安樂椅，每件都是頗有名氣的古董品，也都是做為利息抵押而不勞而獲的家具。

克彥將大衣披掛在入口處的沙發上，而後來到椅子旁坐下，股野自裝飾櫃中取出威士忌與酒杯放在圓桌上。與他向來一毛不拔的個性極不相稱的是，他竟拿出黑標約翰走路（註）。這瓶酒想必也是抵押品。

殷野將酒倒進兩只酒杯裡，克彥才喝一口，殷野已咕嚕全吞下喉，緊接著倒第二杯。

「我乾脆開門見山地明說好了。你應該很清楚今天找你來的目的吧？」

殷野與平時一樣，戴著粗框玳瑁眼鏡，穿黑長褲與褐色夾克，在詩人般的長髮上戴著深藍的貝雷帽，他在室內也一向不脫帽。自從出入電影界後，他常穿著這種足以掩飾其經營高利貸放款事業的時髦服裝。雖然年屆四十二，有時看起來甚至與三十五歲的克彥同年，有時則顯得極度蒼老，如超過五十歲的老人。不止年齡，他總給人一種摸不透、不寒而慄的印象。

由於天生不太容易長鬍鬚，因此他的臉龐總是光滑細緻。膚色青白，眉毛纖細，眼睛細長，鼻子高挺，長相的確流露出貴族氣息。但就算是貴族，也是陰沉狡獪的類型。

「我很早以前就知道了，卻一直苦無證據。在掌握到證據前，我寧願選擇沉默。前天總算讓我蒐集到確證，地點就在你那窗簾有一公分左右縫隙的公寓。趁這機會告誡你，這種小地方最是須小心謹慎，因為單單一公分，便能順利窺看屋內所有景象。那時我從窗簾的縫隙裡看得

註　蘇格蘭威士忌的代表性品牌Johnnie Walker。過去被認為是高級名酒，分為黑標與紅標，前者更是頂級。亂步在隨筆〈酒與心悸〉（1956）曾提及「我在戰前，獨自睡覺時枕頭旁經常擺著一瓶約翰走路與一杯水。酒不摻水或冰塊，直接小口小口飲用，有時則以巧克力當作伴酒點心。」

一清二楚，不過，我不是那麼沒教養的人，不會立即衝進屋裡將人逮個正著。我咬緊牙根忍下，並打算在今天攤牌。」

他將第三杯威士忌一飲而盡。

「非常對不起，我願意接受你任何處置。」克彥此時也只能低頭懺悔。

「不錯，你已有所覺悟。那就這麼辦，我直接說出我的條件吧。首先，今後你必須與明美斷絕一切往來，不得交談，也不得通信。這是第一個條件，懂了嗎？第二，你必須賠償我的精神損失，金額為五百萬圓。我想你不可能一次拿出這麼多現金，所以我姑且讓步接受分期償還，你只要每年交出一百萬，連續五年付清即可。我相信就算連一百萬圓，對此時的你也很困難吧，那就跟公司借吧。我想，憑你在公司的地位應該借得到。接下來，你只要全心全意投入工作，在生活上盡力避免無謂的浪費，這筆錢你絕不會付不出來。這可是最合乎你身分的索賠金。第一次的一百萬希望你能在一週內準備好，明白嗎？」

股野一股作氣說完，扭曲著他的薄唇，上揚的嘴角中流露出冷酷的獰笑。

「等等！一百萬圓我真的籌不出來，更別說五百萬圓，至少打個對折。連一半我都沒把握付得出來，甚至須不吃不喝、不眠不休地工作才有辦法。但我會努力的，求你減為一半吧。」

「不行，我不接受殺價。從任何角度來看，這都是極為合理的金額。倘使你不願支付，那就法院見了。我一定會將你過去不可告人的祕密毫無保留地公諸於世，讓你在電影界再也待不下去。如果你真覺得這樣對你比較好，那就這麼辦，但你不會願意吧？既然不願意，只有接受我開出的條件。」

殷野一口氣喝下第四杯威士忌，舔舔嘴唇，傲慢地回絕克彥的請求。

對克彥而言，問題不在錢，與明美斷絕往來的條件，怎麼想都難以忍受。他們彼此相愛，甚至願意為對方犧牲性命，但面對名正言順的丈夫殷野，克彥無法開口要殷野把明美讓給他。他對於容不下婚外情的社會道德感到切身之痛，霎時覺得能與之對抗的，只有「死亡」了。

「那麼明美呢？你連明美也要報復嗎？」

「這與你無關。她的話，我自會有應付的方式，而且我會做到心滿意足為止。」

「喂，你的條件我都接受，但求你別向她報復，罪在我不在她。」

「嘿嘿嘿，你說這什麼無聊話。你這種自我犧牲的愛情，豈不是更燃起我的妒火？」

「那麼你說，我到底該怎麼做！我愛明美，這對你實在很抱歉，真的，但我終究無法平息這股愛火。」

「哼哼，在我面前你也真敢說這種蠢話……好……不如，我直接說出第三個條件吧。那就是我要對你進行肉體上的制裁！」說著，殷野倏地自椅子上站起，天生蒼白的面孔在醉酒後益發鐵青。在近乎泛藍的臉上，只有雙眼如火焰般血紅。轉眼之間，克彥頭暈目眩，搖搖晃晃地跌坐在椅子上。他的臉頰被股野狠狠地甩了一巴掌。

「你幹什麼！」

克彥腦袋一片空白，直撲對手。這次換股野被對方出其不意的舉動震懾而略顯狼狽，兩人瞬間扭打在地，互相抓住對方臉上一切能抓的部位。一開始克彥占上風，後來股野巧妙轉換位置，以他鋼筋般細瘦卻強韌的手臂絞住克彥脖子。頓時，克彥感覺對方真心想置他於死地。

「那我乾脆也殺了你！」

克彥像被壞孩子欺負，雙手拎鞋且哭得滿臉鼻涕眼淚卻仍奮力抵抗的小孩，使勁全身力氣。他不知不覺再次占上風。他掐住股野喉嚨，股野反射地閃躲，轉一圈將臉朝下。

（笨蛋！趴著正好讓我勒住脖子。）

疊上對方背部後，克彥立即將右腕深入股野頸子下方，接著使勁將對方的頸子拉向自己胸前，姿勢就像在擁抱小孩。股野頸項比一般人細瘦，克彥覺得好似在絞殺雞一般。

對方雖以全身力氣掙扎，卻無力扯開克彥的手腕。藍色的臉轉眼化為紫色，並起了皺紋。

克彥的耳際似乎傳來女性尖叫，但他眼下根本沒時間分心留意周遭。此時，克彥的右手彷彿鋼鐵般僵硬，有如機械緩緩地、緩緩地絞緊。喀啦一聲，感覺對方喉結已碎裂。克彥幾乎進入全然忘我的境界，但內心深處很清楚自己是有意識地殺人。他冷靜地盤算「一旦這傢伙消失，情勢就會好轉」，然而究竟如何好轉，他並不了解。他只覺得一定會比現況好，絕對是這樣。

對方動也不動地臥倒在地，此際他的手已可鬆開。然而，即使感覺到對方的頸骨有如雞脖子般折斷，他依舊頑強地維持同樣的姿勢。

耳中只聽見自己的心跳聲如海嘯般轟然巨響，其餘聲響都聽不見。房間彷彿時光靜止，一股不舒服的死寂瀰漫。但他感覺到有人站在背後，就算沒聽見也沒看見，仍感覺到有人自事發以來就一直靜靜地站在背後。

他從沒想過，只是轉個頭而已，竟如此困難，脖子的肌肉如同**小腿抽筋**般僵硬。好不容易轉動三公分左右，站在背後的人影映入眼神角落。是明美。她一副眼珠幾乎要瞬間爆裂似地緊盯眼前這幕。這是他首次目睹一個人不自覺受到某種景象吸引而瞠目注視。

眼前的明美如失去靈魂的蠟像似地僵直站立，彷彿一不留神就會直挺挺地倒下。

「明美！」

克彥雖想大聲呼喊她的名字，卻無法成聲，感覺有顆巨石堵在喉嚨裡，難以出聲，口中異常乾燥。他也想抬手招喚她，卻連手也動不了。纏住股野脖子的手臂如鑄鐵，毫無知覺。

在戲劇裡他曾看過武士在決鬥後，由於手已僵直，無法自刀柄移開，必須逐一掰開手指才能將刀取下來的場景。此刻他或許就是面臨到同樣的狀況。與手腳麻痺時的解決方式相同，只要讓血液暢通即可。不如先放鬆肩膀，試著甩動手臂。克彥感覺到血液逐漸循環至指尖，費了好大力氣才將纏住股野脖子的手臂鬆開。雖然依舊麻木，至少雙手已抽離對方頸項。

他爬著移至圓桌旁。接著，發麻的手臂奮力抓住喝一半的威士忌杯，拿到迫不及待朝上張開等候的嘴旁，徐徐倒入口中。此時，沾到酒的舌頭好似火燒，未料酒成了引子，唾液漸次點滴地湧出。

明美搖搖晃晃地走近克彥，嘴裡似乎發不出聲，但看得出她也需要酒。克彥的身體逐漸恢復自由，他撐著圓桌站起，一把抓起酒瓶，倒一些在酒杯裡，拿到明美面前，金色的威士忌在他搖晃顫抖的手中不斷溢出來。明美勉強接過，喝下一口。

「死了吧。」

「嗯，死了。」

兩人好不容易才擠出沙啞的聲音。

（2）

克彥深切感受到股野的頸子折斷，因此從沒想過要進行人工呼吸，試著讓他恢復心跳。

整整十分鐘，克彥靜靜躺在安樂椅上。絞刑臺的幻影自遠處倏地來到眼前，布滿整個視界，消失、又出現。各種想像以令人目不暇給的速度在他腦中稍縱即逝。在這當中，該如何安然逃離眼前難局的自我防衛機制逐漸膨脹、鮮明起來，並驅逐其他想法。

（此時此刻，我必須化身一臺計算機，保持冷靜嚴謹。股野死了，這不是天大的好運嗎？明美自牢獄般的束縛中解放，成為自由之身；我能獨占明美，而股野龐大的資產也歸明美所有。但我是殺人犯，如果就這樣袖手旁觀，總有一天會被關進牢裡。在爭執中過失殺人，也許不至於遭判處死刑，不過我的一生肯定會就此結束。選擇自首或逃亡，最終結果沒什麼差別吧。或者，並非沒有順利脫罪的方法，我不是經常思考這類問題嗎？）

克彥自從愛上明美、憎恨起股野以來，在腦中不知殺過股野幾千回。他想像過所有的殺人手段，以及逃避罪責的方法。這些方法在想像裡是如此縝密周延、一絲不漏，如今只要切實執行其中一種不就行了？

（時間很重要，我須在十分鐘之內完成所有準備。）

他瞥一眼手表，好險還沒壞。七點四十五分。順便看向裝飾櫃上的時鐘，七點四十七分。

明美趴在他身邊的地板上，一動也不動。克彥來到她身邊，將她上半身扶起。明美突然纏住克彥的身子。十公分的距離，兩人望著彼此，注視著對方的瞳孔深處，明美已然明瞭克彥的想法。兩人的眼神對即將實行的罪惡有了共識。

「明美，妳一定要有鋼鐵般的堅定意志。我們聯合來演一齣戲，你我都必須化身為沉著的演員，妳辦得到嗎？」

明美深深地點頭，彷彿在表示「只要是為了你，任何事我都辦得到」。

「今天晚上是明亮的月夜。從此刻起的三、四十分之間，只要沒有人經過前面的道路……喔喔，我竟如此冷靜，居然還記得這件事情。明美，我記得巡邏員警經過這裡時大概都是八點之後吧。妳不是跟我聊過這件事嗎？」

「八點半左右，嗯，每天晚上都是。」明美面露疑惑地回答。

克彥跑到窗戶旁，自鵝黃色窗簾的縫隙望向天空。一片雲也沒有。近乎滿月的月亮就高掛在窗外，皎潔無瑕地輝映著。

（這是何其幸運！明月、巡邏員警、女傭不在，彷彿一切都是配合今晚的計畫而安排。接下來，明美演一齣逼真的好戲就可以了。這點沒有問題，明美的舞臺劇經驗豐富，不必擔心。且她習慣反串，具有十足氣魄。而我則得忘記殺人這件事，成為一名舞臺導演。這種緊急時刻，恐懼是最大的敵人。絕對不能恐懼，須忘懷一切，把躺在那裡的屍體當作人偶就好。）

克彥強迫自己控制毛躁的情緒，集中意志力，讓思緒盡可能放鬆、敏捷而嚴密。

「明美，我們將得到幸福或是陷入不幸的深淵，決定在接下來的一個小時內。而妳我能否冷靜面對會影響這一切。尤其，妳的演技是絕對必要的。這是賭上性命的大戲，我相信妳一定辦得到，沒有問題的，只要妳不要感到恐懼就絕對沒問題。這就跟站在舞臺上的感覺一樣，妳必須忘記舞臺下的一切，懂嗎？」

「我一定辦得到，只要你教我怎麼做。」

雖然明美不住顫抖，但她的話語蘊含著強烈意志，兩人的心情未曾如此緊密結合。

克彥蹲在屍體旁，慎重地檢查心跳。當然，一動也不動。其實就算不這麼確認，活人與死人的差別只消一眼便能判別。股野鐵青的臉上，顯露出迥異於生機的特質。

深藍色的貝雷帽掉落在屍體旁，克彥將帽子拾起。玳瑁的粗框眼鏡在剛才的格鬥過程中並未折斷，兀自掛在發青的額頭上。克彥輕輕地拿起眼鏡。

（但要脫下這件夾克，倒是一件大工程。）

「明美，家中是否還有另一件相同顏色的夾克？」
「有。」
「在哪？」
「隔壁寢室的衣櫥抽屜裡。」
「好，把那件拿過來。不，慢著，還有其他東西。需要白手套，不能是皮革的，最好是工作用的麻布手套，但我想妳家應該沒有吧？」
「有。都是股野在戰爭期間奉命下田時買的，至今還留下很多新的。在廚房的抽屜裡。」
「好，工作手套也拿來。不止這些，還要兩條夠長、夠堅韌的繩索，但這不能從太遠的地點取來，隔壁寢室裡有現成的嗎？」
「不清楚……就算有也是在衣櫃裡。不過要堅韌的繩子……啊，股野雨衣的皮帶取下來放在那裡。另一條……領帶可以嗎？」
「要更長、更堅韌的繩子。」
「這樣啊……啊，有一條股野大衣專用的皮帶。那條應比領帶長一倍（註），也很堅韌。」
「好，就把這些東西拿過來。接著……嗯，對了，妳家裡應該有種草製的掃帚型西服刷對吧？我曾無意間看過。那正好能派上用場，還在嗎？」

「嗯，就掛在衣櫃旁。」

「好，接下來妳聽好，絕不能忘記，所有工具都要備齊。我再重複一次，工作手套、皮帶兩條、掃帚形西服刷、夾克，和這裡的貝雷帽與眼鏡。全部就這些嗎？不，等等……對，還有領帶。從衣櫃中拿三條領帶來，還要衣櫃、書房與隔壁寢室的門、兩個房間相通的門，共計四把鑰匙。對了，也需要大門的鑰匙。」

「手套、夾克、刷子、皮帶兩條、領帶三條、鑰匙五把。」明美掐指計算。「書房和隔壁寢室，以及兩個房間間相通的門鑰匙是同一把。加上衣櫃跟大門的鑰匙，總共三把。」

「沒錯，就是這樣。啊，那三把鑰匙通常放哪？」

「衣櫃從未上鎖，一直掛在衣櫃把手上。大門與書房的鑰匙，股野的口袋裡各有一把，樓下我臥房的小櫃子裡也各有一把。」

「那用股野口袋裡的吧。我想辦法拿出，妳負責蒐集其他必備工具。沒時間了，快！」

明美此時不再顫抖，完全變身為接受舞臺導演指令的專業演員。她迅速奔向隔壁寢室，蒐集所需物品。

註　領帶長度約一四〇公分，故一倍則將近三百公分，真有這麼長的皮帶嗎？

克彥走到屍體旁邊，翻找褲子兩邊的口袋，很快便找到兩把鑰匙。縱使屍體仍保有體溫，他仍毫無戰慄的感覺。在煤炭暖爐的作用下，周圍甚至有點熱，即使再過三、四十分鐘，屍體仍會維持正常體溫吧。

所需物品齊全了。克彥將這些備用工具一一放在圓桌檢查後，拿起西服刷與一只工作手套，做起令明美完全摸不著頭緒的事。他將刷毛細分為幾小束塞進手套，完成一隻假手。

「懂了吧？我要妳裝扮成股野的替身演獨角戲。股野是長髮，所以妳的髮型不用做太大改變，將後面頭髮稍微撥上來即可。接著，妳戴上貝雷帽與眼鏡。這麼一來，鼻子以上的部位不就很像了？鼻子以下則用這只手套像這樣遮住。我要妳假裝成被某人摀住嘴巴，無法發出聲音。妳緊抓著其實是要用來掩飾妳嘴巴的假手，盡量裝成拚命想掙脫的樣子就對了。」

這些畫面都是克彥在空想殺人中常思考並反覆檢測的步驟，因此他可說瞭若指掌各項細節。

「然後，妳直接將夾克套在原本穿的毛衣上，裙子不用換了。而後打開窗戶，現出妳的上半身，佯假成戴工作手套的男子自背後摀住妳的樣子。妳想求救而拚命掙扎，隨之將上半身伸出窗外，使勁力氣試圖掰開歹徒的手，大聲呼救。因為被人摀住，所以只要裝出沙啞的男聲就可以了。書房的電燈先關掉，等我跟巡邏員警來到門前時，妳再開始演戲。若員警沒來，我會隨便找個路人一起過來。等待期間，妳從窗簾的縫隙觀察外面，直到我出現再行動。接下來，發出兩、三次求救聲後，妳立刻偽裝成被歹徒強行拉走的樣子消失在黑暗中。書房的門到窗戶之間至少十公尺，月光再怎麼明亮，路上行人也不可能見到書房內的情形，而我也會好好引導證人。放心，一定萬無一失。明白嗎？」

明美在克彥興奮莫名的表情與充滿自信的說明後，對於他的計畫，漸漸有全盤的了解。

「我懂了。換句話說，你是要製造不在場證明。你要讓證人親眼目睹股野被殺時，你才正要進門，對吧？這個時候，員警是不二人選。而這麼一來，雖然我在現場，但柔弱的女子什麼也做不到……哎呀，那我應該會看到犯人，要是被問到犯人長什麼模樣……」

「就回答是蒙面歹徒。」

「用什麼蒙面？衣著呢？」

「妳就回答強盜身穿黑衣，其他細節則完全沒注意到。蒙面不是只蒙住眼睛，而是臉部完全被遮住。就說像面紗，以黑布罩在獵帽上。當然，歹徒戴著工作用手套，也沒留下指紋。」

「我知道了。其他就靠我臨場發揮嗎？但是，萬一我被懷疑是凶手怎麼辦？只靠是柔弱女子不可能贏過股野的說法，不會有問題嗎？」

「放心，所以才需要繩子、領帶與鑰匙。時間緊迫，我只說一次，妳要牢記在心。等一下我會出去，妳立刻將書房的門上鎖。等會兒在窗口的戲演完後，妳以最快的速度完成以下步驟：將刷子自手套中取出，手套要確實湊成一對，而後拋進隔壁衣櫃的抽屜，等風波平息再偷偷放回廚房抽屜。夾克也收進衣櫃，西服刷則掛回把手上。再來，妳將這些領帶與繩子拿到隔壁寢室，並從裡面上鎖，寢室到走廊的門也上鎖。這麼一來，要進入寢室便得破壞其中一道門，這樣妳就有充分時間準備。至於鑰匙如何處理嘛……對了，先放進寢室的其中一個抽屜吧。

「書房、寢室與兩個房間之間，這三道門，都是犯人事發後才上鎖的，所以萬一抽屜裡的鑰匙被發現，就說原先打了兩把。但如果妳能暗中將二樓臥房小櫃子裡的鑰匙藏在某處就更好了。這麼一來，總共就只會有一把鑰匙。

「一進寢室，妳就將兩條領帶塞進自己口裡，另一條則蓋在嘴上，自後腦杓處打結，將嘴巴堵起來。而後妳進入衣櫃，將掛著的衣服推到同一邊，應該有足夠空間讓一個人曲著腳靠著吧？……妳馬上試試看。」

兩人走進隔壁寢室，打開大型衣櫃的門。根本用不著試即可確認沒有問題，空間足夠塞下一個人。於是，兩人又返回圓桌前。

「妳一進衣櫃裡就兩腳併攏，以這條大衣的皮帶將腳踝捆綁起來，並打上結，牢牢固定，然後將對開式的衣櫃門自內部關上。再來可能有點難。這是將逃脫魔術的技巧反向運用，但我相信妳一定辦得到……先將雙手握拳向前，對，就是這樣。我現在將妳的手腕以雨衣的皮帶綁上。魔術師就算綁得很緊也不成問題，不過妳是外行人，所以我先綁鬆一點。」

克彥說著，以皮帶捆住明美雙手並拉好。

「好，這樣就行了。妳先放開拳頭，再依序緩緩抽出兩隻手。我綁得很鬆，應該不會太難。看，這麼一來，皮帶就會維持打結。先將這個放進衣櫃裡，等妳綁好腳踝後，再將這條皮帶的結放到背後，反手伸向櫃子底部，依照剛剛教妳的方法，雙手順序伸進環結中。這樣，妳就像被人從後面綁住。或許有點難，但花點時間慢慢做，一定沒問題……妳練習一下。」

明美簡直拚命地練習這套戲法。她先靠在書房的角落，將皮帶的環結放在背後，接著扭動身體，將右手伸入右邊的環結再拉緊；左邊一樣如法炮製，靠著眼角餘光完成動作。由於環結很鬆，因此並未花太多工夫，很快就成功地將雙手放進結中。

「可別以為只要將雙手放入結中就好。妳雙手握拳，再將雙手交叉擰轉環結。沒錯，就是這樣。如此一來皮帶便會深陷手腕，看起來就像綁得很緊。而且手腕部分自然會充血而腫脹，就真的難以脫身了。這雖與真正的逃脫術不同，但應付眼前的狀況已足夠。接下來，只要有人發現妳被關在衣櫃裡，勢必會救妳出來。

「絕對不要慌張，慢慢來。我離開這裡後，妳立刻將書房上鎖，接著寢室也上鎖，員警看到窗口的戲碼後，就算我們想盡速破門而入多少也需要一點時間。之後，我們會發現屍體，此時又會再耽擱一點時間。等到進入隔壁寢室時已是好一陣子後。也就是說，妳有餘裕慢慢綁好。但完全沒人發現妳也不行，所以只要聽見有人進入寢室，妳即刻在衣櫃裡盡力騷動，發出聲音，讓人注意到妳。懂了嗎？慎重起見，妳複誦一遍我所說的步驟，不能有所遺漏。要是有一個步驟錯誤就前功盡棄了。」

明美當下將如此繁複的表演過程正確地複誦出來。不愧是演員，一點錯誤也沒有。

「漂亮！這就夠了。到時務必確實演出，切勿遺漏。我會把留在這裡的大門與衣櫃鑰匙帶出去，因為犯人將妳關進衣櫃，按理一定也會上鎖。但妳人在裡面，無法自行上鎖，因此我帶著鑰匙，等跟別人一起進來時再伺機鎖上。而玄關上鎖，自然是延遲我們進入屋內的措施。」

「哎呀，竟然連這種細節都設想到了！你的思緒真是驚人的縝密呢。可是，我被關進衣櫃裡有什麼意義？」

「這還不簡單。犯人對股野有恨意，但沒打算殺害美麗的妻子。由於他是蒙面犯案，妳根本看不見臉部特徵，他沒必要趕盡殺絕。不過，他希望爭取時間逃脫，要是讓妳自由，妳可能會打電話報警，也會大聲向鄰居求救吧。對犯人而言，他自然不樂見此情況，所以塞住妳的嘴巴，關進衣櫃。這麼一來，至少到明天早上都不會有人發現。

「同時，此舉亦證明妳是被害者，絕不可能成為共犯。清楚了嗎？」

明美了然於心地重重點頭，敬畏地望向激動的情人。克彥慌忙看手表，八點十五分了。
「演戲步驟大致如此，但還有一件事得做。妳知道保險箱怎麼開嗎？」
「股野雖然從不告訴我，不過我無意間得知方法。要打開嗎？」
「嗯，快開吧。」
克彥等候時，就站在暖爐前添加煤炭，還將煤灰盆的把手弄得嘎嘎作響。
「保險箱裡應該有一整疊的借據吧？」
「嗯，也有現金。」
「有多少？」
「一疊十萬圓鈔票，及一些零錢。」
「存款簿與股票不要動，只拿借據跟現金，保險箱就這樣開著。」
明美取來借據後，克彥接過翻看，可惜沒有時間仔細檢查。當中有幾個他認識的人，粗略看起來金額都十分龐大。
「這堆借據你打算怎麼處理？」
「丟進暖爐裡，連現金一起燒掉。」
「當作是助人嗎？」

「嗯。我要別人認定凶手為助人而將借據全燒毀，當然凶手的借據也在其中。股野一向不收擔保品，也不簽公證借據。只要這些借據消失，原則上還錢的責任也一併消失。但記錄過往借貸明細的帳本還是留著，若借據還在，只要一核對帳本的紀錄就知道誰曾是債務人。警察必須花很長一段時間按帳簿上的登記一一找出債務人調查，可惜犯人永遠不可能出現。燒掉借據就是避免警方核對帳本後，找出目前仍有借貸關係的債務人。同時，燒掉借據的犯人見到現金，沒道理保留吧？這樣才合理。且我隨身帶走也太危險了，難保股野沒將號碼抄下，因此現金要馬上燒掉。先從紙鈔開始吧。」

花了寶貴的三分鐘監看紙鈔完全化為灰燼後，克彥進一步攪動紙灰，再將借據丟入，接下來交給明美就好。克彥穿上放在書房門口沙發上的外套，戴上手套、取出手帕，擦掉圓桌上的威士忌與酒杯上的指紋，收回裝飾櫃。接著，細心地將圓桌、火爐攪拌棒、保險箱與門的把手等，會留下指紋的地方都細心地擦拭乾淨。最後，他將衣櫃的鑰匙放入口袋，吩咐道：

「趕快準備，千萬不要有遺漏。」

當他準備踏出書房門口之際，明美喘著氣跟上來。

「要是我們的詭計成功就好了。如果失敗，這大概就是最後一次。」

明美雙手搭在克彥肩上，熱淚盈眶地看著克彥。她可愛的雙唇，正惹人憐愛地因啜泣而顫抖著。兩人四唇交接，很長很長一段時間，緊緊地擁抱。克彥腦中閃過殉情前的接吻景象。

聽到明美自書房內上鎖的聲響，克彥立刻奔下樓梯。已戴上手套，不用擔心留下指紋，他從內部鎖上大門，隨即轉身到廚房倒杯水一口喝下。最後，他將大門鑰匙放進廚房的櫥櫃。

這一陣子都是晴朗的天氣，廚房外地面十分乾燥。加上鋪著石頭，不必擔心留下足跡。他謹慎地打開水泥牆上的後門，離開前刻意留下兩公分左右的縫隙，而後鑽進狹窄的巷子裡。外面的石子路也非常乾燥。

（3）

月光如正午般皎潔明亮。想著不能被人瞧見，克彥留心周遭，一會兒便來到路上。既沒遇見任何人，也無人開窗窺看外頭。大門正面沿著大排水溝的道路，在月光的照映下視野極度良好，路上沒半個人影。他看看手表，八點二十分，離計畫的八點半還有充分時間。

排水溝映照著月亮，波光粼粼，閃耀銀色光芒。周遭靜寂得有如置身於海底。對岸樹木的圓葉也閃動點點光亮，而克彥所在之處的棗樹樹籬亦閃閃發亮。

（多美的夜景！彷彿童話中的國度。）

這是克彥生平第一次感受到，平時了無生趣的街角竟如此絢爛。

克彥不自覺地吹起口哨。他並非刻意表現平靜，而是自然而然地感到放鬆。口哨的餘音一路高升，掠過月色的餘韻，消失在天際。

（且慢，必須重新檢視一遍計畫……）

克彥即時返回現實，瞬間的不安致使他顫抖不停。

（從窗外聽見叫聲，立刻跑向大門，破門而入的時間點非常重要。在這段期間，虛構的犯人必須完成許多預定步驟。若現在推論起來才發現時間不夠，那可就糟了。危險、太危險……這就叫犯罪者的大意吧。好……我來仔細推演一下……）

（虛構犯人會在股野於窗邊求救後馬上殺了他嗎？不，不行。必須先逼迫他打開保險箱，否則無法在之後順利燒掉借據。而要他打開保險箱並不難，只要手繞住脖子，或鬆或緊地威脅他就可以了。比起被殺，開保險箱不過是小事，股野勢必選擇後者。打開保險箱後，犯人毫不猶豫地絞殺股野，接著丟下屍體，取出借據丟入暖爐，將現金放入口袋。虛構犯人必定會這麼做。這些行動必須在一分鐘至兩分鐘之內完成，因為明美聽到丈夫的求救聲，會即時上樓。不，在此之前還得做一件事情，那就是從衣櫃裡取出皮帶與領帶。假設虛構犯人早知道屋內有衣櫃，在衣櫃裡尋找繩索類的物品是極其自然的反應。但在黑暗中是否找得到？寢室有窗，靠窗外的月光或許看得見吧。不，或許還是太暗，就當犯人攜帶手電筒好了。接著，犯人準備好皮帶與領帶等明美上來。以上動作必須在一分鐘之內完成。此時明美或許已走進書房，總之，犯人抓住明美，塞住她的嘴巴，以至於她無法出聲求救，而後綁住她的手腳，關進衣櫃裡。這些則必須在兩、三分鐘內完成。時間相當緊迫，但也不是辦不到。所有時間加起來大概四、五分鐘吧，也就是說，為虛構犯人所設想的這些情節，至少要預留這些時間才足夠。絕對不能比這時間更早破門而入，得在虛構犯人自後門順利脫逃後方能行動。如何拖延時間恐怕是最困難的環節……不管了，盡力而為！）

克彥的思緒快速運轉，煞那間他已思考多事。在寒冷的天候下，他竟緊張得冒出一身冷汗。又過一會兒，喀、喀……久候多時的腳步聲終於接近，聽起來不像一般人。今晚舞臺劇的高潮即將到來。

克彥回頭一看，果然是巡邏的員警。似乎不是兩人一組，這帶大概都只分派一名警力。

克彥聞聲亦踏出腳步，往前邁進二十步左右到股野家門口。他站在門外，看向二樓的窗戶。此時，二樓上推式的窗戶喀啦喀啦發出聲響。室內一片黑，窗簾猛然被拉開，一張人臉露了出來。貝雷帽、玳瑁粗框眼鏡、白手套、褐色夾克。白手套自背後遮住那人的嘴。人影痛苦掙扎，「救命啊……」沙啞的求救聲自手套縫隙間迸出。

克彥佯裝吃驚抬頭觀望，此時奔跑的腳步聲亦逐漸接近身後，巡邏的員警也在遠處看見這副景象。

「救我……」求救聲再次傳來，可惜中途突然遭到抑制。接著，窗口的人影彷彿被白手套拖走，消失在闇黑的室內，徒留窗簾在月光的照耀下隨風搖曳。

「你是？」員警正要奔進屋內時，突然對呆立在門口的克彥心生懷疑。對方是個說美少年也不為過的年輕員警。

「這是我朋友的家，我剛好要來拜訪他。我是從事電影工作的，名叫北村克彥。」

「那，你認識剛才在求救的人嗎？」

「好像是我的朋友股野重郎，是個前男爵。」

「我們趕快進去看看吧，感覺情況不太妙。」

（太好了，至少爭取到一分鐘。這是虛構犯人將借據投入暖爐，正要轉往衣櫃的時刻。）

克彥與美少年員警一前一後奔向門廊。但門不論怎麼推都推不開，按門鈴也沒人回應。

「怪了，其他家人不在嗎？」

「我也不清楚。這棟房子只有朋友夫婦與一名女傭，共三人。若只有丈夫在，就有點反常了。因為朋友的妻子與家裡的女傭都很少外出。」

（又經過一分鐘，虛構犯人差不多該走向後門了。）
「沒辦法，我們從後門進去吧。如果後門也關上，應該還是可以從窗戶進入。」
「你知道後門在哪嗎？」
「知道，在那邊。不過附近有水泥板牆擋住，得先打開牆上那道門才行。」
水泥板牆上的門果然關著。員警試著推推這道門，思索一下後，不知為何竟語帶自信地說：
「要破壞這道門不難，但萬一後門也鎖上，反而只是浪費時間。我看還是先嘗試打開大門吧。」接著便大步邁向正門。
「要破門而入嗎？」
「不，沒必要，看我的。」
員警折返門口後，從口袋裡拿出黑色鐵絲狀物體，將前端稍微折彎後插入大門鑰匙孔，喀嚓喀嚓地攪動，時而抽出變換方向再插入，反覆進行好幾次。
（唔，這不是開鎖的技術嗎？現在的員警也要學這些啊？但他這麼做反而幫了大忙。剛才走向圍牆又折返，此時又搞這個開鎖的步驟，看來已超過兩分鐘以上。這樣至少過了五分鐘，等員警打開門，恐怕又要耗個一、兩分鐘。）
沒想到，不消一分鐘，喀唧一聲，門鎖跳起，大門打開了。當時急著進門，以至於兩人直接就踏入黑暗的室內。後來，這名員警針對此時的開鎖曾說明：「我很喜歡讀推理小說，小說中凡是提到上鎖的門時，若急著打開總是由警察以身體撞開，這似乎是不成文的規定。但現代的警察沒必要使用蠻力，靠著一根鐵絲撬開門鎖是竊盜慣用的手法，沒道理警察不能使用竊盜發明的技巧。這幾年來，我們這些新進員警都接受過以鐵絲開門的訓練。因為靠這技術，反而比用撞的更有效率呢。」

「喂！有人在嗎？」

「股野！夫人！大姊！你們在嗎？」

兩人齊聲大喊，然而沒有任何回應。

「沒人在嗎？」

「沒關係，我們先上二樓吧。不該再繼續拖拖拉拉下去。」

（在這段期間又經過一分鐘，接下來，無論多趕都不必擔心。）

兩人旋即跑上二樓，來到書房門前。

「剛剛看的窗戶就在這房間。這是丈夫的書房。」克彥轉動門把。「不行，上鎖了。」

「還有其他入口嗎？」

「隔壁寢室也能進去，就是那道門。」

這次則是員警轉動門把。同樣上了鎖。

「喂！股野！你在裡面嗎？股野，股野……」

毫無回應。

「沒辦法，看來又得靠開鎖的技術。」

「我來試試。」

員警再次取出鐵絲插入鑰匙孔，這次比剛才更快打開門鎖。

兩人趕緊走進室內，只是室內太暗，一時之間什麼也看不到。克彥憑印象摸黑打開電燈。

電燈一亮起，兩人赫然發現一名穿著褐色夾克的長髮男子倒臥在地。

「啊，是股野！就是這棟房子的主人。」

克彥大喊，隨即跑到他身邊。

「別碰！」員警叮嚀克彥，自己也靠近股野仔細端詳他的臉孔地說：「看來斷氣了。脖子上有嚴重勒痕，應該是遭勒斃的吧……電話呢？房子裡應該有電話吧？」

克彥指著辦公桌，員警立刻跑過去拿起聽筒。

打完電話後，兩人將二樓與一樓所有房間找過一遍，確定夫人與女傭都不在。

「凶嫌大概在我們進入時由後門逃逸，現在追也來不及了。總之，維持現場是第一要務。」

員警說完再度返回二樓。書房與寢室的門都鎖著，剛才為避免浪費時間，先不開寢室的門。此時員警又拿出鐵絲，打開走廊邊通往寢室的門。進入寢室後，他先搜尋床底，再開寢室與書房間的門。

克彥趁此空檔不著痕跡地靠近衣櫃，將口袋中的鑰匙藏在手裡，背著衣櫃將櫃門鎖上，隨即將鑰匙丟進衣櫃與牆壁的空隙。背對克彥專心開鎖的員警完全沒有察覺到他的一舉一動。

一會後，總算打開書房與寢室間的門，員警鬆口氣，正準備踏進屍體所在的書房時，傳來一陣物體晃動的聲響。

「咦？你沒聽見怪聲嗎？」

員警看著克彥，克彥則盯著衣櫃。此時又傳出物體劇烈晃動的聲響，衣櫃輕微搖動。年輕員警神色異常緊張。

於是，他走到衣櫃前，伸手想要開門，但根本打不開。

「誰？是誰在裡面！」

對方沒有回答，搖晃的聲響卻更劇烈了。

員警右手拔出腰間的手槍，做出準備射擊的動作。這次他不再使用鐵絲，反而以左手用力拉扯櫃門。由於是對開式的門，就算上鎖，只要用力一拉，輕易便能扯下。衣櫃啪地打開，從中滾出一巨大物體。

「啊！明美夫人。」克彥裝作非常吃驚的樣子大喊。

「這女人是誰？」

「就是股野夫人啊！」

警官將手槍收回腰間槍套，蹲下解開明美嘴上的領帶，將口中的領帶全部抽出。

此時，克彥悄悄檢查明美綁在背後的手腕。做得太好了，皮帶深陷手腕，完全沒有自己捆綁的嫌疑。這樣就沒問題了。克彥解開腳踝上的皮帶，刻意將手腕上的留給警官。

等解開所有皮帶後，兩人攙扶明美到床上，讓她躺著休息。

「水……給我水……」

明美痛苦地哀求，克彥馬上跑到廚房端來一杯水。眼前的她真的非常渴，一拿到水立刻大口大口地喝下。等明美稍微冷靜後，年輕員警取出筆記本，將她的陳述如實抄寫。明美的演技簡直逼真得無話可說。

今天傍晚請女傭先回家後，明美與丈夫一起吃遲來的晚餐。正當她在樓下廚房收拾餐具時，忽然聽見丈夫的書房傳來呼叫。於是她上樓看看狀況，一打開書房的門，房內一片黑暗，她當下感到異乎尋常的氣息。她才要開燈，猛地有人自背後抓住她，將細長布條塞進嘴裡，她連試圖呼救都辦不到。

接著明美被壓倒在地，雙手遭反綁，雙腳也遭綑綁。在窗外月光的映照下，她見到犯人模糊的身影，像是穿著黑西裝，身高說不上非常高或非常矮，感覺不胖不瘦，總之身材沒特別明顯的特徵。他戴著黑色獵帽、臉前有面罩似的黑布遮蔽，完全看不到臉孔。由於對方不發一語，也不知道聲音的特徵。

透過月光，明美發現丈夫股野趴倒在地。看不出遭到殺害還昏倒，只知一定是蒙面男所為。她也瞄到保險箱的門開著，因而心想這男子應該是強盜，但似乎與一般強盜又有不同。

很快地，犯人抱起明美，強行塞進寢室的衣櫃裡，並自外面上鎖，之後大概就直接離開了。犯人始終沒開口，行動迅速敏捷，從塞住明美嘴巴到丟進衣櫃，歷時不到三分鐘。

描述的過程中，明美由床上坐起，回想、說話、再回想，大致敘述以上內容。她完全投入角色，說話方式也非常逼真。她甚至大膽地在言詞之間透露對丈夫股野重郎沒什麼感情。

美少年員警原本非常擔心這柔弱的夫人在見到丈夫悲慘的死狀後，不知會多麼悲嘆，但明美在員警的攙扶下走到丈夫遺體旁，僅例行公事般地滴下幾滴眼淚，並未刻意緊抱屍體痛哭。

不知不覺已過九點半，股野家突然騷鬧。轄區與警視廳派出的多名支援警力接連到來。

明美在搜查一課課長與警察署長面前又重複幾次證言。她的說話方式隨著複述的過程，逐漸添加不具風險的枝葉，情節愈來愈精采，連克彥也為其演技深感歎服。

鑑識人員回報，股野的死因為受到強力腕部扼殺，門把與其他室內一些光滑物品表面上被布擦拭過，他們試著採集指紋，但很可能找不到可疑的指紋，而不管是正門或後門，都沒發現顯著的足跡。

鑑識人員也沒放過暖爐裡的整疊紙張灰燼。對照明美的證言，可知那疊紙灰是借據，而保險箱中數十萬現金也不翼而飛。因此，警方將股野辦公桌抽屜裡的借款帳簿當作證物帶走。

搜查員警表面上什麼也沒說，但輕易便推測得出，現階段正朝股野目前的債務人方向調查。或許在借貸帳本中的所有人，都會受到盤問吧。

股野既無雙親也沒兄弟姊妹，是個孤獨的守財奴，以至於發生這等慘事後也沒親戚可通知。而他生前能訴說心事的朋友也寥寥可數，勉強說來，克彥算是他最親密的朋友。

明美的父母住在新潟，不過姊姊嫁給東京三共製藥（註）的員工，她便打電話找來姊姊夫婦幫忙。在忙著這些事情時，夜也深了，克彥當晚索性留宿股野家。

隔天，日東電影老闆等許多股野的朋友都來協助後事，但由於對事情來龍去脈最清楚的是

註　明治三十二年塩原又策設立三共商店，專門進口胃藥。昭和四十年，改組為三共合資公司，大正二年又改為三共股份有限公司。原以販賣水楊酸、梅毒療劑等藥品為主，後發展為綜合製藥公司。

克彥，因此他理所當然地負起分派任務的責任。事件經過三天，股野重郎的喪禮終於平靜落幕。

克彥與明美輕而易舉地度過難關。如死者家屬忙著喪禮而一時忘卻悲傷，兩人身為犯罪者的恐懼感也在忙碌中暫時忘懷。一方面是他們對於詭計有充分自信，另一方面也由於膽敢犯下這種滔天大罪的人，多半具有冷血性格，使得他們還不至於太過膽怯而能安然度過這幾天。

（4）

警方屢屢派人至明美與克彥家中、兩人不得不接受煩人訊問的情況，在一個多月後，彷彿完全遭人遺忘似地，這些與事件相關的干擾都消失了。

十天前，克彥離開公寓，搬進明美家中與她同居。對於相愛的兩人而言，這結果極其自然，而朋友也並未起疑。這反倒像克彥的無罪證明，凶手反而可能無法如此明目張膽地做出這種事。

換個角度想，克彥的殺人行為其實也算一種自我防衛。他並非蓄意殺害對方，所以比起計畫性犯罪，事後他精神上遭受的折磨顯然輕鬆多。或許正因如此，兩人夜裡從沒做過噩夢。若將正當防衛的事實公諸於世，也許會更輕鬆，但這麼一來，與明美的戀情非但無法實現，目前令兩人滿意的生活也絕對不可能降臨。理想生活的幻滅是兩人最無法忍受的情況，克彥才會費盡千辛萬苦，構思出這牢不可破的不在場證明。

他們十分幸福，繼續僱用原來的女傭，組成全新的三人小家庭，沒遭到任何人的干擾。股野的財產理所當然地由明美繼承，兩人的作風不像股野那般吝嗇，過著富足奢侈的生活。

（原來，在這世上做壞事竟如此輕而易舉啊。我的智慧遠勝過警察了。事到如今，沒有任何人懷疑我，這等於贏過全世界。這不正是所謂的「完全犯罪」嗎？回想起來，我所構思的，實在是一個令人讚歎不已的詭計。殺人者本身在遠處目擊殺人的場面，只怕沒半個推理作家能想出如此周延的詭計吧。不，也不是沒有。我曾看過一部《皇帝的鼻菸盒》（註）的小說，裡面的詭計就與此類似。但那部小說裡僅是口頭上騙人而已，因為聽者當時正生病躺在床上。故事裡的歹徒只是將未曾發生的事說得彷彿真實發生過般，以誘使聽者相信罷了，實際上如此巧合的事根本不可能發生。萬一聽者過度好奇，下床親眼見識的話，詭計立刻會被拆穿。遺憾的是，我的詭計無法完整呈現在世人面前，即便是小說或劇本也無法構想出類似的劇情。古人常

註　原書名為《The Emperor's Snuff-Box》。美國的狄克森・卡爾（John Dickson Carr, 1906-1977）於一九四二年發表的長篇推理小說，描寫雙重密室殺人事件。根據〈J・D・卡爾問答〉（收錄於《續・幻影城》），亂步認為本作為卡爾最好的六部作品之一，亂步並於昭和二十五年十二月的《別冊寶石》雜誌中特別介紹。但本文中，北村提到的內容與原作略有出入。

說，最美完的事物不會出現在世上，我想大概就是指這種情形。）

自認安全無虞且沒問題的想法在克彥心中逐漸增強。「萬一」的可能性，則由他內心悄然消逝。

在這鬆懈的情況下，也就是事件經過一個多月的某日，許久未見的警視廳花田警部（註）突然來訪。花田是從基層刑警做起，逐漸升遷上來的警部，如今在搜查一課占有重要地位，事實上他所經手的案件也是搜查一課裡最多的。

花田被邀請至二樓書房，身穿西服的花田警部微笑接過裝有約翰走路的酒杯。當然，這不是事發當晚的那瓶。克彥自那天起，便莫名地喜歡上威士忌。花田的來訪讓明美有點忐忑不安，因而也來到書房。這舉動對原是股野妻子的她而言是理所當然。

「你還是繼續使用書房啊？不會覺得怪怪的嗎？」花田警部雖笑著問，但眼神四處游移，打量起房間。

「我沒什麼感覺。因為我不像股野那般惡劣，就算待在這裡，也不會慘遭跟他一樣的下場吧。」克彥微笑著回答。

「夫人妳實在幸運，有北村先生這樣可靠的人在背後默默支持，如今更是幸福了吧？」

「這樣說對死去的丈夫雖然有些過分，不過我跟他在一起時總是感到無以復加的痛苦。您也很清楚，他是受眾人怨恨的人呀。」

「哈哈哈，夫人妳真直接。」警部爽朗地笑出聲。「那你們兩人會結婚吧？大家都這麼耳語相傳呢。」

克彥倏然驚覺這話語中隱藏著不尋常的氣氛，便試圖扭轉話題。

「先別談這些事吧。對了，距離事件發生也有段時間，犯人還沒找到嗎？」

「欸，你提這個，不是反而害我抬不起頭嗎？說來慚愧，這起案子真的是陷入一片迷霧。我們用盡一切手段，就是找不到嫌犯。」

「也就是說……」

「股野帳簿中無論是過往或目前債務人，我們全查過，卻沒找到半個可疑人物，多數人都有明確的不在場證明。即使缺乏不在場證明，根據各方情況進行了解後，都確定沒有嫌疑。」

「但我想除了債務人以外，股野的敵人也不少……」

「關於這方面我們也盡全力搜查。凡是你或夫人提過的與股野有交情的電影業界人士，我們也已逐一盤查，仍舊未能找到嫌疑者。如此乾淨俐落的犯罪事件實在少見，一般或多或少都

註　警視廳搜查一課的股長，初登場為《化人幻戲》（1954-1955）。而在《十字路》（1955）中成為主角。

能找出一點蛛絲馬跡。詭異的是，這次怎樣也找不到可疑的事物。手法實在太高明了，令人感覺相當不可思議。」

克彥與明美抿著嘴巴，不發一語。

（不愧是警視廳，查得如此透徹。看來須小心眼前這個警察。我計畫太過周延，早知道就不要燒掉借據。既然焚毀借據的傢伙是凶手，而與此方向相符者中找不到可疑人物的話，警方必定往其他方向查。接下來，就是重新審視不在場證明。這麼一來，搞不好連我的不在場證明也會再度遭檢驗。不，這不可能。我可是離殺人現場足足十公尺以上呢，由物理學上判斷，我絕不可能是殺人凶手啊。而且我身邊不是還有巡邏員警這麼一名無比可靠的證人嗎？）

「所以，今天我來的主要目的，就是要請你們再次回想一下。除了先前你們提過的可能對股野懷有恨意的朋友外，是否還有沒被提及的人存在？特別是想請夫人仔細思索。」

「不……依我所知，真的沒有其他人了。我跟股野結婚也不過三年，關於他的過去，我幾乎一無所悉……」

看來明美真的想不出別的可疑人物。

「股野不輕易向任何人透露心事，他的個性一向孤僻又神祕。不止對我，相信對他人也都一樣，他絕不會貿然說出內心深處的真正想法。他平時沒有寫日記的習慣，似乎也未留下遺囑。因此，我們真的想不出其他有嫌疑的人士。」

「對，這也是我目前最煩惱的一點。在這種情況下，加上又沒有交往密切的朋友，搜查起來實在困難重重啊。」

花田自此將話題帶回閒聊。他的談吐風趣，不管克彥或明美當下都忘了這起案件，雙雙愉快地加入話題。警部與克彥隨著一杯又一杯的威士忌，漸漸酣醉並開起黃腔。而明美從影已久，早習慣這類話題，三人打心裡笑得如春天一般燦爛。

花田警部當晚待了三小時以上，或許彼此逐漸熟稔，之後他幾乎每三天、五天就上門拜訪。真兇與警視廳的名探竟能以好友的形式交往，這對克彥來說，具有難以抵擋的魅力。而隨著花田警部不時的到訪，克彥也真心與他熟絡起來。有時加上女傭阿清，四人會一起打麻將或玩撲克牌。三月中旬已過，克彥與明美常在和煦的星期天邀請花田一同出遊。到晚上，則在新橋附近的酒吧肩並肩坐著享受品酒之樂。

面對這種場合，前女演員明美的社交藝術總發揮得淋漓盡致。酒過三巡際，有時警部也會調戲起明美，甚至讓人誤以為他如此頻繁造訪，是為明美的美貌所誘惑。雖然花田穿著時髦的西裝，依然掩不住自基層努力爬上來的結實體格，且他下巴方正寬廣，喝醉酒時整張臉簡直像塊發紅砧板，因此克彥根本不擔心。更何況，名探愛上殺人犯的女人，這不是很刺激嗎？

克彥與花田也經常討論起古今東西方的推理小說。

「北村，你寫過幾部推理電影的劇本吧？我還看過其中一、兩部呢。這也算是職業病吧，我平常就愛看推理小說。」

花田也是個嗜好讀書的人。

「刻意隱匿犯人的電影總是不受大眾歡迎。我寫的也一樣，通常票房表現都不是太理想，果然劇情還是要有點刺激。那種就叫倒敘推理小說（註），觀眾從一開始就知道犯人是誰，劇情充滿懸疑與緊張更能受到歡迎。」

「那股野的事件能寫成電影嗎？」

「這個嘛……」克彥仔細思考過後才回答。一不小心差點回到當時的演員和虛構犯人身分了，須分得一清二楚才行。總之，切忌得意忘形而透露太多。「若是當時在月光照耀下的窗戶，被害者探出頭求救的情景，用在電影場景裡感覺起來滿不錯的。至於明美嘛……」克彥轉頭看一眼身旁的明美說：「包括女主角被關進衣櫃裡的情景、保險箱前格鬥的場面，這些都很適合入鏡。但其餘細節我一無所知，萬一凶手不是債務人，就連動機都不明朗了。要寫成電影劇本，我看沒那麼容易吧。」

「窗邊的情景當成電影的一幕的確很適合呢。你是目擊證人，印象一定更深刻吧。不如把這起案子取為月光殺人事件，聽起來倒是滿不錯的。」

（危險危險。聊太多窗邊的事可能會被察覺出破綻，今後別再聊這個話題了。）

「花田你還真浪漫啊。在血腥的犯罪搜查中，有時會感到詩意，有時則是很教人悲傷。」

「悲傷的事可多著呢，我常對犯人油然心生一股莫名的同情，這是個壞習慣。搜查行動是絕對不該懷抱詩意的。」

說完，兩人相視大笑。

就這樣，事件發生後將近兩個月時。某日，花田再次來訪，還帶來一則令克彥震驚的消息。

「你聽過私家偵探明智小五郎吧？我和明智先生有六、七年交情，常受教於他。我經手過許多案件，都是倚仗他一點提示才偵破的。以前上司總認為靠民間偵探破案，實在有辱警視廳的名聲。但我目前的上司，搜查一課安井課長（註一）本身與明智就是多年好友，所以我遇到瓶頸便去請教明智，完全不會受到責備。」

註　與一般推理小說的敘述手法相反，前半部主要描寫犯人，名偵探到後半部才登場，此種寫法肇始於英國奧斯丁．弗里曼（R. Austin Freeman, 1862-1943）的《奧斯卡．普羅茨基事件》（1912）。但在閱讀這篇小說以前，亂步早已於〈心理測驗〉、〈天花板上的散步者〉（1925）中實驗過這種寫法。或許是對此一手法情有獨鍾吧，他在戰後評論集《幻影城》（1951）中更撰寫專文討論，又在本篇〈月亮與手套〉中再次挑戰，可惜與犯罪心理小說的區別不明顯。稱得上純粹倒敘推理作品的僅有F．W．克羅弗茲的部分作品、羅伊．維克斯的〈迷宮課事件簿〉、電視影集《哥倫布刑警》而已。

這些話聽在克彥耳裡，簡直如青天霹靂。此際，他的腋下不斷冒出冷汗，完全溼透了，或許連表情也顯得異常僵硬。

（振作一點！要是這時流露一絲不自然，曾經的辛勞也頓時化為泡影。放心，放心。不管是明智小五郎還是何方神聖，都不可能看穿詭計，因為我沒留下半點線索啊。太反常了，我到底怎麼回事，竟然沒想到明智小五郎這號人物，甚至連過去在空想中研究如何殺害股野時，也未曾考慮到明智，真太過大意。有關明智的功績，我每篇都拜讀過，還曾醉心於他的智慧。此次竟沒考慮到他登場的可能性，這一定是「盲點」，我陷入明智最偏好的「盲點」了。）

「關於這回的案子，」花田繼續道。「我徵詢過明智先生的意見。他說，這真是個充滿挑戰性的事件。於是，我當下便邀他來現場勘察，沒想到，他表示不需要親自到場，光聽我的詳細報告就足夠了。之後我也常拜訪明智先生，並將搜查經過、這棟樓房的隔間、保險箱或暖爐或衣櫃的所在、其他種種器物和門窗的方位、門前道路與大門、建築物的相對位置、後門的情形，以及兩位的證言等，都鉅細靡遺地向他報告。明智先生也提點了我一些意見。」

克彥凝視著花田，試圖從中讀取他的意圖。只見花田的表情詭譎，嘴角似乎帶著笑意，但那僅是諷刺的微笑，態度全然滿不在乎。

（哼哼，我懂了。來打麻將、玩撲克牌、喝酒，原來全是根據明智小五郎的指示（註二）。

就是在等我和明美不經意洩漏玄機。這倒是大麻煩，看來有必要跟明美好好說明。不，等等。我不能聰明反被聰明誤，將這些芝麻小事看得太嚴重，結果反而自己嚇自己。對犯罪者而言，恐懼是最危險不過了。真相總在恐懼中不經意洩露，不害怕就沒事了。不能把命運交給神明，只要不畏懼就能一切順利。我一點也不後悔，殺死股野這種惡人本來就天經地義，周圍都為此痛快。我的良心未覺一絲不安，也沒必要太過恐慌。只要以平常心應對，就能明哲保身。）

但以平常心應對這種情形是多麼艱巨的任務啊，那幾乎等同與神對抗。

「那明智先生有什麼想法？」他極其自然地——至少他認為——露出微笑，若無其事地問。

「他說這次犯罪未留線索，日後應該也找不到實質證據。因此他建議我朝心理方向搜查。」

「那麼，心理搜查的對象是？」

「人選很多啊，就算是毫無嫌疑的人物也都是這次搜查對象。說實在的，工程太過浩大。另兩名同事也全力投入搜查，只不過我們並不熟悉心理搜查，以至於難度加倍啊。」

「警視廳裡除了這起案件，還有許多重大案件等候偵辦吧？你這陣子一定很忙。」

「沒錯，僅靠目前成員一時半刻實在無法處理這麼多案件。但是，我們對陷入膠著的案件

註一　在《化人幻戲》中同樣以花田警部及箕浦警部補的上司身分登場。

註二　或許就跟范・達因的《金絲雀殺人事件》（1927）中，偵探范斯所做的相同，他與犯人玩撲克牌，藉以觀察他的心理狀態。

一向很執著。即使沒辦法將現有人力全部投入其中，仍抽出部分人手，日夜致力於這起案子。在我們的字典裡，沒有『放棄』兩字。」

（是嗎。如果確實像他所形容的，日本的警視廳還真了不起。這樣一來可就麻煩了。不過，我看這也只是花田的虛張聲勢，光報紙上刊載的，不就一堆陷入謎團的事件嗎？我才不信警察真的如此神通廣大。）

「辛苦你了。不過除此之外，應該也有外人想像不到的樂趣吧？犯罪搜查就像狩獵，跟獵人追捕受傷的野獸感覺相同。記得有位檢察官曾說『我是天生的虐待狂，所以最適合擔任此職』，我想檢察官應該是最能享受到虐待之樂的行業了。」克彥突然興起一股挑戰警方的念頭，故意說些會激怒對方的話。

「哈哈哈，你果然是個文人。對於人心的挖掘實在深入，真受不了你呀。但若追根究柢，或許真是如此吧。」

此時兩人又齊聲大笑。

當晚，克彥躺在床上，向明美提起明智小五郎的事情。明美霎時血色盡失，在克彥的懷抱中不自覺地發抖。當只有兩個人時，彼此都難以克制恐懼的情緒。

他們一直細聲討論到深夜三點，明美甚至啜泣起來。她如此不安，克彥也跟著擔心。

「明美，眼前是最重要的時刻，我們必須以平常心面對。只要保持平常心，什麼事都不會發生，輸給自己的脆弱才是最危險的事。在這次事件中沒有留下一絲證據，只要彼此都不膽怯，一定能撐過去，幸福就能永遠屬於我們。懂了嗎？明美。」

克彥不斷重複這些話，備感口乾舌燥，總算安撫明美的怯弱。

(5)

過了幾天，某日夜裡，花田警部再度來訪。豈料這次他帶來足以顛覆克彥與明美原有的自信、令兩人為之膽寒的消息，接下來十數天他們時時刻刻都在恐懼與搏鬥中度過。所謂的恐懼，是對自我內心的恐懼，而搏鬥則是與自我內心的搏鬥。

當晚，三人加上女傭又玩起麻將。花田一路連贏，隨後眾人皆失去興致，草草在九點左右結束戰局，於是克彥再度拿出約翰走路款待客人。等到雙方都醉醺醺，花田竟抓著明美跳起舞。明美當然也醉了，雙方不停打鬧，玩著追逐的遊戲。接著花田逃向樓梯，跑進廚房裡。

「不行！太太快來啊，花田先生太失禮啦。」聽起來是花田笑鬧著硬要抱女傭。

只是當明美走到樓梯中途時，突然失去興致，便折返回到書房。克彥酣然躺在書房沙發上，酒醉的他臉色潮紅。明美在他身邊半躺地坐下，即使喝醉，不安的情緒依舊分秒逼近，感覺幽靈就在走廊角落的昏暗處，股野的幽靈……明美第一次感受到如此詭譎的氛圍。

此時，猛地傳來啪噠啪噠的懾人走路聲，原來是喝醉酒的花田重重地踩著階梯回來。他赫然出現在兩人面前，與他放肆玩著追逐遊戲的阿清也跟在後面衝進書房。

「夫人，我表演魔術給你們看吧。我剛才從樓下拿來瓦楞紙做的水果箱蓋子與剪刀，我要用這些物品變出一個深藏不露的戲法。」花田搖搖晃晃地站在麻將桌前，擺出魔術師的架式。

「請各位看好……這瓦楞紙箱究竟會變成什麼呢？」

他左手拿著瓦楞紙，右手拿著剪刀，筆畫出落語師（註一）的剪紙藝（註二）準備動作，配合

隨口模仿的三味線旋律，將瓦楞紙剪成五指狀。

克彥背上冷汗直冒，醉意瞬間消退，腦裡傳來陣陣刺痛。明美彷彿乍見幽靈般驚恐，兩眼瞠得老大，小巧的雙唇亦驚訝地闔不攏。

「首先，將瓦楞紙剪成這種奇怪的形狀，再將普通的手套……」他邊說邊從口袋裡取出交通警察專用的手套，有點類似尋常工作手套，套進五指形的瓦楞紙上。

眼前隨即出現一隻人手。他將包覆著手套的瓦楞紙微微舉起，在自己面前晃來晃去，做出種種動作。手套看起來就像背後有人伸手在他前方搖晃一樣。

動作猶如事件當晚明美的行為。再也看不下去，明美光是克制不發出慘叫就耗盡力氣。雖然不似西方女性容易昏倒，但與喪失意識相去無幾，克彥也只能閉上眼睛，眼不見為淨。

（我太大意了，讓這個男人輕易出入家中就是失敗的肇始。原本企圖平常心面對，果然還是不行。但這絕非警視廳搜查課警官的智慧所能辦到，肯定是明智小五郎唆使他這麼做，自始至終都充滿著明智的氣息。真駭人的傢伙，他連這點也想到了嗎？不過，這僅是單純的想像罷了。哼，混帳東西，別以為我會輸給你。我的對手不是花田，而是隱身其後的明智。好，咱們走著瞧。我很平靜，別以為我會害怕沒有證據的恐嚇……可是明美呢？唉，她畢竟是女人，事跡敗露總是源於女人……）

克彥用力握著身旁明美的手。為了替明美打氣，他以寬大的男子漢掌心牢牢貼住明美。

「各位先生、女士，剛才不過是開場的小把戲，接下來，我最拿手的好戲即將登場，看好嘍！」花田興致高昂，興奮地念著口白，招手呼喚笑開懷的女傭阿清，請她到身邊來。「我手上的這個，只是一條普通的雨衣用皮帶。」

這下令人不由得聯想到，這起事件中使用的雨衣皮帶。

註一　落語是一種類似中國相聲的日本傳統技藝。

註二　原文為「かみきり」，為落語中的一種表演，由客人出題，落語師當場將手中的白紙剪出指定圖案貼在黑紙上。

明美幾乎當場昏厥，只能勉強依偎在克彥身上。克彥嚇一大跳，馬上轉頭查看，幸好明美沒昏過去。大概是過於緊張而全身攤軟。克彥緊緊握住她的手，祈禱她能平靜下來。他自己更刻意偽裝成酒醉，暫時閉上眼睛試圖蒙混過關。若張開眼睛直視表演，必定無法保持平靜。絕不能在此時顯露出不自然的表情。

（啊，不行！明美，妳為何要瞠眼直視呢？這樣妳內心的想法不是會被看得一清二楚嗎？聽話，看著我吧。）

他留神不讓花田發覺，暗自將明美的臉轉向自己。

「看啊，各位，我要用這條皮帶把手緊緊捆住……來，阿清，不必擔心，牢牢地綁起來。對對，繞個三圈，接著將兩端在這裡打上結。」

阿清笑吟吟地將花田伸出的手腕綁上皮帶。

「各位看到了，眼前這美女已使勁綁緊我的手。我的手絲毫動彈不得。」

他做出誇張的動作試圖掙脫，但一下子就表現出疲軟的模樣。

「阿清，接下來從我的口袋裡取出手帕蓋住綁縛之處。」

阿清聽從命令，將手帕蓋在他被綁住的手上。

「好，繩子若能在一瞬間解開，請別吝惜掌聲……」

花田的手在手帕底下動來動去，不久，兩手一伸，只見手上空無一物，皮帶漂亮地解開。

克彥鼓起勇氣拍手，但掌聲如此乾澀，盡力多拍幾下後，總算傳來清脆的聲響。他略為恢復自信，也要明美拍手。但明美稀稀落落地拍個兩、三次之後，就再也沒有力氣。

「各位剛才看到的，就是藤田西湖（註）真傳的脫困妙技。請看這裡，取下的皮帶依然保持原狀，繩結完全沒有鬆脫。但光看這些，各位大概還不過癮，接下來，我要將雙手重新套回繩結。這可是比逃脫更困難的技術，各位看仔細嘍，要是表演成功請再度掌聲鼓勵……」

花田的手再次在手帕的覆蓋下動作，不一會兒，掀開手帕後，又回到一開始的情景，雙手被皮帶緊緊綁住。克彥與明美靜靜地給予無力的掌聲，表情僵硬地虛應幾聲。

「哈哈哈，怎樣？很精采吧？好，魔術表演完畢。時候也不早了，我也該告辭。離開前再喝一杯吧。」

花田伸手拿起桌上的約翰走路倒進酒杯裡，接著舉至眼前，搖搖晃晃地走向沙發。要是讓他坐上同一張沙發，明美驚恐的反應肯定會被察覺，於是克彥也起身走向圓桌，斟酒後大喊：

註　藤田西湖（1899-1966），甲賀流第十四代忍術家。本名藤田勇志。擔任新聞記者期間邊學習忍術，其後參與日本陸軍中野學校的設立，並於陸軍大學校擔任教職。昭和二十五年以特別來賓身分參加推理作家俱樂部與捕快作家俱樂部共同舉辦的演講與實地表演。昭和二十八年，在三遊亭圓朝的忌日紀念會「百物語之會」中曾與亂步一起出席。

「乾杯吧！乾杯！」

他站在花田前面，舉杯相碰，一口飲盡後，彼此拍拍對方的肩膀。

「對了，聽明智先生提過，那天晚上的月亮真是莫名明亮呢。這究竟是偶然，還是計畫好的？哈哈哈哈哈，好，我也該回去了。」

花田將酒杯放到桌上，逕走向廊上的衣架，取下大衣後，彷彿游泳般搖搖晃晃走出屋。

兩人等花田離開後，連續喝下好幾杯威士忌。他們再也無力承擔這種超乎尋常的煎熬。

兩人藉著酒力總算能夠沉沉入睡。但克彥夜半仍猛然驚醒，他看著身旁，明美同樣一臉蒼白驚懼地瞠大眼睛，直瞅著天花板。眼前的她臉頰瘦削，猶如病人。克彥無法像平時那樣以言語鼓勵她，此刻他也是勉強撐住而已。

（明智這男人太可怕，真是太可怕了。）

這幾句話霎時變成轟隆作響的囁嚅，在他腦中穿梭迴盪。

警方的心理攻擊絕不會就此結束。往後好幾天，惡狠狠的毒箭將一箭接著一箭射向兩人。

隔天，明美覺得繼續待在家裡只會更加難受，便前往澀谷的姊姊家，但傍晚回來時，整個人簡直瘦了一圈，形容更是憔悴。她勉強走上二樓，默默經過書房裡的克彥面前，逕自進入寢室。克彥也隨著她來到寢室，手輕輕搭在落坐床緣、雙手掩面的明美肩上。

「怎麼了？發生什麼事？」

「我沒辦法再撐下去了，有人一直跟蹤我。你看，他應該還在門口打轉吧。」明美的語氣明顯帶著自暴自棄之意。

克彥自寢室窗戶的窗簾縫隙中偷窺前方的道路。

「那傢伙嗎？穿著黑色長大衣與灰軟帽的。」

「嗯。他是花田部下，我到澀谷站時才發現被跟蹤。他跟我搭同班電車，一起下車。前往姊姊家的路上，他一直跟在我後面。我在姊姊家待三小時左右，以為他已離開，沒想到我走出姊姊家，隨即又被跟蹤，真是煩人。萬一每天都有人這樣監視，我真的會無法忍受。」

「這擺明是要我們神經衰弱的戰術。因為他們一點證據也沒有，才出此下策。耍起這種無謂的小手段，便以為我們會露出馬腳，絕對不能中他們的詭計。這就是警方的策略，只要我們泰然自若，對方也只能舉手投降。」

「你每次都這麼講，但要徹底隱瞞謊言實在太痛苦。我承受不了這種折磨，甚至想在所有人面前大喊『殺死股野的是北村克彥！共犯就是我！』」

（女人畢竟是女人，她形同歇斯底里。我再怎麼安慰也無濟於事了。）

「明美，妳是女人，所以才會軟弱得陷入絕境。妳要振作精神，一旦投降，我們的幸福生活就會瞬間瓦解。不止是我，妳也會因為共犯的身分而遭到審判，隨後被關入暗無天日的牢房裡。除此之外，刑期結束後妳一分錢也拿不到，整個社會也不會接納妳。想到這些，不管此時此刻有多麼痛苦我們都得熬下去，不是嗎？打起精神，好嗎？」

「這些後果我當然清楚，但這不是空談道理便能解決，這過程實在太令人窒息，就像緩緩沒入地獄深淵，我再也受不了。」

「別太情緒化，妳只是睡眠不足而已，吞下這片安眠藥（註）好好睡一覺吧，這樣至少能暫時忘記痛苦。我則是靠威士忌，靠這瓶令人懷念的約翰走路。」

然而，這並非結束。每一天，明美外出必定會有人尾隨在後。回家後則不論晝夜，門外都有身穿黑色長大衣的人監視。

「太太，有個奇怪的人一直在後門附近打轉，我剛買東西回來，他猛盯著我笑，該不會是小偷吧？」

阿清喘著氣向明美報告。唉，連後門也不放過嗎。明美很清楚那不是小偷。

「是個穿著黑色長大衣、戴灰軟帽的男子嗎？」

「不是，是個穿著褐色長大衣與獵帽，長相凶神惡煞的男人。」

（看來監視者有兩人。）

明美隨即跑上二樓，自窗簾縫隙窺探大門前的道路。這邊也有一個，躲在排水溝旁的電線桿，側眼不斷瞥向二樓，是平時的那個黑色長大衣男子。

到晚上，監視者增加到三人。克彥索性把書房的安樂椅拉到窗邊，坐著透過窗簾縫隙確認情況。雖然天色已暗，無法看得很清楚，但依稀可見一個躲在電線桿後面，另一個佯裝散步，背著手漫步朝對面的轉角走來走去。

（真有耐心！那就來比耐性吧，看來這是場持久戰。）

火紅的明月再度高掛在工廠的煙囪。可惜不是滿月，今晚是不祥的殘月。

（就是這鬼魅般的赤紅月亮驅策我殺人。那天晚上的月亮果然是個凶兆嗎？但今晚的月亮……）究竟是什麼徵兆呢？寢室傳來簌簌聲音，唉，又在哭了。明美正像個小女孩般啜泣，克彥雙手抱頭，獨自在沙發裡彎著身子，竭力忍受尖錐刺腦般的苦楚。

（我不會輸的，儘管放馬過來吧。我、絕對、不會認輸……）

之後，克彥在安眠藥的藥效下如爛泥般沉睡。到早上，太陽升起，總算又恢復精神。

「喂，今天我們一起去散步吧。天氣很好，不如去動物園（註一）逛逛，然後再到精養軒用

註　原文為「Adorm」，一種安眠藥。戰後在日本廣為流行，但也陸續發生安眠藥過量中毒事件，更被當作自殺藥使用等弊害。

餐。天天悶在家裡也沒意思，要跟蹤就隨他們跟蹤。要是真跟蹤到精養軒，乾脆就請他們吃一頓算了，然後，盡情地取笑他們。」

女傭阿清一臉驚訝地目送克彥和明美，兩人身穿亮眼的外出服，幾乎是手牽著手出門。克彥和明美刻意不搭計程車，反而以電車代步。令兩人難以置信，今天沒有人跟隨在後。走進動物園時，他們原本很擔心警方會在園內埋伏，但留神觀察好一會也沒發現可疑的人，看來真的不在。出入精養軒時也沒看見不尋常的人，用餐後，由於天色還很亮，便轉而來到有樂町看場寬銀幕電影（註二）。無論是前往有樂町的路上、電影院裡，都沒有見到類似跟蹤的人。對兩人而言，如此輕鬆自在的日子，相形之下顯得分外珍貴。於是在黃昏將近時，兩人愉快地回家。家門前亦沒有監視的人影。

（看來跟蹤與監視的人都已撤退。這波攻擊實在激烈，還好我們撐過去了。）

克彥踏著輕快的步伐進入玄關。在早春的夕陽照映下，明美亮麗的臉龐也流露出興奮與歡樂的神情。女傭阿清已準備好晚餐，等候主人歸來。

「先生，剛才花田先生來過，留了張紙條在書房桌上，交代請您務必一讀就回去了。」

阿清的語氣與平時不同，似乎有點不太自在。

一聽到花田的名字，克彥明顯面露不耐。（幽靈還在徘徊。算了，今天搞不好是告別信，希望真是如此。）他立刻跑向二樓，尋找紙條。一封克彥慣常使用的信箋上寫有幾行字，平整地放在辦公桌的正中央。打開一看，克彥整天的愉快頓時消逝得杳無蹤跡。

（明智要來了，那個可怕的明智要來了！）

不知何時跟上來的明美，由背後瞥看信箋上的字。她的嘴唇瞬間失去血色，彷彿眼珠就快飛出來似地杏眼圓睜，全神貫注地看著信箋。

由於兩位不在，請原諒我僅以紙條轉達。明智小五郎先生請我轉告，近期內希望能與兩位見面。明天早上十點我會帶明智先生登門拜訪，請兩位屆時務必在場。

花田

致　北村克彥先生

註一　由接下來的行程為「精養軒」看來，這裡所指應該是上野動物園。精養軒於明治五年（1872）於丸之內馬場先門前開業，但當天就慘遭祝融。後來，又在京橋采女町三十三番地（現今中央區銀座五丁目）開業並兼營旅館，俗稱「築地精養軒」。不幸的是，在關東大地震中受災，隨即於昭和6年歇業。另一方面，明治9年設立於上野公園內的分店大多稱為「上野精養軒」，是東京有名的西餐廳。

註二　一九五三年，自美國引進日本的大銀幕電影。採用特殊鏡頭拍攝的影片能以一般電影的兩倍壓縮攝影，並在長寬比為1:2.5的超大銀幕上放映。

兩人什麼話也說不出，光開口也能感受到恐懼逼近。原以為獲得解脫，沒想到轉眼間情勢沉入最糟的狀態。

兩人無言地到飯桌前，晚餐氣氛像在守靈。在一旁服侍的阿清不知為何今晚顯得特別提心弔膽，不像平時多話。克彥問話時，她猶如驚弓之鳥，眼神帶著畏懼，什麼也不願多說。

「怎麼？身體不舒服嗎？」

「不是。」阿清輕聲回答，眼神彷彿挨罵的小狗，膽怯地望著克彥。

一切都令人不愉快。晚餐後，兩人默默回到二樓。克彥取出裝飾櫃中的約翰走路，斟了兩杯，一飲而盡。走進寢室後，眼見明美躺在床上，克彥坐到床緣。趁著今晚，兩人必須好好討論才行。

「克彥，該怎麼辦？一切都完了。我無力對抗了。」

「我也受不了，但還不能認輸。既然事情演變成這種狀況，只有繼續比耐力。對方手上一點實質的證據也沒有，只要我們不自白就絕對不可能輸。」

「可是光花田一個人，我們就快招架不住。看到手套與皮帶的戲法時，我就覺得快撐不下去，因為對方早看穿我們的手法。股野死後，我做為替身到窗前求救、手套的詭計、你虛構的不在場證明，還有我綁住自己，偽裝成被關進衣櫃裡的詭計，從頭到尾不全被看穿了嗎？如今，連明智都親自出馬，你說我們還有必要繼續逃避嗎？」

「妳真笨。就算他們看穿，也僅止於想像。明智的想像力的確精準得令人膽戰心驚，但也僅止於此，所以才必須靠那些戲法來跟我們玩心理戰。要是在這非常時刻屈服，反而正中對方的伎倆。我會跟明智見面，與他直接應戰、較量智慧。之前都是因為他躲在後方，才備覺恐怖。面對面的話，他也不過是個人，我絕對不會露出馬腳。」

談話到此暫時中斷，明美猝然面露驚懼。

「克彥，你不怕嗎？我覺得好像有什麼東西在這附近……那天晚上我也覺得走廊那邊躲著幽靈，此時此刻，我感受到與當時一模一樣的氛圍。」

「又說這些奇怪的話，妳太敏感了。」

克彥站起身，到書房取來威士忌與酒杯。斟了一杯，再次一飲而盡。

「克彥，那天晚上你為什麼要跟股野扭打在一起？為什麼要掐住他的脖子？為什麼要殺他？如果你沒殺他，就不會有今天的下場了。」

「混帳！妳說什麼傻話。要不是他死去，妳能像這樣過著奢華的生活嗎？能跟我在一起嗎？而且我也不是蓄意殺死股野，是他先掐住我的脖子，我才不得不還手。假使那時他的力氣再大一點，死的人可是我，所以這算正當防衛。但我如此聲稱的話，就再也不能跟妳在一起。

而妳也會被當作證人傳喚到法庭，或許連一毛錢的遺產也別想拿到。為了避免事態演變到這樣的地步，我才會想出此次計畫，我們也才能擁有眼前的幸福。事到如今，不管發生什麼事，我都必須守護這個幸福。我還能戰鬥，我會跟明智小五郎一對一單挑的。」

他說著猛地又喝乾一杯。嘴裡雖逞強，但若不依靠酒精的力量，他也無法擺脫恐懼。

「克彥，你聽！這次我真的沒聽錯。外面好像有東西，我好怕。」

明美倏地抱住克彥的膝蓋。

此時，走廊與寢室間的門悄然打開，一名男子現身。

克彥與明美緊抱在一起，撞著幽靈般的恐懼眼神凝視著眼前的男子。

「啊，花田先生……」

男子緩緩走向床邊說：「是我花田啊。對你們真是抱歉，我剛才一直躲在門外，你們的談話我都一字不漏地聽見了。假如繼續承受這種痛苦，你們一定會崩潰。建議你們還是坦誠事實，這樣比較輕鬆。」

（糟糕，換句話說，這傢伙剛才一直在偷聽嗎？我們的對話內容全都洩漏了。但這也無法成為證據，只要堅稱我們從沒說過這種話，他不就白忙一場？）

「你有什麼權利擅闖民宅？給我出去。請你立刻出去。」

「你真無情啊。我不是你的麻將友、牌搭子兼酒友嗎？不過是沒事先通知一聲，竟被你當成外人般大發雷霆，太見外了。可我還是要勸你一句，北村先生，聽從我的建議，趕快解脫吧。」花田笑著說。

「解脫？什麼意思。」

「自白啊。在法庭上承認你，**北村克彥**，就是勒斃**股野重郎**的凶手。你讓**前股野夫人**，也就是**明美女士**偽裝成股野，在窗邊求救，演出一場假戲，為你演出一場虛構的不在場證明。」花田刻意以緩慢慎重的語氣說著。

「混帳，這只是你的幻想。我不可能自白。」

「哈哈哈，你在說什麼，你跟明美女士適才不已自白？吐露這麼多了，很難挽回嘍。」

「證據在哪？你偷聽到的內容不足以成為證據。誰曉得你是不是說謊？只要我堅決否認，你又能奈我何？」

「你無法否認的。」

「什麼？」

「你看床鋪枕頭這邊的牆壁，瞧瞧這個架設床頭燈的金屬橫木底部。」

克彥與明美在花田沉著的語氣下感到一股寒氣，順著他所指的方向望去。在刺眼的燈光照耀下不太容易發現，但仔細一看，金屬橫木底部的確有凸起物。那是小型的圓形金屬物。

「趁你們外出的時候，我好不容易說服女傭，在這道牆壁上挖了洞，接著由隔壁松平先生的別館牽引電線到這裡。此時，別館內有安井課長及其他四、五名警視廳的警官在場。你懂了嗎？牆上的小型金屬物就是麥克風，隔壁的別館則裝設有錄音機。也就是說，你們剛才所講的一字一句都已被錄下。不，不止剛才的談話，連眼下我們的一問一答也正被錄音機收音呢。而為了當成呈堂供證，我剛剛才會特別注意關係人的名字發音啊。」

克彥聽到這裡，頓失抵抗的氣力。他總算清楚地了解到花田背後的明智有多厲害。

（我輸了，做夢也沒想到他們竟準備得如此周全。明智明日十點來訪的訊息不過是為了把我們逼上不安的頂端，以引出先前那番談話。他們早等候著我們一起外出的時刻，一逮到機會，立刻說服阿清與警方站在同一陣線，以利裝設麥克風，難怪阿清今晚顯得如此侷促不安。我明明感覺到阿清的異樣，為何沒起疑？為何沒提高警戒？然而，對方的手段這般嚴密，恐怕非一般人所能對抗。我不是蠢蛋，但看來要一輩子隱瞞謊言，終究是不可能的。）

「證人不止警察，我們也請隔壁的松平先生到場作證，而女傭阿清此時亦在隔壁的別館。記錄今晚對話的錄音帶，會在眾人的見證下當作證物保留……你明白了嗎？你們總算解脫，再也不用忍受這種痛苦，也不必繼續爭吵了。」

花田警部說完，表情有些凝重，一直站在原地望著兩人。明美從花田講到一半時，就趴在床上哭個不停。克彥雙手交抱胸前，垂頭不語。等花田的話一結束，克彥便迅速抬起頭，毅然決然地開口：

「花田，我認輸。我為造成各位不必要的辛勞致歉，但最後我想說句話。你們的做法雖不是肉體的拷問，卻是心靈的拷問。拷問絕非公平，更強烈地說，是非常卑鄙的手段。希望你將這段話轉達給明智先生。」

花田神情有點困擾地思索一會，很快便恢復平靜回答：

「你這想法大錯特錯。的確，我耍了很多小手段攻擊你們的心房，但這是迫不得已，因為你的詭計實在太過嚴謹，一點實質的證據也未留下。要是我們就此抽手，便無法懲罰有罪的人，這逼使我們必須透過心理手段解決。然而，這種心理攻擊與所謂的拷問在性質上截然不同。所謂的拷問，是利用肉體的折磨讓人認罪，不過，即使是無辜的人也可能因承受不了而被迫做出假自白。其他就如對嫌疑犯一、兩晚不眠不休地訊問，也算一種拷問。你若不是真凶，我這次運用的方法，對你肯定不痛不癢。我並未使用強迫你進行假自白的手段。你們之所以恐懼得彷彿受到拷問，是由於你們是真正的凶手。若非如此，看到我的戲法應該不會有任何感覺。即使遭到跟蹤，清白的人也不會因而告白曾行凶。心理攻擊與德川時代的拷問本質上截然不同……這樣你懂了嗎？」

克彥重重地垂著頭，一句反駁的話語也說不出口。

〈月亮與手套〉發表於一九五五年

《D坂殺人事件》解題

文／傅博

※本文涉及作品謎題，讀者請先閱讀作品，然後閱讀本文爲宜。

《D坂殺人事件》為《江戶川亂步作品集》第二卷。收錄亂步所塑造的名探，明智小五郎的中、短篇八篇，都屬於本格推理小說。其中五篇集中於一九二五年在《新青年》發表的，都是短篇，戰前唯一的中篇發表於二七年，另外兩篇是戰後才發表的。本書可稱為「名探．明智小五郎中短篇全集」。

明智小五郎是日本推理小說史上首位名探，又是日本人最知曉的名探，幾乎成為名探的代名詞。

亂步一生除了這八篇中、短篇之外，還發表十一篇長篇。戰前所撰寫的都是驚險推理小說，稱為「通俗推理長篇」，有十篇；戰後唯一的一篇即屬於本格推理。另外有三十多篇為少年少女讀者撰寫的「少年探偵小說」系列長篇。

在這三種不同系列登場的明智小五郎，其造型都不同。中、短篇系列的明智是一位失業青年，當時稱呼失業的知識分子為高級遊民，與一般失業者相比，另眼看待。

明智小五郎首次在〈D坂殺人事件〉登場時，年齡未滿二十五歲，一人租一處兩坪多的小房間，房間沒有家具，堆滿書籍，只留下自己的座位。他自稱在研究人類，對於犯罪與偵探工作特別有興趣，並且具有豐富的知識。

但是，四年後的一九二九年，在《蜘蛛男》登場的明智小五郎，躍進為一位穿白色豎領西服，穿白鞋，戴白色高帽，拿著罕見的手杖的青年紳士，不像日本人，恰如從非洲或是印度來的英國紳士。當初住在飯店，之後搬到有兩個房間的公寓，生活環境宛然與高級遊民時代不同。不止如此，心理分析派偵探變為行動派偵探。

到了一九三七年，亂步發表首篇少年推理長篇《怪人二十面相》時，明智小五郎已在東京御茶水之開化公寓開設「明智小五郎偵探事務所」，並僱用一名十四、五歲的助手，小林芳雄，已是名副其實的職業偵探。

〈D坂殺人事件〉（D坂の殺人事件）：刊於《新青年》一九二五年一月增刊號。原文約兩萬八千字。亂步之第六則短篇，明智小五郎首次登場。「我」（無姓名）和明智於九月上旬某天晚上，發現D坂一家舊書店老闆娘遭扼殺，陳屍在房間，從被殺時刻判斷，舊書店呈密室狀態。「我」和明智各做各的推理，結尾有亂步慣用的意外反轉。「我」與明智是友人關係，非偵探與助理關係。

〈心理測驗〉（心理試験）：刊於《新青年》一九二五年二月號，原文約兩萬五千字。亂步之第七則短篇，明智探案第二則短篇。以第三人稱單視點敘述貧窮大學生蕗屋清一郎，如何計畫完全犯罪，殺害放高利貸的老婦人，奪走金錢的經過。明智如何識破其詭計而破案呢？是一篇倒敘推理小說的傑作。

〈黑手組〉（黒手組）：刊於《新青年》一九二五年三月號。原文約兩萬二千字。亂步之第八則短篇，明智探案第三則短篇。記述者的「我」是〈D坂殺人事件〉的記述者「我」，雖然沒有寫出姓名，卻說「我」是作家。故事寫「我」的堂妹被黑手組綁架，伯父付了贖金，女兒沒回來，「我」請明智幫忙破案。是一篇綁架加暗號為主題的佳作。

〈幽靈〉（幽霊）：刊於《新青年》一九二五年五月號。原文約一萬四千字。亂步之第十二則短篇，明智探案第四則短篇。第三人稱單視點記述。辻堂誓言要殺害富翁平田，平田僱用保鏢保護，過著戰戰兢兢的日子。有一天平田得到辻堂死亡的消息，便回復了以往的生活。但不久後，平田身邊時常出現辻堂的幽靈，令他神經衰弱，他到某海岸靜養，偶然與明智相識，明智如何替平田抓幽靈呢？

〈天花板上的散步者〉（屋根裏の散步者）：刊於《新青年》一九二五年八月增刊號。原文約三萬四千字。亂步之第十八則短篇，明智探案第五則短篇。以第三人稱單視點記述一名不務正業的青年鄉田三郎，如何嗜好獵奇遊戲，全篇幾乎都在敘述鄉田各種各樣不道德的、耽美的小犯罪。時常搬家也是鄉田的嗜好之一，這次他搬到專門讓獨身者寄宿而新蓋的東榮館二樓的一個房間。他發現壁櫥上的天花板沒釘住，可打開爬上天花板。之後，從天花板的節孔窺視住人的舉動，成為他的新嗜好，某日他異想天開，想到一種完全犯罪的殺人方法，明智如何識破此法呢？

〈何者〉（何者）：刊於《時事新報夕刊》一九二九年十一月二十八日至十二月二十九日，全計二十八回。原文約四萬八千字。亂步之第三則中篇，明智探案第一則中篇。「我」與甲田伸太郎、結城弘一三個人是高中、大學同學，強盜事件發生那年三月剛從大學畢業。這年夏天，「我」和甲田到住在鎌倉海岸附近的結城家裡度假半個月。結城家裡富裕，父親為陸軍少將。有一天晚上，親友在二樓慶祝結城少將的生誕時，一樓的書齋槍聲響起，弘一的腳被強盜射傷……。故事裡亂步精心設計一個人扮演加害者、被害者、偵探等三個角色，及一箭雙鵰的動機。亂步本格推理中篇的代表作。

〈凶器〉（凶器）：刊於《產業經濟新聞》大阪版之星期日附錄，一九五四年六月十三日至七月十一日，全計五回。原文約一萬四千字。亂步之第四十四則短篇，明智探案第六則短篇。佐藤夫妻在室內相繼被刺，最初是美禰子被刺傷左肩，找不到凶器。其次寅雄被刺而死亡，一樣找不到凶器，是一篇隱藏凶器為主題的作品。

〈月亮與手套〉（月と手袋）：刊於《オール讀物》一九五五年四月號。原文約四萬九千字。亂步之第六則中篇，明智探案第二則中篇。電影劇本作家北村克彥愛上了高利貸殷野重郎的妻子明美，被殷野發覺，他欲殺北村，反而被北村所殺。北村想出一套欲脫罪的完全犯罪方案，明智如何設計圈套破案呢？倒敘推理小說的佳作。

二〇一〇年五月十日

從高級遊民到青年紳士——論明智小五郎

文／二上洋一

〈D坂〉初登場

名偵探明智小五郎與那些透過解決困難事件而聲名大噪的本格派偵探在形象上截然不同。例如金田一耕助在《本陣殺人事件》、《獄門島》中的功績受到肯定而聞名；而神津恭介也透過在《刺青殺人事件》或《成吉思汗的祕密》中的推理，構築出他做為名偵探的形象。這些作品對於橫溝正史或高木彬光的成就，都是不可或缺的。

然而，明智小五郎在〈D坂殺人事件〉、〈心理測驗〉、〈天花板上的散步者〉等精緻短篇中或許可見其做為名偵探的一面，但他的形象主要還是透過通俗長篇推理小說推砌而成已是不爭的事實。由江戶川亂步的代表作〈帶著貼畫旅行的人〉、〈鏡地獄〉中全然不見明智小五郎登場看來，這或許正是最有力的證明吧。

因此，說得極端一點，明智小五郎可說強烈受制於少年小說《怪人二十面相》中，在與對手無窮無盡鬥爭的過程裡所塑造出的名偵探形象，我想這點是無需多言且不證自明的事。

因此本文將順著〈D坂殺人事件〉到《怪人二十面相》之間，明智小五郎形象變化的軌跡來做一詳盡說明。

明智小五郎第一次登場是在大正十四年發表的〈D坂殺人事件〉。由該作品中的描寫看來，或許可形容為「相當爽朗地登場」吧。只是，在〈D坂殺人事件〉中的明智小五郎比起日後呈現出的青年紳士的爽朗形象，卻又有著極大的差異。

在〈D坂殺人事件〉故事裡常描寫他「根本是個怪人，頭腦似乎相當聰明」，可說是很適合推理小說的角色。平常總是「穿著他的粗條紋花樣浴衣，習慣以過度擺動肩膀的方式」走路。明智小五郎寄宿於菸草鋪二樓，住在「四張半榻榻米大小的地板上堆滿了書。當中僅有少部分範圍可見到榻榻米，其餘都是書、書、書，到處是由書堆砌而成的小山」的房間裡。他「算是一個沒有固定職業的遊民」，自稱「所研究的是人類」，並且「對於犯罪或偵探有著異於常人的興趣及驚人的豐富知識」。

年齡「不超過二十五歲。嚴格說來算是體型偏瘦，如前所述，他走路時有個習慣甩動肩膀的怪毛病，絕非類似豪傑大俠之類的動作，若以較耐人尋味的方式比喻，就是會讓人聯想到那位單手殘障的說書人神田伯龍般的走路姿勢。說到伯龍，明智從長相到聲音都跟他一模一樣——（中略）雖稱不上美男子，但給人一種親近感，且看起來極具天賦的長相即可——只不過，明智的頭髮較長，蓬亂毛躁糾結成團，跟人說話時，他還會習慣性地以手指把那原本亂糟糟的頭髮抓得更亂。至於服裝，他向來不講究，總是穿著棉質和服繫著皺巴巴的兵兒帶」，以上就是在本篇作品中，亂步對明智小五郎所做的描寫。

他的推理方式是他所謂的「表面的物證隨著詮釋方式不同，會出現全然不同的結果。最好的偵探法就是由心理層面透視出人的內在」的心理推理法。明智靠著這種方式成功解決事件。〈心理測驗〉的時間發生在〈D坂殺人事件〉之後數年，明智在這段期間「插手許多難以解決的犯罪事件，並從中展現其特殊的推理才能。不僅是專家，一般社會大眾也非常認同他的才能」。當然，他此時已不再是個書生。〈黑手組〉發表於《新青年》的大正十四年三月號，當中有一篇〈心理測驗〉，但他在〈黑手組〉中仍然住在菸草鋪的二樓。

後來他在〈幽靈〉或〈天花板上的散步者〉也曾登場，但這幾篇作品並未對他有特別深入的描寫，由此亦可看出江戶川亂步原本並沒有長期經營這位名偵探的打算。由於〈D坂殺人事件〉頗受好評，江戶川亂步在〈心理測驗〉以後亦持續讓他登場。但在此時亂步心中，明智小五郎明確的形象或許尚未成型吧。

作家甲賀三郎曾於《新青年》大正十五年二月號中，以本名春田能為投稿了一篇〈明智小五郎的印象〉，文中斷定明智是個五短身材、脖子粗短的駑鈍男子。該篇是理解當時文壇對明智小五郎的評價與印象的絕佳素材，收錄在《幻影城》增刊版——《江戶川亂步的世界》裡，有興趣的讀者可依此參考。

與文代夫人的邂逅

初期的短篇寫作遇到瓶頸後，江戶川亂步轉而往長篇通俗推理界發展。但諷刺的是，推理小說家江戶川亂步的形象反而是在長篇的領域上建立起來的。與此同時，他筆下的明智小五郎的形象也隨之大幅變化。

《蜘蛛男》連載於《講談俱樂部》雜誌昭和四年八月號至次年的六月號。

在《蜘蛛男》裡，明智解決了活人手臂垂掛在百貨公司假人上的一寸法師怪事件後，作者描述他「遠渡重洋到海外。聽說他經由中國抵達印度。從出國至今已過三年」。

當他回國後，突然現身在警視總監辦公室時，已非過去那個高級遊民明智小五郎，而是「立領白衣配上白鞋，打扮完全不像日本人」的紳士。在這部作品中明智喬裝成老人，表現出他喬裝術高明的一面。

明智在畔柳博士舉槍威脅的情況下，竟能夠若無其事地嘲笑對方子彈早已被他取出的橋段，之後也經常運用在與怪人二十面相的對決中，這可說是令人印象深刻的名場面。

在這次事件中與明智小五郎搭檔的是警視廳的波越警部。連載於《國王》雜誌昭和五年九月號至六年十月號的《黃金假面》中，波越警部「彷彿忘記剛才犯下的失策，頗為得意地介紹這位名聲遠播的朋友」，由此可見他對明智的崇敬。

通常警察與私家偵探多處於水火不容的狀況，但明智小五郎與警視廳的關係一向很好，這也可說是明智受到眾人喜愛的例證吧。

明智小五郎在追蹤黃金假面的過程中，曾隱約感覺自己所追查的是替身，便佯裝身體不適而退出搜查行動，改交由波越警部全權追蹤。表現出他亦有機靈狡詐的一面。

在此，我想順便談談明智住所的變遷。

初登場時，江戶川亂步提及他住在菸草鋪的二樓。到了《蜘蛛男》則住在飯店。之後在《黃金假面》中，他「放棄不經濟的飯店生活，搬來這處公寓，對於單身的他來說，比起獨門獨院的房子，還是住在公寓比較自在、方便。他租的是面向大馬路的二樓兩房公寓，其中一間約有七坪，足以充作客廳兼書房，另一間較小的索性就當作臥房」。

這間位於御茶水的公寓叫「開化公寓」，客廳裡有個兼作會客桌的大型書桌。說到這裡讀者或許會問，那麼〈D坂殺人事件〉中的那堆積如山的書又到哪去了？在旅居海外前全賣掉了嗎？說不定旅費就是由賣書的錢而來的呢。

在《黃金假面》中，明智曾利用影子映照在窗戶上，使人誤以為他仍在房內，這是江戶川亂步筆下著名的詭計之一，藉此暗示出江戶川亂步在通俗推理、少年偵探小說領域中的評價並非只能以詭計做為結論的一面。

這棟開化公寓面對著水道橋到御茶水之間的路面電車軌道。故事中描述這條道路一邊面對著大排水溝，自水道橋方向望去，公寓就在左側御茶水的某處。如今這一帶興建了順天堂大學醫院與中、小型大樓，已沒有類似公寓的建築物，因此當時是以哪棟建築為藍本，已難以考證。

與無數犯人對決乃是名偵探的宿命。例如夏洛克・福爾摩斯與莫里亞提教授、金田一耕助與了然和尚等，要一一列舉的話恐怕永無止盡。在《黃金假面》的事件中，明智小五郎的對手就是那位鼎鼎有名的亞森・羅蘋。這個設定可說非常少見。如果是現代，以非影射方式任意使用他人獨創的角色，或許會發展成著作權問題吧。

只是法國人如何喬裝成日本人？江戶川亂步透過讓羅蘋戴黃金面具解決了這道難題。這的確是個值得讚賞的創意。

接著，江戶川亂步又從隔年，也就是昭和六年的三月開始在報紙《報知新聞》上連載《吸血鬼》。

在《吸血鬼》當中，原本只有兩房的開化公寓不僅擴大至三房，還增加了兩個同居人。以下，我引用一段關於這兩個同居人的描寫。

聽見三谷敲門，一名年約十三、四歲、臉頰紅潤有如蘋果一般、穿著立領服的少年出來應門。他就是名偵探的小徒弟。

相信就連熟悉明智小五郎的讀者也是第一次知道這個小徒弟的存在，但在這間偵探事務所中，還有另一名引人注目的助手。那就是名叫文代的美麗姑娘。

這就是那位有名的小林少年與明智夫人文代女士。明智與夫人的相遇其實是在《魔術師》這篇作品裡，以下針對兩人的相遇稍微說明。

《魔術師》連載於《講談倶樂部》昭和五年七月號到六年五月號。在這篇作品的開頭，江戶川描寫了明智這位年近四十的中年男子，由於愛上剛自女校畢業的千金大小姐妙子而心情煩躁的情形。江戶川亂步寫道：「犯罪背後隱藏著戀愛，無一例外。專門解決犯罪的偵探若是個不懂愛情的遲鈍男人，又如何能做好他的工作呢？」藉此為明智的戀情做辯護，不覺令人莞爾。明智在這故事裡，便是因為妙子而捲入事件。

接下來，則必須對明智與文代之間的發展做進一步的描述。明智被歹徒捉住，並由歹徒的女兒文代負責看守他。但在文代的好意下，明智得以逃脫。

「謝謝，我不會忘記妳的恩情。只是妳爲何要背叛他們而幫助我呢？妳不是歹徒的同伴嗎？」明智握著少女的手，悄聲詢問。一股熱切的情感化爲液體不斷由明智眼眶中簌簌而下，不可遏止。

「我是歹徒的女兒。」文代悲傷地說。「可是、可是！我經常聽到您的大名，我無法不幫您。」激動之餘，少女差點哭了出來，她緊緊地反握明智的手。

由於文中描述少女的年紀約是十八歲，因此與明智大概有二十歲的差距。不過「在這起事件中，在千鈞一髮之際拯救名偵探的，竟然是怪盜的親生女兒。這是多麼不可思議的姻緣啊。原來如此！原來如此！剛才明智說他心裡有所愛的人，應該就是這位文代姑娘吧」，完全就像流行歌曲裡的「只要有愛，年齡不是距離」的想法一樣。

先前我曾提到書生時代的大量書籍的問題，趁著自宅兼事務所擴展成三房、客廳與書房隔間獨立的機會，明智「將出國遊歷時，寄放在朋友家的藏書全數搬回，四邊牆壁搭設起滿滿的書架，並將自海內外蒐集的各類書籍全放上書架。不，不止是書架而已，就跟他過去一樣，在書桌上、安樂椅的扶手上、燈架周圍的地板上，地板的絨毯上，有如重現過去那個房間的景象，堆滿大量的書籍」，簡直就像島崎總編輯的住所一般。

每當遇上瓶頸時，明智總會抽起「費加洛」牌的埃及捲菸。而此一事件發展到最後，明智意外發現驚人的內幕，原來妙子與文代在出生後不久即被人掉包，明智所愛的奧村文代其實才是玉村家的千金。

「文代自願當明智小五郎的女助手，每天前往開化公寓的明智事務所報到」的理由就是因為兩人有過這麼一段前緣。

《吸血鬼》事件中，靠著文代與小林少年展開積極的調查才解決事件，最後，故事以報紙刊載明智與文代即將結婚的消息而結束。

過著新婚生活的明智小五郎在這之後暫時未現身於犯罪界，再次登場是在《黑蜥蜴》中。本篇於《日出》昭和九年一月號至十二月號上連載，文中的明智小五郎形象已是「身材細瘦，身穿黑色西服」。

在《黑蜥蜴》的事件中曾提及明智有許多部下，由此推論，原本僅有小林少年一名助手的明智事務所或許有所擴張也說不定。但是本篇作品並未描寫明智的新婚生活，反而以與女妖黑蜥蜴展開纏鬥為主軸，「明智默默地親吻『黑蜥蜴』漸次冰冷的額頭，親吻了原本想要殺他的殺人魔的額頭」，或許是因為這段描寫，作者認為不適合對文代夫人多所著墨吧。明智畢竟是個有情有義的男人啊。

昭和九年五月號到昭和十年的五月號在《講談俱樂部》上連載的《人間豹》中，描寫到「明智小五郎在經過『吸血鬼』事件後，結束在開化公寓的獨居生活，於麻生區龍土町買了房子，與原本的女助手——美麗的文代女士共組幸福的新婚家庭。（中略）在低矮的花崗岩門柱上掛著一個小小的黃銅看板，上面寫著『明智偵探事務所』。穿過大門，眼前所見是一條兩旁種植了棗樹的石板道，走幾步，拐個彎，一棟小巧別致的白色洋房映入眼簾。摁下門鈴，立刻有個臉頰紅潤似蘋果、身穿立領服的可愛少年出來應門」，這就是小林少年。此外還有個女傭住在家裡，一家共四口。

就這樣，基盤穩固的明智小五郎故事跨足於少年小說世界，繼續創造出更果敢的名偵探形象。

怪人二十面相登場

《怪人二十面相》連載於雜誌《少年俱樂部》是在昭和十一年。明智、小林對抗二十面相的世紀對決由本書出發，接下來該系列持續連載，並成為少年刊物的暢銷作品。由此可知明智小五郎與二十面相的故事是多麼能夠吸引少年的心靈啊。這點由廣告中亦可見明智小五郎即可得知。

請恕我不厭其煩地說，《怪人二十面相》連載於《少年俱樂部》是在昭和十一年這一年。

這個時期，江戶川亂步在撰寫青年刊物上深感遇到瓶頸，因此來自少年雜誌的邀稿反成了順水推舟。這段時期的心境於拙作〈江戶川亂步的少年推理小說〉中有詳實解說。而《怪人二十面相》亦可視為日本少年推理小說的代表作。

二十面相最早登場是在明智小五郎接受滿洲國政府的委託前往新京出差期間，故事就在小林少年與二十面相的對決中展開，隨著明智的歸國，故事也正式上演。

明智身穿「黑西裝、黑外套，黑軟帽，一身黑色系的打扮，他很快就看見小林少年，微笑地向他招手」，但是怪人二十面相也隱身在這東京車站的一角，迎接未來宿敵的歸來。佐藤忠男（註）曾提到，此場面是日後少年時髦主義的濫觴。

明智小五郎的住宅位於麻布區龍土町一處幽靜的住宅區。名偵探與依然年輕美麗的文代夫人、助手小林少年、女傭等一家四口在此過著平凡的生活。

這段與青年刊物中的描寫並無二致。此時，以小林芳雄為中心的少年偵探團成立，甚至還成為下一部作品的篇名。

《少年偵探團》於昭和十二年在《少年俱樂部》上連載一整年，與前作相同，獲得無數讀者熱烈的支持。

在《少年偵探團》中，第一次使了BD徽章。在此容我說個題外話，詳細介紹一下做為少年偵探團會員獎的BD徽章。所謂的「B」與「D」，是「少年」（Boy）與「偵探」（Detective）英文的第一個字母。這個徽章以沉重的鉛塊製成，少年偵探團團員在口袋中經常放著二、三十個徽章。必要時會用小刀在上面刻上文字做為聯絡，並可用來測量水深，當遭到綁架時，亦可拋在轉角處做為記號，指引同伴前來救助。

自本作起，怪人二十面相系列漸漸淪為大同小異，作品本身並無可看之處。但相反地，明智偵探的名聲卻扶搖直上，成為日本第一名偵探。

二十面相系列在《妖怪博士》之後經歷二次大戰，並於戰後再次連載。昭和二十四年，在雜誌《少年》上又連載了《青銅魔人》、二十五年《虎牙》、二十六年《透明怪人》等。

這一陣子，明智事務所已搬到千代田區，對這個新的事務所，江戶川亂步描寫道：「寬廣的歐風書房的四面牆壁上設置了高達天花板的書架，一格一格排滿燙金文字的圖書。書房正中央擺著約有一張榻榻米大的辦公桌，在雕刻裝飾的古董扶手椅上，明智隔著辦公桌與之相望。」

「明智小五郎坐在這張椅子上，手枕在桌上拄著臉頰，另一隻手搔弄著他那頭蓬亂的頭髮」由這段描寫看得出來，比起剛登場的時期，明智的生活富裕不少，唯一不變的只有那頭蓬髮而已。

原本愛好的埃及捲煙「費加洛」，此時也換成菸斗；少年偵探團也學起福爾摩斯的少年游擊隊（Baker Street Irregulars），成立了分隊。

喬裝、腹語術等，這些明智小五郎不知從何處學來的特技，比起怪人二十面相毫不遜色。這樣的設定可說完全切中少年讀者的興趣。

而且，少年小說特有的大而化之特質，也使得讀者對於書中的設定無需一一挑剔辯論，這對明智小五郎的性格塑造有著加分效果，恐怕是自不待言的吧。

二上洋一〈高等遊民から青年紳士へ・明智小五郎〉發表在《別冊幻影城》，一九七六年八月出版。

註　佐藤忠男（1930-），影評家、教育評論家。

本文作者簡介

二上洋一（ふたがみ・ひろかず）「本名倉持功」

大眾文學評論家、漫畫評論家。一九三七年五月一日出生，茨城縣人。早稻田大學第一文學部國文科畢業後，一直在集英社上班，編輯少女漫畫雜誌，退休後任職東京學藝大學非常勤講師、創業社常務理事、同社顧問。早稻田推理小說俱樂部OB、日本推理作家協會會員。一九七六年以《少年小說の系譜》（幻影城出版）獲得第二屆日本兒童文學學會獎勵獎。重要著作有：《少女まんがの系譜》、《私家版推理小說三十五年私史》。編著有《少年小說の魅力》、《少年小說の世界》等。

二〇〇九年二月十六日逝世、享年七十二歲。

D坂殺人事件——江戶川乱步作品集04

原著書名：D坂の殺人事件
作者：江戶川亂步
翻譯：林哲逸
特約系列主編：傅博
責任編輯：詹凱婷
編輯總監：劉麗真
總經理：陳逸瑛
榮譽社長：詹宏志
發行人：涂玉雲

出版：獨步文化
城邦文化事業股份有限公司
104台北市中山區民生東路二段141號5樓
電話 (02) 2500-7696　傳真 (02) 2500-1967

發行：英屬蓋曼群島商家庭傳媒股份有限公司城邦分公司
台北市中山區民生東路二段141號2樓
讀者服務專線 (02) 2500-7718；2500-7719
24小時傳真服務 (02) 2500-1990；2500-1991
服務時間 週一至週五 上午09：30-12：00 下午13：30-17：00
讀者服務信箱 E-mail service@readingclub.com.tw
劃撥帳號 19863813　戶名 書虫股份有限公司

香港發行所：城邦（香港）出版集團有限公司
香港灣仔駱克道193號東超商業中心1樓
電話 (852) 25086231　傳真 (852) 25789337
E-mail hkcite@biznetvigator.com
馬新發行所：城邦（馬新）出版集團【Cite (M) Sdn Bhd】
41, Jalan Radin Anum, Bandar Baru Sri Petaling,
57000 Kuala Lumpur, Malaysia.
電話 (603) 90578822　傳真 (603) 90576622
E-mail cite@cite.com.my

美術設計：高偉哲
封面繪圖：中村明日美子
排版：游淑萍
印刷：中原造像股份有限公司

2017年1月二版一刷
2023年6月1日二版九刷
售價：380元
ISBN 978-986-5651-84-8

國家圖書館出版品預行編目資料

D 坂殺人事件／江戶川亂步著；林哲逸譯．-- 二版．- 台北市：
獨步文化：家庭傳媒城邦分公司發行，2017〔民 106.01〕
面；　公分．--（江戶川亂步作品集：04）
譯自：D 坂の殺人事件
ISBN 978-986-5651-84-8（平裝）

861.57　　105022851

乱
R A N P O
Ⅳ
歩